我的平凡的世界

陆相华　著

天津出版传媒集团
百花文艺出版社

图书在版编目（CIP）数据

我的平凡的世界 / 陆相华著 . -- 天津 : 百花文艺出版社 , 2025. 1. -- ISBN 978-7-5306-8711-6

Ⅰ . I267

中国国家版本馆 CIP 数据核字第 202410GX88 号

我的平凡的世界

WO DE PINGFAN DE SHIJIE

陆相华 著

出 版 人：薛印胜
责任编辑：魏 青
装帧设计：书点 書點文化
出版发行：百花文艺出版社
地址：天津市和平区西康路 35 号 邮编：300051
电话传真：+86-22-23332651（发行部）
+86-22-23332656（总编室）
+86-22-23332478（邮购部）
主页：http://www.baihuawenyi.com
印刷：四川科德彩色数码科技有限公司
开本：880 毫米 ×1230 毫米 1/32
字数：219 千字
印张：8.75
版次：2025 年 1 月第 1 版
印次：2025 年 1 月第 1 次
定价：86.00 元

如有印装质量问题，请与四川科德彩色数码科技有限公司联系调换
地址：成都市郫都区成都现代工业港北片区港北二路 551 号
电话：028-88451797 邮编：610021

超越平凡，燃烧自我

张殿华

苏东坡被林语堂先生誉为“不能为一”却“难能有二”的旷世奇才，他一生颠沛流离的坎坷命运，便是一篇超越狭隘自我、演绎壮丽人生的辉煌篇章。陆相华曾三次高考失利，曾到锦州砖厂拉水坯车，曾到盘锦的芦苇荡割芦苇，曾到内蒙古大雁小煤窑挖煤，也曾经历下岗失业、媒体转型的各种酸楚……在家庭和社会的一次次变故中，陆相华有时身如浮萍、居无定所。然而，他人生的字典里从来没有“放弃”两个字，即使身处地下几百米处的小煤窑，他也能写出《母亲的脚步》《河水弯弯》《花开花落》等深情的散文。如今，身在国际化繁华大都市的他，对文学仍然痴心不改。在凡尘嘈杂的世界中，陆相华仍然能够写出《倾听故乡的远古回声》《契丹王朝的牧歌》《父亲的名片》《母亲的葬礼》等许多大篇幅散文，并屡有作品获奖。

陆相华的散文集《我的平凡的世界》约20万字，其中的故事情节跌宕起伏，生活场景波澜壮阔。如果把现实中的陆相华与路遥《平凡的世界》中的孙少平相比较，陆相华比孙少平更勇敢、更优秀，陆相华用生动现实版的《平凡的世界》演绎了一场轰轰烈烈的精彩人生。

一

罗曼•罗兰曾说过：“人生应该有两盏灯：一盏是勇气的灯，另一盏是希望的灯。”读完陆相华《我的平凡的世界》，让我心潮澎湃，觉得陆相华是个爷们儿，是个汉子，他的每一次涅槃重生，都是靠着“勇气”和“希望”这两盏灯照亮了他布满荆棘、险相丛生的生命之旅。

陆相华出生的地方是内蒙古赤峰市敖汉旗古鲁板蒿乡八家村四组。他说把自己出生的地方具体到某个村的某个组（当时叫生产队），是因为他们那个生产队是当时村里最穷的。和他们生产队差不多的就是三队，光棍子也不少。他说自己应该是第一代外出打工人员，当时有种壮士断腕的感觉。相华是我的老乡，也是我的校友，我离开古鲁板蒿中学去东北大学读书是 1978 年 10 月，而相华到古鲁板蒿中学读初中是 1982 年 9 月，那一年我正好大学毕业，我和他就这样在“古中”母校的时空上完美地错过了。相华在“古中”读初中时，我的高中语文老师车永教他历史，我的同乡兼表兄白凤学教他语文，而他在木头营子高中读书时，我的同班同学王春教他物理。尽管我和相华至今还未谋面，但你无法否认我们之间扎实且宽广的渊源。无论从哪个角度上说，相华都是我的师弟，我是相华的师兄。

前一阵子我富余出很多时间，这样就能整理一下父亲的回忆录了。通过敖汉旗医院徐晓光主任的引荐，文章得以在相华主办的“故乡文学”公众号上发表。徐晓光主任是我的表弟，为人待客非常热情，他又把我拉进了老校长周致武创办的“古中校友群”，就这样，我和相华得以“相识”。因为《我的父亲》《霜鬓明朝又一年》，还有父亲的遗作《八千里路云和月》，都在相华创办的“故乡文学”平台上发表，我在朋友圈内引起了不小的“轰动”，最少的阅读量是760多，最高的阅读量是1830多。说实话，这么大的阅读量有点出乎我的意料。因为有了几篇文章作为基础，好心的相华又把我拉进了“故乡文学”公众号的编辑部（群），让我结识了不少“文学大咖”。

最先引起我对相华文章兴趣的是他的《母亲的葬礼》，他在深切怀念母亲的同时，也把当地的丧葬习俗描写得特别清晰。文中还多次提到一个葬礼主持人“古鲁板蒿乡的张师傅”，经过我和弟弟殿杰以及相华本人的确认，作品中的“张师傅”正是我的弟弟殿杰。冥冥之中，我和相华之间又多了一层因缘和深厚的情感共鸣。此后出于好奇，我又拜读了相华的《父亲的名片》《我的平凡的世界》《苇塘往事》《牛运如斯》等许多生活散文，并被其中的许多故事情节所吸引，这使我对他的传奇人生更加关注。

读相华的作品可以说是一种享受，我对他散文中的故事感同身受，有着强烈的共鸣。我是爱屋及乌，由于喜欢上了他的散文，进而喜欢上了他这个人。他虽然没上过大学，却写得一手锦绣文章，还能像曹子建一样出口成章、七步成诗。他的格律诗境界高雅，稍加改动即可发表。他的散文和诗歌成了我们心灵沟通的桥梁，我们逐渐成为莫逆之交。

我虽已花甲，但精力充沛，偶尔会对“故乡文学”公众号的作品，特别是对相华的作品发表简评，这成功地引起了相华对我的注意。我还经常以“老要张狂少要稳”为借口，没大没小地和群里的“小朋友”开玩笑。因为相华主办的“故乡文学”公众号比较活跃，经常给大家搞一些预告，而我又急于一睹为快，在群里催发，让人们想起了柳永的《雨霖铃》里的“兰舟催发”，于是以孙泽民老总、赵素华老总、陈素玲老总等为代表的群友，经常给我起外号，先是“具体人名”，后又称“兰舟教授”。与这些“小朋友”聊天使我心花怒放，年轻了不少。有时候为了看“故乡文学”的文章，我们和相华一样，一直坚持到零点以后；甚至第二天发现谁没坚持到零点，还在群里进行打赌、争论，我们每天就这样困并快乐着……

二

“钟期既遇，奏流水以何惭？”也就是前几日，相华说准备把这些年的文学作品结集出版，问我能否为其文集作序，我欣然应允。

如果你认真阅读相华的散文，会发现他把那种“皮里阳秋”的笔法玩得比较娴熟。这种笔法曹雪芹最擅长使用，在不经意中埋有草蛇灰线或者隐喻，你须仔细琢磨，才会知晓作者的深意。这种草蛇灰线的写法会让我生出很多疑问，于是，我通过电话与他进行了交流，相当于采访。我给他打电话时已是夜里 10 点，相华语速快、分贝高，一口的敖汉方言，绝大部分时间是他说我听，如滔滔春江水，一聊就是近两个小时。那次远程沟通，不但让我解开了诸多谜团，还让我厘清了在他身上发生的一些重大事件的前因后果和关键的时间节点，同时也厘清了他不同时期的心路历程。他给我的回答与我的预想高度一致！这使我感到我与这个70后的情感世界有着高度的契合。

依相华的定义，家乡和故乡是有区别的：父母在是家乡，父母不在是故乡。相华的故乡和他去过的地方应该是幸运的，对于我这个当地人，相华的散文使我对过去熟视无睹的八家、莲花山、二龙山、古鲁板蒿、木头营子、黄羊洼等地名有了全新的认知。相华放过的牛也同样幸运，他在《牛运如斯》中记录的两头犍牛虽然最终没能圆了它们的出国梦，也没躲过被杀吃肉的命运，但在相华的文章中却成为永恒，这难道不是"牛生"之大幸吗？两头犍牛的命运与家庭的命运交织在一起，家庭的命运又与相华的命运交织在一起，家庭的命运又与国家的命运密切相关。《牛运如斯》以两头犍牛为主线，展现了那个时代变迁的历史画面，一个普通农民可爱又可怜的梦想的破灭，让人深切地感到，在大时代和大自然面前，无论是人还是动物的命运都难以捉摸。

相华在《牛运如斯》中有着这样的精彩描写："老牛也和我俩斗智斗勇，看到我们来了，赶紧又回来吃草。有时候我和周海玉看看周围没有人，也就成了牛的同伙，反正这会儿没人看着，就让牛先吃一会儿吧。牛也好像心领神会，看到有不熟悉的人过来，不用说，就拐过来吃草。那时候我们两家的牛放得是最肥的，走起路来，屁股上的肉都是一颤一颤的……"在"故乡文学"群内，原木头营子高中（简称木中）校友李云鹏对相华的《牛运如斯》有着这样的评论："写出了我们共同的深沉苦难的少年记忆。文风也的确如您自己所说，洗尽铅华，革除技巧，用最朴实的语言娓娓道来。如一个老年剑客，功力已臻化境，无须亮眼的兵器，飞花逐叶，皆可伤人。"农村的孩童有放牛经历的不在少数，木中的校友陈素玲在“故乡文学”公众号中发表的《我的驴友生涯》与相华的《牛运如斯》相映成趣，读者也可以找来与《牛运如斯》对比着读。

相华的文章很多，还有一些纪念性的党史散文等。但就我个人而言，更喜欢读他以第一人称写的散文，因为会感同身受。文似看山不喜平，他总能发现寻常人看不到的美，他本人的非凡阅历加上他的生花妙笔，总能让你在阅读中得到美好的感受。情韵悠悠的木中、披星戴月的砖厂、一望无际的苇塘、百米深处的井下，相华笔下的故事特别引人入胜，看完后定会勾起你浓厚的兴趣想去原地走一走、看一看，当然如果当事人能做导游就更完美了。

初读相华的散文就感觉非常惊艳，后来又看到了他的诗歌，同样令人热血沸腾。尤其是关于大雁煤矿挖煤生活的长篇叙述散文和组诗，看得我泪眼盈盈（相华的诗歌可能在另外一本集子里，在此不赘述）。从相华的文章中可以看出，相华从初中开始就特别喜欢文学，他对文学的热爱可以用痴迷来形容，这一点有点儿像高尔基。

三

相华感知和审视生活的能力、塑造人物的才能以及对社会底层生活深入的体验，都是他文章吸引人的重要因素。可以客观地说，70后作家很少有相华这样曲折而痛苦的经历，坚韧与激情，像孪生兄弟一样时刻跟随着相华的笔端。读他的散文，你能探见他内心像海洋一样深广的世界，或波涛汹涌，或清澈见底，你会不知不觉地被他的故事所感染，和他一起复读，一起放牛，一起搬砖，一起割芦苇、一起挖煤，一起苦中作乐。相华有一种把亲情温暖和坚韧不拔化为冷静处方的，集道德、文学和行动力为一体的思维方式、写作方式与行为方式。

《那些搬砖的日子》是一篇写实的作品。1992 年，陆相华 22 岁，连续三次高考落榜的他，去辽宁省锦州市营盘乡北郊建材厂搬了三年砖。1995 年冬天，在妈妈笤帚疙瘩的强力敦促下，他去辽宁的盘锦割了 50 多天的芦苇。关于这段经历，相华在他的散文《苇塘往事》中这样说："由于家庭变故，我还有一些琐事需要处理，所以到达盘锦苇塘的时间要比父亲他们晚几天。"什么家庭变故？只可意会。在盘锦打工返乡的途中，相华在锦州火车站买了一本路遥的《平凡的世界》。他说这本书是他的好朋友宋建波推荐的。相华也被书中主人公孙少平的经历深深打动。"生活不能等待别人来安排，要自己去争取和奋斗；而不论其结果是喜是悲，但可以慰藉的是，你总不枉在这世界上活了一场。"也正是在路遥的《平凡的世界》的感召下，相华在 1996 年正月初四，靠着逃票的方式去了北疆的大雁煤城……

高尔基在《我的大学》中有句话说得好："我的哲学是从皮肉上熬出来的，比哲学家要强。"这句话可以不打折扣地用在相华身上。相华第一天挖煤的情景是这样的：

> 第一天上的是白班，也叫头班，工时是从上午 8 点到下午 4 点。通勤小火车上打牌的、抽烟的、聊天的、吹牛的都有，气氛很热烈。三矿是通勤小火车的终点，井架高高的，老远就能看见运输皮带在运输原煤，像落叶一样簌

簌地飘落在地上。我所在的单位叫雁兴井，隶属于第三煤矿（当时隶属煤炭处），算是矿区里比较正规的。下车以后，田姐带我见了一下韩井长，韩井长名叫韩有金，50岁的年纪，山东人，人不错，很直爽。我很快就通过了他的面试。田姐又把我领到李战友的班里，李战友是从一矿病退过来的老班长，也是赤峰人。从那时候起，我逐渐认识了矿灯、自救器、灯房子、绞车机、煤矸石、回撤、掘进、给棚子、扒大窑、打眼、放炮、翻车、打铃、劈岔子、回风巷、瓦斯、风筒等专业词汇……

相华在煤矿整整工作了四年。2000年7月，由于全国煤炭行业关井压产，他又买断工龄来到了上海。他几乎亲身经历了20世纪七八十年代至今国家社会的所有变革：包产到户、企业下岗、城乡二元结构等，都在他的身上找到了历史的影子。相华刚到上海的时候是到弟弟公司的项目部做保安，后来又到一家直销公司帮人家推销洗发水，再后来，到香港国际新闻出版社主办的《上海广角》杂志社当采编。一个月后，由于没有拉到广告，被老板炒了鱿鱼。

经历了无数次的拒绝和无奈，相华后来在人民日报社当了十多年的“编外”记者。在上海，开阔的视野和不断的“充电”改变了相华。在这座最具投资活力的大都市，他有幸和上海市的一些领导人以及优秀的企业家一道谈发展、论规划。从那个时候起，相华的战略目标一次一次超越，一次一次成熟。他说：“我不是报社里发稿最多的，却是写稿最多的。”多年的报社记者生涯让相华在行业内如鱼得水，在采编之余，他嗜书如命，阅读了大量的历史书籍、文学书籍，并写出了《黄帝故里话轩辕》《楚韵湘风汨罗江》《契丹王朝的牧歌》等多篇历史文化散文。他的历史散文，让我感知到更辽阔的历史风韵，其中可见其深厚的文学功底。

相华的作品还特别关注生活在社会最底层的小人物，他在《三秧子和二十五》中，以悲悯之心将他们精彩有趣的故事，以及家族的悲欢写入散文，并感慨道："一个人再不可一世或者英明伟大，总有一些东西摈弃不掉，如影随形……即使是微小的琐事或是卑微的人物，也能够给我以最深刻的触动……"

无论是评论还是诗歌，相华的作品或平淡质朴，或腾蛟起凤，或情感真挚，或机智幽默，但都有一个共同的特点：以一颗赤子之心让读者感知更深邃、更内在的人性温度。他时而迷茫凝滞、时而畅快淋漓，时而忍辱负重、时而快意恩仇，时而老谋深算、时而忠厚善良……从他的散文中，我们可以探见立体的相华，这些故事似山涧的清流从他的笔端畅快地流淌到读者的心田。

四

高考对于相华是一个无情的梦魇，但没有通过高考反倒让他活得无比精彩。相华在《高三的晚霞》中这样写道："生活往往带着一种悲壮的激情，在一条最为艰难的道路上进行人生的搏斗。我们顾不上高谈阔论或愤世嫉俗，也无暇忧患自己的命运。我们既要改变自己的生存条件，同时也放弃最主要的精神追求；我们既不鄙视普通人的世俗生活，但又竭力使自己对生活的认知达到更高的层次。"让自己对生活的认知达到更深的层次，一直是作者苦苦追寻的目标。

关于上学读书这一阶段，相华自嘲：“是哥们儿当中最笨的，也是最不按套路出牌的。”求学之路既有轻松愉快的欢欣、也有痛苦难挨的惆怅。相华上初一在外住读的时候只有12周岁，他在《古园寻梦》中写道：出门在外，总得有一身行头吧：哥哥穿过的上衣，我可以接着穿；父亲穿过的劳动布裤子翻过来，在膝盖处打上两个对称的大补丁，我可以接着穿；鞋子是母亲挑灯夜战为我赶制的。她又把家里唯一一床没有破洞的被面儿拆下来洗干净，把里面的棉花重新打了打，铺盖也算有了。在外起火是要交粮食的，父亲又从加工厂碾了一袋苞米楂子。所有这些都准备妥当后，离开学的日子也没几天了……寥寥几笔，写出了一个贫穷家庭出身的孩子离家求学的场景。

相华读书的初中在内蒙古赤峰市敖汉旗一个名叫古鲁板蒿的小镇，与我所读的高中是一个学校。看到相华初中的经历，我特别吃惊，他比我晚了四年来到古中，其生活条件和校园风气与我在时已不可同日而语。

相华在《古园寻梦》中还有一段这样的描述：初二的时候，我们班级从敖汉街里转来几个学生，好像是被其他学校开除的。他们在班级里横行霸道，每周一顿每人定量的大米饭，都会被他们提前打完，而我由于当时年龄小，经常抢不到“槽子”，饭到我这里就没有了。为了生存，我经常拿着一个空饭盒跑到伙房去，等待着伙房大师傅的施舍。现在回想起来，真的很感激当年伙房里的几个大师傅，每次去讨饭，他们都没有让我空手而归。然而，等熬到了初二的下半年，我终于下定决心休学了。休学期间，我在家里放了两个多月的牛。放牛的时候，我和村里的几个牧童经常跑到河边去摸鱼，有时候还会跑到田地里去偷土豆、烧豆荚、烤青蛙，那段时光过得也算惬意……这段放牛的经历对相华来说也难能可贵，遂有《牛运如斯》这篇非常出色的散文。

相华高三读了三年，在这个阶段他也进入了青春期。在其作品中，他以历史纪年的方式依次戏称这段经历为高三、高四和高五。相华在《高三的晚霞》中对高五的日子这样写道：

> 每位任课老师手里都有一整套题，上课讲卷子，下课发卷子。不知是暑期思考人生太多，还是对考试认知太少，总之，卷子发下来，几乎一道题也不会做……老师讲题时我像在听天书，上课前10分钟左右，眼睛还睁得大大的，10分钟之后就进入了休眠的状态。下课的钟声一响，我立刻清醒，也跟着下课了。我不知道在读高三的时候，有没有和我一样的学生，明明知道自己高考无望，依旧重复在高考补习的路上。

相华在高中阶段就已具有海纳百川、有容乃大的气质，与学习好的同学相处融洽，与学习不好的同学也玩儿得畅快，展现出他天生具有的极强的组织能力和社会适应能力。相华在《梅雨潇潇》中有这样一段描述：

> “高五”的日子里，刘志军老师让我当生活委员。可不要小瞧这个职位，因为那个年代大家都不是很富裕，如果能够和伙房的大师傅搞好关系，吃饱肚子是不成问题的。那一年冬天，一个月黑风高的夜晚，劳累了一天的学子都已酣睡。我一个人向伙房的后窗走去，拨开一段铅丝，轻盈熟练地一跃，跨过窗台，借着隔壁打更室里微弱的光，打开了盛有剩饭剩菜的柜子。里面除了两

个馒头，还有教师吃剩下的半铁盆排骨。我填饱肚子以后看还有剩余，干脆一不做二不休，顺手从兜里找出一条破手绢将盆包好，翻身一纵，回到宿舍，悄悄叫醒了几个好友，饭菜瞬间被“消灭”。

因为数理化对他而言就像天书，他索性就不读了。好在当时的数学老师兼班主任陈向东，化学老师李国民等都是他的“好友”，这些课上他都可以做别的、不影响别人上课就行。相华在他的《梅雨潇潇》中记录了他在补习班的时候，他发挥在文学方面的天赋，自办了一份《狼尾巴花》的手抄本，并自任主编。这份刊物先是轰动了整个班级，后来又被传阅到了其他班级，反响很好。

五

“突突突——”正说着，厂长佟得利骑着他的雅马哈摩托车从山下上来了。老佟老远就跟我们打招呼，他一边停下摩托车，一边熟练地从兜里掏出两根香烟递给我和宋克。老佟留着板寸，胖胖的啤酒肚，操着一口地道的锦州话，穿着一件崭新的防寒服，拉锁敞开着，里面套着一件黑格子马甲，显得很有派头。据说老佟是装窑出身，他对砖厂里的流程比较熟悉。因为我在这家砖厂干过，老佟也认识我：“二啊，你们今年过来几个人啊？”“暂时就我俩。”……“你俩跟汽车能不能行啊？“跟汽车多少钱啊？”“拉一车装卸，一个人 6 元钱，俩人一天能干 4 趟活，行的话明天就干！”“可以！”我马上答应了。“住的地方有没有呢？”“没有。”“你俩就住在装窑上面的那个小屋。”《那些搬砖的日子》从此开始。

相华散文的一大特点就是你在读的时候特别有画面感，让人身临其境，故事情节和对话的衔接天衣无缝，故事引人入胜，逻辑清晰，你一旦进入便很难放弃。他确实是一个非常会讲故事的作家。

“为什么我的眼里饱含泪水？因为我对这片土地爱得深沉。”除了搬砖、进苇塘、下煤矿，相华还在家里实实在在地种过地。相华最大的特点就是善于思考，无论读书、搬砖、还是种地。《有个村庄叫八家》中有段这样的描写：

> 如果说一个作家的写作是某种程度上的返乡，那么我将以文学的方式重返故乡。那些渐行渐远的生活经历，让我一次次成长。我虽然没有长成遮天蔽日的巨树，但终是没有让自己倒下。人生的阅历让我懂得更多，挫折让我学会更加坚强。我也将在与岁月的无数次搏击中，以一种平平淡淡的方式，淡化那些渐行渐远的蹉跎。作为一个生在八家村、长在八家村、以八家村牛羊为伴的作家，我本能地把八家村的地域文化视为文学素材，“那些泥土上覆盖着的植被”是我文学创作的养分。无论是老哈河的咆哮，还是北山头的回望；无论是白榧子的传说，还是大粪场的故事；无论是供销社的记忆，还是火车站的乡愁，都将化作我人生旅途的交响乐章。

毛泽东说：“陕北有两点：一个落脚点，一个出发点。”（摘自《人民日报》2019 年 08 月 11 日 05 版《时政热点：“落脚点”与“出发点”》）我认为，大雁对相华来说有三个点：“一个转折点，一个起点，一个出发点。”第一转折点，他从农民转变成了工人，这是身份的转变；第二是起点，正式开启了他的写作实践，是他成为一名作家的起点；第三是出发点，他从这里怀揣梦想走向中国最现代化的大都市上海，并最终在上海生根、开花、结果。相华曾把木中比作他人生旅途中的延安，这点我不认同，我觉得大雁煤矿才是！大雁之所以吸引我，是因为它是一个有故事的地方，也是一个有温度的地方，那里有美丽温柔贤惠的三姨，还有相华最终选择的爱人，以及那些在他最需要安慰时给他关爱的相识与不相识的朋友。

《我的平凡的世界》是相华人生历练的高潮，相华在大雁煤矿的四年生涯，是他由蛹化蝶的重要转折点，在这里他发现了自己出色的管理能力和处理危机的能力，同时也激发了他对文学创作的热情。他曾写道：忽然有一天，我的文思如千年的古泉终于冲透岩层喷薄而出，感情的潮水也一发不可收拾。于是，《路标》《星星点灯》《花开花落》《明月千里寄相思》《河水弯弯》《母亲的脚步》等一篇一篇散文开始发表。不知是我的真情实感感动了上帝，还是编者的偏爱，我终于成了“名人”。

六

相华对父母一往情深，这从他早期发表在《大雁矿工报》上的《母亲的脚步》，以及定居上海后发表的《父亲的名片》《母亲的葬礼》等多篇文字可以看出。天下的母爱都体现在对子女的操心上，在母亲的眼里，子女就像还没孵出壳的小鸡，必须永远保护着。我自己的母亲就是这样。但这可不是相华母亲的风格。相华认为母亲对他的一生有着重大的影响，在微信聊天中，相华这样描述母亲：母亲用笤帚疙瘩在关键时刻让我扭转了几次命运。第一次是小时候到河里玩儿差点儿没淹死，让我懂得了生命至上；第二次是让我去盘锦割苇子，让我懂得了生活的艰难；第三次是一个人去煤矿挖煤，让我实现了从一个农民到工人的彻底转变。相华还说：我读书的时候，尽管学习成绩不好，但是母亲一直都没有放弃。正是在母亲坚定的支持和鼓励下，我一步一步地走出了那个生我养我的故乡。

母亲在相华家住的时候，也正是相华在上海创业最紧要的关头，工作和生存的压力让他焦头烂额、身心俱疲，但他仍然在百忙中抽空照顾对周边地理和人文环境格格不入的双亲！晚上有空闲时，相华会拉着母亲的手一起回忆母亲用笤帚疙瘩教训他的温馨往事。母亲的腿脚不好，相华挽着母亲的手说："是不是在我身上做点儿损（损寿）呢？"母亲的脸红润了，虽然有些过火，但嘴里仍不服软："我在儿女身上厉害点儿，还算做损吗？"相华曾深情地说，没有母亲的笤帚疙瘩，他可能就是一个默默无闻的农民。正是基于此，每当思念母亲，最具体的安慰就是母亲能用笤帚疙瘩再打他一回！

《岳母娘和她的七个孩子》以岳母为主线，在平淡的叙事中写出了岳母及家人的人生悲凉、命运多舛。我曾在怀念父亲的散文《鬓霜明朝又一年》中感叹父亲的前半生：就像一片落叶在狂风暴雨中无助地飘摇，又像一叶扁舟在波涛汹涌的大海中绝望地沉浮。这话用在相华岳母的身上也非常贴切。在读此文的过程中，我多次泪眼模糊，有时甚至不忍再读。文章让我们看到了相华这个重情重义的赤峰汉子对双亲的孝敬和尊重，也给读者展示了一个忍辱负重、兢兢业业，具有崇高传统美德的母亲形象。

一千个观众眼中有一千个哈姆雷特。我这些絮絮叨叨的文字展现了我眼中的相华，也许这只是他的一个侧面，但这是我本人最欣赏他的一面。这段时间，除了工作，我基本都在研究相华的散文（请注意我没用“读”这个字），沉浸在相华的情感世界中，爱着相华的爱，恨着相华的恨，浸润其中，难以自拔，这是我今生从未有过的阅读体验。很多个夜晚，相华散文中的故事如一群天马在我思绪的太空恣意飞腾，令我难以入睡！感谢相华用他呕心沥血、充满激情和张力的美文将自己跌宕起伏的经历展现出来，让一个花甲老人有了久违的感觉：持久地激动和幸福！

“追往事，叹今吾，春风不染白髭须。却将万字平戎策，换得东家种树书。”说完相华，也借此机会感慨一下自己。我终身从事“轧制过程控制自动化和智能化”专业，即现在所谓的“理工男”，是我大学同班里坚守本专业时间最长的，也是我们班学位最高的人。鉴于此，本人颇有历史和文化自信。前几天单位刚刚让我签完延聘申请书，我仍然可以在岗位上继续工作七年，从此我已然进入了做学问的最高阶段——坐而论道。今年看到相华的散文后，又勾起我也想写一点东西的冲动。我似乎也找到了延聘后的第二职业，向相华学习写散文和诗歌，把我曾经的过往和身边发生的事情记录下来。

文学有一种神秘的力量，那就是历久弥新。或许是一个窗外大雪弥漫、室内温暖如春的北方冬夜；也或许是周末小憩自然醒来、阳光明媚的秋日午后；又或许是为五斗米焦虑、对未来充满迷茫的时刻，和为生计忙碌、久未归乡思念故土的旅途……这个时候,你手边需要一本真正让你为之怦然心动的书,那就是陆相华的散文集《我的平凡的世界》。如今，相华也已过知天命之年，他说与我这花甲老人是莫逆之交，我也很同意。愿相华出走半生，剑胆琴心，归来仍是少年。愿相华事业蒸蒸，同时也期待他有更多更好的作品问世。

2022 年 11 月 6 日

目录

Contents

第三部分

第四部分

第一部分

远古的故乡虽然承载着历史的底蕴，却被历史的浪潮淹没了一切。繁华落尽，高墙坍圮，楼台宫阙已成断壁残垣，所有的印象已无影无踪，销声匿迹。故乡的远古承载着社会演进中的苍凉，就像是一支清远的笛，总在月亮的晚上响起，响起。

牛被宰杀的时候，人们先是看着牛觉得可怜，也有些人把脸背过去，甚至流下了眼泪，然而等牛被宰杀好以后，牛肉、牛头、牛腱子、牛肋条、牛肚子、牛血等又都被分给了各家各户。人们吃着牛肉馅饼，啃着牛排，喝着牛杂汤，咂着白酒，讲着一些与牛无关的荤素，仿佛牛只是人生的佐料，只有吃的时候，才会对它产生兴趣……

牛运如斯

关于“牛”字的成语很多，比如牛气冲天、牛运亨通等。我初二下半年休学的时候，家里养了两头大犍牛，其中一头是黄色的，另一头是黑色的。犍牛就是被阉割过的公牛，性情比较驯顺，容易驾驭，易于肥育。犍牛的命运无非是两种：一种是拉犁，一种则是育肥后宰杀吃肉。起初我还很惊讶，我们家原来是有过一头犍牛的，怎么突然变成了两头？这两头犍牛块头十足，吃起草料来呼呼地喘着粗气，浑身有着使不完的力气。如果算经济账，很少有人饲养犍牛。我那时虽然年纪尚小，但也懂得“母牛生母牛，三年五个头”的道理。我问父亲：“为什么不养乳牛，而养起了犍牛？”

父亲说：“这不是新惠（敖汉旗政府）赵喜你表大爷家的

二表姐夫在外贸局工作吗？年初种完地，我和你妈到你表大爷那里去了一趟。”

赵喜的母亲是我父亲的亲姑姑，也是我的亲姑奶奶，按理说亲戚关系不远，但过去只是听父亲偶尔提起过，从未见过面。我们家的成分是“地主”，我的太爷是闯关东过来的，我的爷爷可能有哥儿五个，姐儿三个。我的大爷爷生卒年不详。我的爷爷在家族中排行老二，很有经济头脑，但脾气暴躁。我记事的时候只记得我四爷、五爷。四爷本分老实；五爷当时逃到了锦州等地。我的三爷当时在古鲁板蒿北部的东他拉另立门户。东他拉我三爷那一支，那些年一进年关，就有人到我们这边的祖坟来上坟烧纸。他们来也匆匆，去也匆匆，很少看到他们到我们家打打尖。虽然我们是本家，但走动得并不是很多。三婶（我三爷的三儿媳妇）是我们营子宋家的姑娘。小时候，我记得三婶回娘家时，会到我们家坐坐。那时候我的父母都健在，大家在一起有说有笑。那些年日子困难，我们还互相接济一些粮食，很有亲情味儿。

我的一个小姑奶奶嫁给了我们营子的冯家，也就是冯泮河的母亲。冯家当时也是地主，听说他们还有个“冯家围子”，有枪，也有大烟土。我还有一个姑奶奶嫁给了王家，也就是我们营子王海云的母亲。因为王家是贫农，所以我爷爷曾把一些大烟土等值钱的东西藏到了王家。后来，我的奶奶也没了，父亲便成了孤儿。由于父亲的年龄尚小，王家也没有归还属于我们陆家的东西，父亲更是没法讨要。只是记得王家的日子在我们营子里并不算困难，所有这些只是传说，都不足以为证。

我的另一个姑奶奶就是前面说的赵喜表大爷的母亲。据说赵喜的父亲是沟里人，具体是哪儿，我不知道，可能是山西或者是山东那边的。赵喜从小识文断字，念过私塾，他们家那时候的成分其实也是地主，但是人家书读得多，比较开明，对当时的形势看得很透彻，可能还给八路军捐过款。后来赵喜表大爷还当了官，最辉煌的时候当过副区长。

父亲从小失去了父母，还被人起外号叫“地主羔子”。母亲说，她嫁过来的时候，父亲只有两节小黑柜。从我记事的时候起，我们家的那两节小黑柜一直都在，夏天天热，我们晚上就跑到柜子上面睡觉。逢年过节，母亲还把柜子的盖子翻过来，用来擀花椒面，或者擀饺子皮等。柜子里有一个花被面做的包裹皮，里面放着一些粮票、布票、钱票之类。总之，家里的宝贝都放在两节柜子里。过了好多年，父亲又请人用清油涂了一下，还画了一些米黄色的假木纹，老柜子又焕然一新。

我们家男孩多，开销大，一直没看到我们家有富裕的时候。大概是穷则思变吧，父亲终于鼓起勇气去了一趟新惠，找到了他的表哥，也就是我赵喜表大爷。父亲说，他是和母亲一起去的，还特意宰了一只羊。母亲说：“人家真是富有，我们去的时候，端午节已经过了，可是人家大盆里的粽子还有好多。我们去了，人家对我们也确实很近便。”赵喜表大爷问我父亲有几个孩子，父亲说三个，都是儿子。赵喜表大爷说：“可不要再生了，生那么多孩子有啥用？以后你们日子可咋过啊！”父亲跟我们说：“你们哥儿三个以后可千万长点儿心吧，不然被人家瞧不起啊！”母亲也跟着说：“你表大爷说这些的时候，我的心里可不得劲了，以后你们可得长点儿心。”

虽然话是那么说，赵喜表大爷为人办事还是比较讲究的。他找来了他的二女婿，也就是我的二表姐夫。我的二表姐夫当时在敖汉旗外贸局工作，专门负责进出口贸易。二表姐夫说：

“现在咱们内蒙古地区有政策，你们在农村饲养精牛卖到国外能赚钱。”赵喜表大爷说：“听到了吗？你家不是有一头犍牛吗？回去好好喂，啥时候上面有政策就通知你们。”父亲和母亲听了以后如获至宝，很快就打道回府了。

“犍牛出口能赚钱！”这在当时应该是第一手信息，也是一条非常有价值的信息。我们家原本有一头犍牛，回到营子以后，父亲把这一信息透露给了他的表哥，也就是我们营子的王海云表大爷。于是，父亲又和王海云表大爷搭伙买了一头犍牛。就这样，我家就有了两头犍牛。春期种完地，两头犍牛就开始育肥了。无论是人还是牛，育肥是要吃东西的。在那青黄不接的时候，两头牛育肥也成了一件要命的事情。新铡的一小屋子干草，没用多长时间就被两头大犍牛吃没了。与之搭配的还有大量的苞米、高粱等粮食。父亲说：“为了让两头大犍牛出国，可谓倾家荡产、竭尽全力。”

赵喜表大爷家的二表姐夫来信了，说上头文件下来了，今年的“外贸精牛”可以进城等候了。父亲说，那些日子他兴奋得不得了，仿佛一夜暴富的梦想就要变为现实。父亲还说，原本是想把草口袋放到牛背上的，可是牛毕竟不是马，牛拉犁也可以，可是让牛驮着东西走路总是有些不习惯。两头犍牛驮着草料口袋总是摇摇晃晃，走一会儿就回头用犄角把草口袋弯到一边。父亲只好拾起草口袋再放到牛背上，不一会儿，牛又用犄角把草口袋弯到一边。后来牛把草料吃得差不多了，父亲索性把草口袋背在自己的肩上。

父亲说虽然费事，但是情绪高涨；还说一个人走路的时候，可以唱歌，或是吹口哨，碰到草好的地方，就让牛停下来吃草，还可以躺在草口袋上打个盹儿，睡上一觉。碰到有小河的地方，父亲就让牛停下来喝水，他也会从口袋里掏出母亲蒸的馒头。吃完馒头之后，父亲也会和牛一样在河边喝水。一路上走走停停，停停走走，差不多走了两天两夜吧，父亲赶着两头大犍牛，终于来到了新惠的边界。父亲又通过打听，找到了敖汉旗外贸局。

因为我的二表姐夫是当时外贸局的一把手，加上有他的岳父，也就是我赵喜表大爷的关照，我父亲和他赶来的两头犍牛享受到了“国宾”一样的待遇。父亲说，外贸局外面有一个空场，空场里有上百头牛，咱们的两头犍牛在家里看着挺大，可人家的牛喂的都是酒糟，那才真是肥。但是咱们有亲戚，你二表姐夫是那里的负责人，咱们这两头犍牛不论是检疫还是过秤，都是001、002号，让同行的卖牛人刮目相看。这些“牛人”有的还带了白酒、熟食，让父亲和他们同甘共苦，以便有什么麻烦的地方让父亲帮忙说句话。有时候外贸局的二表姐夫还特意给父亲送过来一些油条、馒头之类的吃食，父亲也因此成了外贸局里最“牛”的人，父亲有些飘飘然了……因为等着“出国”的牛太多了，而上面的指标又太少，谁都不愿意放弃这次“出国”的机会。

所有程序都已走完，人和牛都在外贸局的大场里等待着“出国”的消息。消息终于下来了，我的二表姐夫把父亲叫到一边，说是国外一个什么地方最近有疯牛病，今年的出口指标全部没有了。二表姐夫让父亲赶着牛先回去，等明年有机会再通知他。父亲就像霜打的茄子似的，顿时就蔫儿了。其他人看到父亲背着草口袋，赶着他的001、002号大犍牛离开了外贸局，马上就知道发生了什么。一场热热闹闹的犍牛“出国梦”终于破碎了，这一切让我想起了小学语文课文里学过的《多收了三五斗》……

父亲说赶着牛回来的路上，远没有去的时候走得快活。两头大犍牛的吃和放都是个问题。“幸好你回来了，没事在家里放牛吧。”就这样，我成了一个地地道道的放牛娃。

记得当时和我在一起放牛的是我们营子的周海玉，当时他们家也有一头黑花犍牛。周海玉他们住在营子的南头，我家住在北头，中间有一条不短的赶牛道。赶牛道中间有一个药浴池，药浴池再往北有一个石家的树园子。每天吃过早饭，或者吃过午饭，周海玉都会早早地把牛赶出来，在石家的树园子跟前等我。天热了，周海玉就坐在树园子下面的阴凉地等我出来一起走。我俩赶着牛一直往西，在二份地和西湾子中间的坎下。那里有一个大坝，大坝里面是庄稼，庄稼的地头有一些水草。为了不让牛吃到地边的庄稼，我们每个人都弄了一个自己认为满意的“赶牛头”，其实就是一个打牛的木棒。老牛很精的，它们一边吃草一边看着我俩的动静，趁着我们不注意，就跑到人家的地里吃庄稼。我们一边骂，一边吆喝，远远地把赶牛头甩过去，然后又捡起。

老牛也和我俩斗智斗勇，看到我们来了，赶紧又回来吃草。有时候我和周海玉看看周围没有人，也就成了牛的同伙，反正这会儿没人看着，就让牛先吃一会儿吧。牛也好像心领神会，看到有不熟悉的人过来，不用说，就拐过来吃草。那时候我们两家的牛放得是最肥的，走起路来，屁股上的肉都是一颤一颤的。太阳渐渐下山了，我俩又顺着赶牛道把牛赶回了家。有时候，我俩每人还背着一个大口袋，放牛的同时，顺便捡一些干柴，贴补家用。每当我俩从村子里的赶牛道通过的时候，人们总是啧啧赞叹：“这几头大犍，可值两个钱了。”也曾有人问我家的牛卖不卖，我说：“不卖！”可能是因为他们出的价格太低，可能是我对牛有了感情，也可能是我还在继续等待着两头犍牛“出国”的消息。母亲看我说得那么坚决，自己也没了主意。

天有不测风云。有一次，我又和周海玉一起到西湾子那边放牛。忽然有人在上游喊：“发大水了，河北边放牛的快过来吧，一会儿水大了过不来了。”这是我们那个年龄所料不及的事情，我们赶紧把牛赶到河岸。上游下大雨发大水了，原本不深的小河瞬间变得一人多深，对岸的一些大人在吆喝着指挥我们怎么过去。周海玉会水，先赶着一头牛，带头过去了。水势仍在大涨，不能再等了。我先是赶着一头牛，跟着周海玉的那头牛先过，然后自己揪着另外一头牛的尾巴，尾随其后。因为牛是会水的，牛过河的时候尾巴都是露在外面的，而且力度很硬。大概是因我也会一些水性吧，除了衣服湿了，人牛平安。回到家里，妈妈不但没有责怪我，反而把我揪着牛尾巴过河的故事又添油加醋讲述给别人听。

近处的草都被牲畜吃光了，老哈河的西边又发了大水，我就和周海玉商量，决定往东北去。为了能够找到适合放牛的地方，我们过了八份地那边的赶牛道往北，差不多到老哈河北的三道沟了。那里有一条小河，小河的周围长满了水稗子草。我们在那里碰到了八份地放马的邵六，还有杨文存。因为有了四个人，我们有时候会坐在水稗子草上打扑克。因为水稗子草底下有稀泥，坐一会儿就会渗出水来，打扑克也不方便。在我们不远处有一片沼泽地，其实现在想想很危险。几头牛的重量很重，老牛为了吃到沼泽地旁边的水草，一不小心四条腿全部陷了进去，只剩下牛头和身子，我们和牛都急坏了。

周海玉说：“没事，让它先歇一会儿，牛的身体大，轻易掉不进去。”过了一会儿，周海玉又说，“一会儿我在前面赶，你们几个在后面喊。让牛觉得不是一个‘人’在使劲，有可能会起到‘轰动’效果。”“驾！驾！”周海玉在前面喊，邵六和我们几个在后面喊，我还拿起“赶牛头”朝着牛的屁股一边打一边喊。忽然听到“哞——”，陷进去的是我家的那头黄犍牛，也就是“外贸001”。“外贸001”先是发出一声吼叫，然后两条前腿猛地蹦出了地面，后面两腿尾随其后。我的“外贸001”终于蹦出了沼泽地，嘴里还不停地喘着粗气……我们的牛，还有他们的马又开始在那边吃草了。一切都有惊无险，一切又归于平静。

“咱们摸鱼去啊？”不知是谁想出来的主意，我们几个家伙把衣服全部脱光放在刚才打扑克的水稗子草上面，下水去摸鱼了。有水的地方就有鱼，也许我们身边的那条小河从来没有人打扰过吧。那天就连我这个笨人都摸到了十几条大鲫鱼，而周海玉他们几个更是收获颇丰。

从那天夜里开始，我们老家下起了连天雨，尽管是7月份，仍觉得“寒风刺骨”。我和周海玉都没有到东北三道沟去放牛。可能是摸鱼有瘾吧，第二天，杨文存带着弟弟，穿着裤衩又去东北那边放马了，其实他们的主要目的是去摸鱼。没过几天，就从八份地传来消息，说是杨文存哥儿俩放马失踪，好几天没有回家了。杨家人还找人给算了卦：“往北去找吧！”杨家人找了好多天，也去了河北三道沟。三道沟那边的人说碰见了两个放马的孩子，问他们：“这么冷的天干啥呢？”他们说：“找马呢。”再后来，人们在三道沟附近发现了杨文存哥儿俩的尸体，哥哥抱着弟弟，两个人的身上还盖着几株水稗子草，尸体都快要腐烂了。杨文存他们哥儿俩遇难那一天是1984年7月14日。杨文存那一年和我一样，也是休学在家，只不过他是从初三休学的，我是从初二。

自从我休学回家放牛，父亲就带着哥哥还有几个人到奈曼干活去了。父亲说他们承包的项目是一个乡政府的办公楼，建筑风格很有民族特色。当时那幢楼的设计应该很超前，有一个檐子还是椽子，我记不清了，反正父亲和甲方看了好多天图纸都没有弄明白。父亲说也许是日有所思夜有所梦吧，有一天他做了一个梦，突然醒了。后来，他找了好多纸，先是弄了一个模型，又把那个模型拆开，然后又折叠几遍。第二天，父亲找到了甲方的包工头，并按照自己的想法画了一个施工图，得到了甲方的认可。父亲说当时乡里还给他们发了2000元的奖金，他又把这2000元奖金按照功劳大小发给每一个工人。尽管那一次大伙儿跟着父亲没有赚什么钱，但也没有赔钱，村里的人都说父亲这人干活讲究，没有私心。

一转眼，9月1日开学的日子到了。我原本打算到医院重新开个诊断证明，后来医院的大夫说，休学后再上学不需要开复诊证明了。就这样，我又开始复读初二。虽然我在家里放了一个多月的牛，但复读的日子还算轻松。开学不久，学校各年级组举行了多项竞赛，我报了两项：作文和物理。我的参赛作文题目是《村里的新事》，获得了年级组的一等奖。作文的素材与我放牛的那段经历有关，因为我在放牛的时候，目睹了村里的一个“二流子”因买了一辆四轮子而发家致富的故事。点评老师说我的作文写出了“新”意。我参加的物理竞赛也得了奖，两项加在一起得了十来个笔记本，这让我很是沾沾自喜。

有一天中午放学逛集，我突然看到我的王海云表大爷，还有村里的成万方。按照关系，我叫他“八大爷”，他也是父亲的好友。见王海云表大爷手里拎着一根木棒，我赶紧过去问话：“表大爷，你们干什么来了？”“这不是你们家的牛丢了吗？我和你八大爷到集上看看，是不是有人偷了过来卖了。”我一脸茫然，一到学校就把暑假放牛的事情忘到九霄云外去了。成万方八大爷赶紧说：“没事，没事，你上几年级呢？赶紧上课去吧。”他拉了一把王海云表大爷说：“家里的事最好别让小孩子知道，咱们还是到那边看看吧。”是啊，我上学了，家里的牛怎么办啊？父亲和哥哥在外边打工，母亲还要忙秋，两头大犍牛谁放啊？

我周末放学回家，父亲他们也从奈曼干活回来了。他先是给我讲述他们在奈曼承包工程的事情，然后又跟我讲述那次丢牛的经过。父亲说：“不知道是咱们家的牛没有拴住，还是半夜有人偷牛，反正那天晚上刮大风，我睡着了。这回找着牛，全仗你哥了。你哥码着牛蹄子印，一直撵到羊场小河子那边，我们开始是一起出发，后来又分头行动，你哥年轻跑得快。两头牛没有走汽车道，在渗金吐那边有一个沟，咱们家的牛在那里屙了一坨牛粪。我们路过的时候，牛粪还没有冻上，我们在牛粪跟前看到你哥哥在那里用树棍子写了几个大字：相民从此路过！我们知道你哥肯定发现咱们家的牛了，就原路往回返了。这回牛肯定是被人偷走的，可能有人认为你上学了，或者以为我外出干活还没回来。你哥相民说，快要追到羊场那边了，他在那里发现了两头牛，没看到人，估计牛赶不走了，或者发现后面有人追，就放弃了。”

父亲又说：“也算是不该破财，你哥赶着牛回来的时候，还捡了一只兔子。他赶着牛到家快半夜12点了，腿都走肿了。还没进院，我和你妈就听着有动静，知道牛是找着了。”母亲也说：“该是不破财！”我还看到那头“外贸001”的黄犍牛背上有一条30多厘米的疤痕。我问父亲是怎么回事。父亲说：“可别说了，你上学去了，两头犍牛没人放。你妈有时候要忙着收拾庄稼，两头牛总在家里拴着不吃东西也不是办法。有时候你妈把牛赶出去放放风，两头牛不听话，总往人家地里跑。也不知道牛是吃了谁家地里的庄稼，被人家用镰刀给砍了，差点儿被砍死，你妈说牛皮那么厚都被砍透了，牛浑身是血……”父亲还说：“我不在家的时候，有人买牛不如就卖掉了。我问过了，‘外贸牛’好几年碰不上一次。犍牛不下犊子，除了吃肉，也没有什么用。”

又有一次周末放学回家，天下起了大雪。我跑到牛圈里去看牛。“牛呢？”我问父亲。父亲说：“卖给咱们营子景德新了！”“他买牛干啥？”“宰了！”“两头牛都宰了？”“嗯！”景德新没有儿子，他在生产队的时候就开始宰牛，那时候给谁宰一头牛，谁就给他一个牛头。在生产队的时候，我也曾看过别人宰牛的场景，几个壮汉把牛腿绑好，然后用杆子压着，老牛一边看着屠夫磨刀，一边流着泪水。牛拉犁为了人，牛老了，人把牛宰了。

鲁迅先生说过：“伟大的心胸，应该表现出这样的气概——用笑脸来迎接悲惨的厄运，用百倍的勇气来应付一切的不幸。”牛被宰杀的时候，人们先是看着牛觉得可怜，也有些人把脸背过去，甚至流下了眼泪，然而等牛被宰杀好以后，牛肉、牛头、牛腱子、牛肋条、牛肚子、牛血等又都被分给了各家各户。人们吃着牛肉馅饼，啃着牛排，喝着牛杂汤，咂着白酒，讲着一些与牛无关的荤素，仿佛牛只是人生的佐料，只有吃的时候，才会对它产生兴趣。

我没有问父亲那两头大犍牛卖了多少钱，只记得那次返校的时候，父亲给我的学杂费比平日里多出了一张 10 元的钞票……

（2022 年 9 月于上海）

其实，父亲的名片，也是我的名片。父亲用他的汗水和血泪编织成我们成长的摇篮，父亲用他的坚强与胸怀装下草原的风雨与辛酸。我敬仰父亲的处事风格，直面自己的历史，勇敢地迎接生活中的风和雨。父亲可能没有给我们留下更多的财富，可他那勤劳简朴、宽厚待人、坦荡面对未来的精神，永远都是留给我们和后人的荣耀和丰碑……

父亲的名片

一

父亲从上海回内蒙古农村老家已经有一年多了。

他在上海的日子里，先是在宝山的弟弟那里居住。为了能买到便宜点的馒头，父亲经常带着母亲一边散步一边寻找，有时候要走好几里路。在农村生活惯了的父母，对城里的生活和环境不是很熟悉。弟弟怕他忘记路，就把自己的名片给了他。名片正面有弟弟公司的名称、地址、电话，背面是弟弟家的住址。弟弟在上海久隆电力集团上班，久隆电力集团在上海很有名气，是上海电力公司的直属企业，效益和知名度都很不错。刚开始的时候，父亲确实经常走错路，他总会把弟弟的名片拿出来，寻求跟自己年龄相仿的阿公阿婆的帮助。那些好心的阿公阿婆也高兴为其所劳，把父亲母亲送回了家。当然了，这些阿公阿婆在看到名片背面的同时也会看一看名片的正面，问：“陆师傅，这张名片上的姓名是您儿子啊？”

“嗯嗯，是我的小儿子。”

“您的儿子很有本事啊，久隆集团在上海很有名气哦！”

“嗯，嗯！”父亲支吾着。

母亲的识字能力更差，自己的姓名都很难记住怎么写，所以在弟弟居住的小区周围，父亲和母亲总是形影不离。父亲走错路，母亲也会走错；父亲走对了路，母亲也跟着走对路。有时候，母亲还总责怪父亲经常会走错。也许是名片的缘故，弟弟小区的许多老年人都主动和父亲搭讪。

“老陆啊，过来坐坐，你几个儿子啊？”

“三个，老大在农村，二儿子在人民日报社，我现在住老儿子家里。”

“哦，你的几个儿子都很有本事啊。”

父亲和这些阿公阿婆说着闲话的同时，他的心中也充满着自豪与荣耀，甚至有时候还故意迷路，拿着名片找别人问路。

有一次，我和爱人带着孩子从徐家汇到宝山去看父母。闲谈中父亲突然问我要起名片。“哎，你要名片干什么？那东西在你这里发挥不了作用。”父亲憋了半天：“你给我一张得了。”我把自己的名片给了他一张。父亲像珍藏宝贝一样，放在自己的一个塑料口袋里。

每次到弟弟那里去看父母，只要天气好，我都和两位老人在弟弟小区的花坛边聊老家的闲话：“你八大爷没了，你九大爷没了，你五大爷身体还挺好的，你大姨没了……宋金没了，宋万没了，宋景没了，平瑞没了，才30几岁……”平瑞是我们家的邻居。“白瞎那个小伙子，是吧？”母亲在身边插着话。父亲和母亲都是70岁左右的人了，他们在村子里的同龄人都相继去世，他们对自己的未来也不在乎了……

聊着聊着，父亲突然对我说：“相华你等一下，那边有个阿姨早就想看看你了。”他像个儿童似的快步走出老远，和那边的阿姨打招呼。“你来，来……”阿姨和父亲一边说话一边向我们走来，见此情景我和母亲也都站起来。

“这就是我二儿子，在人民日报社工作，在浦东……”父亲很自豪地向阿姨介绍着我的身份,其实我工作的地点在浦西。

“哦，知道了，知道了，你爸爸经常提到你，一看你就是福相。”

“辛苦您了阿姨，我爸我妈他们不熟悉这里的环境，给您添麻烦了。”我也很客气地向阿姨问好。

“没事没事，你们内蒙古人在上海工作很不容易啊。”

提到内蒙古，父亲和阿姨就有了话题，他们谈骑马，谈牛羊，谈草原……我们的故乡在内蒙古赤峰市敖汉旗古鲁板蒿乡八家村。这个村子原来的生态很好，有山有水，山的名字叫莲花山、团山子、王八盖子山，山的周围有绿油油的林木和庄稼，老哈河就在我家的屋后悄悄流淌，绿油油的河草散发着泥土的芬芳，马牛羊等牲畜在这片土地上自由自在地生活繁衍……虽然我们的家不是纯牧区，但也水草肥美，让人羡慕。可是现在都沙化了，河槽的水已经干涸，树木也被砍得所剩无几，沙尘暴经常袭扰我们的村庄。然而父亲却对现在的情况提及很少，他对家乡的描绘夹杂了许多幻想和虚拟的成分。只要他们谈得投机，我也就在一边附和着……

父亲在弟弟那里住了整整一年，他的生活很快活，因为和他在一起交谈的人们都是一些退休的老师、干部。父亲的生活环境也很和谐。母亲比父亲大4岁，最关心的也是寿命，她说："上海的人真能活，那边有个老太太92岁了，说话还'嘎嘣嘎嘣'的呢……"

后来弟弟的媳妇怀孕了，两位老人在那里居住不是很方便，我就在徐家汇租了一个大一点儿的房子，把他们从宝山接了过来。在上海，宝山应该算郊区，徐家汇是中心城区。一大早，小区里非常热闹，有做操的、练剑的、唱歌的、跳舞的、浇花的、跑步的……为了让父亲母亲尽快找到一种"融入"小区的方式，我找到了我们隔壁楼的楼长胡阿姨，她是个共产党员，擅长唱歌、跳舞、和人交流。不到几天，父亲和母亲就开始试着和他们在一起学着做早操了。胡阿姨还经常夸我父亲："你老爸比你老妈的身体和气色要好。"母亲喜欢抽烟（她有五十年的烟龄，弟弟也曾试着让她戒掉，但不成功，有一次被弟弟发现，母亲把一个没有熄灭的烟头放到兜里烧坏了衣服），这也可能是我们这个小区的老人喜欢父亲而不喜欢母亲的原因。

父亲在我这里生活，出门的时候当然是拿着我的名片。刚搬来没有几天，我带着父亲和母亲出去散步，并且一再嘱咐从这里回家要经过几条马路，然后左转弯有个邮局的标志。父亲一再点头说知道了，可就在我离开他们不到一袋烟的工夫，就接到派出所的一个电话，问我是不是叫陆相华，说我的父亲迷路了，刚才已经把他送回了家。我连连称谢之后，马上又赶回家。我没有埋怨父亲，只是问他是否有事。"没事，那个警察一看你的名片，就亲自用警车把我送回来了。你的名片真好使！""唉，我亲爱的老爸……"

还有一次，父亲也是迷了路，他和母亲到一家电话亭介绍了自己的情况。电话亭的阿姨看了我的名片之后，不但没有收他的费用，还让他们坐在屋里给我打电话。我来到这家电话亭，向他们连连称谢之后，才带父母离开。

我对两位老人的“管理”应该是苛刻的。尽管在吃穿住玩方面对他们没有多少限制，对母亲抽烟的限制也从弟弟的“完全戒烟”到“限量供应”，但我对他们的户外运动要求很严格，规定他们每天 5 点半起床，几乎雷打不动（下雨天除外），中午休息，并且给他们制定了作息时间表，规定几点钟睡觉、几点钟看电视、几点钟进行户外锻炼，衣服几天一换……我要求他们的生活做到有序有纪，并且实行了组长负责制：父亲是组长，我 6 岁的女儿是副组长。

临近春节，上海的天气很冷，父母在农村老家喜欢睡懒觉，因此，对我的“管理”很不适应。而我对他们的要求又非常严格，为了让他们养成一个良好的晨练习惯，我每天早上都亲自给他们戴上帽子，扎好围巾，戴上手套，和他们一起进行晨练……几天之后，父亲带着母亲渐渐习惯了这种有规律的生活方式。我看到他们每天早晨起床下楼也不忍心，觉得自己很不孝顺，偷偷地自责甚至流过泪水，父亲也曾对我耿耿于怀，但我始终认为“生命在于运动”。经过差不多两个月的“军训”，父亲和母亲的身体及气色看上去要比以前好了许多……为此，我在父亲心目中的形象也从不孝顺变为“能够接受”，母亲也说自己的腿病好多了……

2009 年春节过后，第一次连天雨一下就是十多天，父亲母亲也难得有个“雨休”。天冷潮湿，父亲和母亲的老年病都来了。母亲说：“我昨天晚上梦见你大姨（已经去世）了，我好像要不行了，我和你大（爹）商量要回老家……”说来也巧，那几天，哥哥也从老家打电话过来，要他们回去。特别是我 80 多岁的五大爷隔三岔五地打听，问他们啥时回去，还有我的一个亲叔伯哥哥得了癌症，也希望父母回去，能尽早见上一面……

我为父母还有自己买了飞机票。父亲一听要坐飞机回去，好像年轻了好几岁。母亲也说：“坐坐飞机，死了不屈！”而我实在是不愿意让他们走，因为他们在我这里刚待了三个月，也习惯了我的“管理”。

在临离开上海的前两天，我和媳妇带着他们在上海周边拍了很多照片，这里记录了他们在上海生活的点点滴滴。父亲离开上海的那天早晨，依旧和往常一样和阿公阿婆一起做早操，并且把我代笔的感谢信交给了胡阿姨。好心的胡阿姨当着大伙儿的面给父亲举行了一个隆重的话别仪式。父亲回来说：“没想到你给我写的感谢信那么生动，胡阿姨一念，我都感动得哭了。”

飞机从上海虹桥机场起飞，离开了上海。尽管是我亲自护送，但我的心情仍旧不平静，因为我让父母带着歉疚和遗憾离开了上海……

二

父亲是 1943 年出生的，爷爷是个地主。据母亲讲，在爷爷去世之前，陆家是个大户。记忆中，父亲的同辈中我见过三姑、六姑、五大爷、八大爷、九大爷，父亲的排行应该是老十。父亲的亲哥哥是七大爷，同父异母的哥哥是五大爷，八大爷和九大爷是父亲的叔伯弟兄。爷爷去世以后，奶奶由于精神和生活的双重打击，不久也离开了人世。在父亲的记忆里，当时他可能只有七八岁。父亲的哥哥，也就是我的七大爷，靠给别人做长工养活父亲。因此，父亲和七大爷的感情最好，他们是心心相印的。

听父亲说，当时七大爷给别人扛活，东家给他每天开一升“椰胡（类似黍子一样的粮食）”的工钱。只有13岁的七大爷让父亲在家里看家。可能当时父亲年龄太小，被一些邻居忽悠，他们说用一个苞米面干粮跟父亲换七大爷扛一天活才挣来的一升椰胡，父亲居然答应了。七大爷傍晚扛活回来，看到自己家的椰胡少了，就问父亲。父亲如实汇报，换来的是七大爷的一串串辛酸的泪水。从此，父亲便懂事了许多。

日子艰难地前进着，七大爷逐渐长大成人。之后，七大爷便有了自己的家，也有了自己的孩子。这个孩子就是我的亲叔伯哥哥“黑小”，后来人们管他叫“羊倌”……再后来，父亲在我八大爷家居住，又到生产队里给人家放牛，于是便住在了生产队里。

父亲回忆说：“你七大爷那个人好着呢，也能干，可惜死得太早！”七大爷去世的时候，是在内蒙古赤峰市的克什克腾旗。当时为了给七大爷治病，父亲卖了好几大车的水稗子草，可最终还是没能让他起死回生。七大爷病逝后，被埋到一个距离我们老家几百里地的公共墓地。为了便于记忆，当时在经济条件十分困难的情况下，父亲给七大爷买了一块石碑，上面写着七大爷的名字。

等父亲的日子稍微好了一些，他又请人跟他一起到克什克腾旗去起坟。父亲说，当时克旗的风沙很大，经过几年的岁月流逝，七大爷的坟已经被风沙吞噬了，七大爷的墓碑也被风沙给掩埋了。父亲凭着记忆，找了好多的坟。最后扒去一块墓碑上厚厚的沙土，终于看到了一个“陆”字。父亲和族长小心翼翼地把七大爷的尸骨捡起，用红布包好，偷偷地躲过查票人的眼，把七大爷的尸骨平安地运回了现在的祖坟。

由于七大爷去世早，我七娘也“走道儿(改嫁)”了。父亲说，当时我七娘也有不走道儿和父亲“归伙”的意思。七娘的这个想法被父亲断然拒绝。七娘带着黑小一起改嫁到了一个距离我们老家30里的地方。为了让七大爷的儿子黑小姓陆，父亲花了很多的心思。据说是趁着黑小的继父不在家的时候，父亲和我七娘谈好，把他偷回了陆家。如果七大爷的在天之灵知道这件事，也会感到欣慰……

黑小被父亲从继父老刘家偷回陆家之后，给五大爷当了养子。也不知道五大爷是怎么回事，他一生当中娶了三个老婆，可是没有留下一个子女，因此，五大爷也就把黑小当成了亲儿子。父亲说这事儿当时还经了官，五大爷负责抚养黑小，黑小负责给五大爷养老。可惜黑小于2009年冬天过世，当时只有55岁，他的名字叫陆相林。而五大爷现在依然身体健朗，思维清晰……

踏着岁月的足迹，父亲也到了谈婚论嫁的年龄。父亲人品不错，也很勤奋，但由于从小没爹没妈，也没人给他张罗。父亲回忆说，他的第一个相亲对象是个秃子。父亲在“相人儿”那天，人家留他吃饭，父亲说什么也没有吃。父亲的第二个相亲对象，也就是我的母亲，当时是一个寡妇。母亲的第一个丈夫死得早，有一个孩子叫宋坡。按照族里的规矩，女方改嫁可以，孩子一定要给男方家留下，尤其是男孩。

母亲为了照看自己的第一个孩子宋坡，只好在本村子里找对象。既然在本村子找，又得让老宋家佩服，那这个男人在方方面面都得拿得起放得下。父亲和母亲的结合，是我们村老孙头当的介绍人，老孙头和我们老陆家是世交。为了撮合这门亲事，老孙头做了不少工作。父亲当时毕竟是初婚，还比母亲小4岁，从这个角度上说，父亲能够赢得宋家大户的认可，还是相当不容易的。

用老孙头的话说："小伙子，不管怎么说，你好歹也成一家人家，不至于打光棍子！"

父亲和母亲结婚以后，和我的五大爷住对屋。没过几年，他们有了点儿积蓄，就在我们村子的西北角弄了一块地基，盖起了新房……

父亲一生最骄傲的事情就是母亲给他生了三个儿子。每当母亲和父亲吵架的时候，这也是母亲最有力的回击："我给你生了三个儿子就是有功，不然你就是光棍子。"

父亲的三个儿子分别是老大陆相民、老二陆相华、老三陆相峰，我是老二。如果把黑小也算上，我在哥们儿中的排行是老三。这几人中最闹心的就是黑小，我的大哥。为了给黑小娶媳妇，父亲简直是煞费苦心。这中间要介绍一下我的五大爷，因为黑小是我五大爷的过继儿子，他得负责给黑小说媳妇。五大爷是一个很中庸的人，也读过许多私塾，什么"明哲保身，但求无过；明知不对，少说为佳"，什么"温良恭俭让"等四六句子都能出口成章，可在给黑小说媳妇这件事上总是不慌不忙，一副顺其自然的姿态。对于给黑小说媳妇这件事，父亲比五大爷着急，当然母亲也是鼎力支持父亲的……

黑小的第一个对象是一个外号叫"肖大裤衩子"的人家的

姑娘。肖大裤衩子是当时十里八村的骗子，是个靠着姑娘骗吃骗喝的人，有一天听到五大爷家有个儿子想娶媳妇，就领着姑娘来到五大爷家。五大爷当然也是好吃好喝地招待着，但他吃饱喝足以后，又是要钱，又是要粮食，说是这门亲事就这么定了。这把戏被父亲揭穿，他把肖大裤衩子一顿臭骂后赶走了。五大爷对此事却耿耿于怀，对父亲说："以后黑小讨不到老婆，我可不管了！"父亲坚定地说："这个事情我负责，即使打跑腿子（光棍子）也不娶肖大裤衩子家的姑娘。什么玩意儿，简直就是骗子。"

后来父亲又托人打听，最后选定了我们邻村老孙家的姑娘。我还记得，黑小结婚的时候，女方要了三间房子。次年开春，父亲就开始张罗买檩子为黑小盖上了新房。黑小结婚之后生下一个儿子叫继东，记得那时候父亲抱着继东就像自己的亲生孙子一样自豪。黑小的媳妇也很贤惠，父亲母亲还有我们哥儿几个一到他们家，总是用好吃的招待我们，因为她是亲眼看到父亲为他们的婚事费了多少心思……

父亲另外一件值得炫耀的事情，就是帮助母亲的大儿子宋坡成家。母亲离开宋家到陆家后，宋坡主要是由他的叔叔抚养。由于宋坡的婶子去世早，宋坡的婚事也是母亲的心病。母亲的心病当然也是父亲的心病。为了帮助宋坡成家，父亲几经周折，最后竟然把自己的外甥姑娘给我母亲当了儿媳妇。

父亲是村里的说客，尤其是对家族中一些娶老婆比较困难、家庭背景不好的亲戚，都乐善好施。我的二舅和二舅妈是村子里有名的落倒户，二舅的大儿子叫谢术庭，如果不是我父母的直接介入，谢术庭恐怕也会是一个光棍子。谢术庭现在已经有了一个男孩、一个女孩，也当上了爷爷……

可以说，父亲对得起母亲，对得起在世的和已故的每一位亲人。父亲是家族中不可或缺的人物。

三

父亲天性聪颖，才艺过人。他是十里八村出了名的泥瓦匠，盖“车轱辘圆”房子、码山墙是父亲的拿手好戏。与此同时，吊棚、搭碗架子、搭炕、拆炕、打墙、坨坯等都是父亲的绝活（其实，父亲的很多手艺活是跟我九大爷学的），父亲在村里割地的速度也是一般人所不及的。用一句农村土话说：父亲有一把好活计！

自从父亲从五大爷家的对面屋搬到村里的西北角，我们家的院套由当时的方圆一亩扩展到了方圆三亩。父亲给我们留下的院子是他最大的骄傲。为此，他和母亲起早贪黑，用门板做墙板，把自己的家园侍弄得板板正正。当然，我家的院套由于过大，当时也屡被村委会要求拆迁……

俗话说，靠山吃山，靠海吃海。我的家乡坐落在内蒙古赤峰市地区的老哈河南岸。老哈河是赤峰市境内最长的河流，河长 425 千米，境内河长 368 千米。只可惜，现在这条河流已近干涸，不再是三十年前的样子了。在那个年代，父亲母亲和许多乡亲们一样，在老哈河的岸边收获着微薄的希望。人民公社时期，父亲给生产队放牛、赶大车。在分田单干的时期，父亲靠着自己的手艺到外地给别人做短工。父亲不会打鱼，但会织网；父亲不会捉鱼，但会凑热闹……有一次，老哈河的汛期到了，那些拿着鱼叉的村民有的叉回了 20 多斤重的鲤鱼，而父亲只捡到了一条很小的死鱼，母亲也开玩笑说他很“笨”。

父亲最值得称赞的应该是努力供我们兄弟三人读书的精神。这一点在当地十里八村都出了名，这也是我最崇拜父亲的一点。至少在我们那儿，没有几户人家能一口气供三个孩子念书，父亲却做到了，他坚持让我们哥儿仨读了许多年的书。为此，他几乎倾家荡产。父亲曾经说过："我就是累死，也要把你们供上大学，不要像我一样在农村种这二亩地。"

哥哥陆相民是父亲的长子。他应该是我们哥们儿当中比较聪明的一个，但读的书比较少，只读完了初中。当时他报考了中专，但没有考中。父亲也尝试着让他到外地补习，但没有结果。很有个性的哥哥索性毕业就和父亲一起干活，供我和弟弟读书。可以说，没有哥哥这个"人梯"，只靠父亲一个人是很难让我和弟弟读更多的书、拥有更多的梦想的。直到现在，父亲都为哥哥没念高中而遗憾。

我的名字叫陆相华，是哥们儿当中最笨的，也是最不按套路出牌的。父亲为了我也花了不少银子。我13岁就开始上初中，在外地起火。由于当时家里很穷，我没有一身像样的衣服，更没有可换洗的衣服和褥子，只有一条哥哥用过的山羊皮。学校的住宿条件也十分差。第一学期期中考试的时候，我在班级里还能排在前十，可随着天气一天天变冷，我的麻烦事一件接着一件。最头疼的是没有换洗的衣服，全身招满了虱子。大筒子屋很冷，我们轮流生炉子，有时搞得满屋是烟还没有把炉子生着。由于自己有好生虱子、好尿炕的毛病（其实是冻的），同班同学经常欺负我，还给我起外号。我的压力非常大，学习成绩也直线下降。等熬到了初二的下半学期，我便休学了。

休学的时候，父亲正好买了两头大犍牛，于是，我就成了地道的放牛娃。当时和我在一起放牛的有周海玉（现在是我们村的书记）、邵六（在赤峰地区是有名的包工头），还有杨家哥儿俩（可惜在一次摸鱼的过程中双双被淹死了）……在我放牛的日子里，父亲在外地给别人打工。

初二补习的时候，我的课程很轻松。我在作文竞赛中屡次获奖，甚至在物理竞赛中还获过奖。

初三很快就到了，我也成了班级里的“老油条”。刚上初三的时候，父亲给我张罗了学杂费。我拿着这个学费没交，和几个要好的同学去下了馆子，然后把剩余的几十元钱放在袜子里藏了起来。可惜这钱在一次跑早操的过程中丢失了。在当时来说，这么大的事儿我是无论如何也不敢告诉父亲的。我在学校里拖啊拖，有一次实在拖不过去了，还被校长在全校大会上未点名地批评了。开完全校大会以后，班主任老师让我把书本拿回宿舍，不要上课了。正当我把书本抱出门口的时候，父亲出现了。“咋的了？”父亲悄悄地问我。我没有说出话来，眼泪只是一个劲儿地往下流。班主任老师从教室里出来，知道这个老人是我的父亲以后，就把事情的缘由向父亲从头到尾叙述了一遍。父亲说：“我知道了，我现在就把我儿子的学费交上，能不能让他上课？”老师说：“当然可以！”父亲二话没说从兜里掏出200元钱叫我赶快交上，和老师打个招呼转身就走了。

我没来得及看一眼父亲，抱着书重新回到了教室。这一刻，我感觉父亲像一座大山，担起了所有的重担，让我活得轻松安然；父亲像一把雨伞，遮住了所有的风吹雨打，留给我一片晴暖；父亲像一轮太阳，照亮我的心田，让我永远阳光灿烂。后来我回家才知道，父亲当时给我缴的学费，是刚从银行里贷出的化肥款。

高中时期是我对人生认知非常深刻的几年。我在高一的时候没有历史老师，高二的时候我又转到了一所重点中学（木头营子高中）；恰恰在高二的时候，学校开始分班，由于高一没有学习历史，我就被分到了理科班。对我来说，高中的数理化相对初中来说，难度是相当大的，考试的题要比书本的题难得多。

高中阶段总计三年时间，我却用了五年，可最终还是没有考上大学。父亲说："如果你要复习，我还可以供你！"说实话，我大学卷子已经摸到了三次，但我心里非常清楚，即使再让我摸两次，也未见得能考上大学。在 1992 年高考结束以后，我帮助父亲割完地里的麦子,就和一批农民工到砖厂打工去了；1996 年，到北方呼伦贝尔大雁矿务局又挖了四年煤；2000 年在矿务局买断工龄又来到上海，走上了一条艰难曲折的打工之路……

相对于我来讲，弟弟的学业倒是比我要顺利得多，他不管是在初中还是高中，成绩都名列前茅，高三补习一年之后，便顺利地考上了大学。

弟弟是父亲的骄傲，他在学校入了党，毕业分配到了上海。他是我们村子里为数不多的能分配的大学生，也是村子里第一个在上海工作的大学毕业生，他是我们陆家的骄傲。

自从弟弟考上了大学，哥哥就分家另过了。弟弟的学杂费成了父亲的一个沉重的包袱。当时村子里家家都是砖瓦房，只有我们家和几个五保户家庭的房子没有翻新过。更惨的是，我家的老房子就像父亲本人一样，风烛残年、断瓦残垣了。然而父亲也不在乎别人说什么，供弟弟上大学才是他一生的梦想。

记得弟弟上大学之前，父亲花几十元钱摆了酒席，请了我们家族中的几个亲戚。在弟弟快要开学的时候，父亲只给弟弟凑了 200 多元钱的学费。父亲说服了我，让我把在砖厂里推车挣得的 800 元钱交给了弟弟，最后又把我表姐家卖马的 2000 元钱借了过来。“先走吧，缺多少我在家里张罗！”父亲命令弟弟说。

在感谢父亲的同时，我还要感谢当时借给我们家钱的人，他们都是父亲的好朋友，认为父亲勤劳、诚实才和他交往的。他们的名字是：宋瑶、于跃友、孙跃、崔云、刘贵、宋健全、石俊臣、安凤阳……这些人都是村子里有名望的人。

父亲的借钱方法就是高利到低利，最后又找到银行。父亲是讲信用的，借钱从来不赖账。为了偿还旧账，当时 60 多岁的父亲还到过锦州、天津等地打工。

可以说，父亲在我和弟弟身上花的心血是最多的，花的钱也是最多的。如今，父母到了享清福的年龄，我和弟弟也应该为父亲母亲的晚年做出更好的安排。只可惜，叶落归根，父亲和母亲又回到了哥哥的身边。为此，我和弟弟都深感遗憾。也许，父亲是为我们着想，因为上海是一个高消费的城市，父母在上海居住，除了受限于环境等客观因素外，我和弟弟的工资还不能支持父母像都市里其他老人那样的生活……

四

父亲和母亲坐飞机回老家，成了村子里的头号新闻。父亲也像明星一样到处“走穴”，羊倌家、三舅家、老平家、宋东家……父亲还自作主张买了个手机，自己不会用就请邻居年轻人帮忙拨打，那几天我和弟弟总会遭到父亲的“骚扰”，然而他到现在对手机的接听、拨打、充电等基本功能还是没有学会。每当我和弟弟想跟家里通话唠嗑，给他打电话的时候，手机不是放在家里就是关机，总之，没有一次顺利通过话……

父亲喜欢打牌，但由于年龄大，他宁可输钱人家也不带他玩儿。母亲的心态倒很正常，也不怕“讨人嫌”，有事没事天天串门子……

就在今年春节前，父亲索性不再自己做饭了，要求和哥哥归伙，并且到处和人讲：“生几个儿子也白费，到头来还不是自己做饭。”原本是母亲做饭，可是十年前母亲的腿摔坏了，做饭不方便，于是父亲承担起家里做饭的工作。哥哥在村里开了个小卖部，父亲三天两头就去拿方便面，心里想：你不给我做饭，我就吃你的方便面。一副幸灾乐祸的样子。其实哥哥已经把米、面、油、盐、水等生活必需品全部给二老准备齐全了，为了让他们做饭方便，还在家里给他们准备了煤气灶、电饭锅……今年春节之前，哥哥还特意给两位老人买了一台新电视。

哥哥打电话过来说，两位老人“不差钱”。国家对70岁以上的老人每个月补贴几十元，还有一部分淹没款（水库移民补偿费的其中一项）。我们一致认为，父亲可能是生活的方向出了问题，因为他的三个儿子都已成家立业，生活上也过得去，他的奋斗目标已经完成。与父亲同一年代的人也先后去世，他知道属于自己的时间不多了，也不免要起小孩子脾气来。

人上了岁数总是喜欢回忆，父亲也经常“想当年”：想当年，我一天能码3000坯；想当年，我带了几十号人到奈曼旗承包过工程；想当年，我放的牛拉过汽车；想当年，我赶大车的时候；想当年，我在天津……想当年父亲是条汉子，是个爷们儿！

岁月的驼铃依然丁零零响着，父亲的脚步却越发沉重。他虽然忙碌，但不再矫健。父亲的脚步在沧桑岁月中留下了串串足迹，它穿过风霜，渡过汗水淌成的河流。多少个“想当年”已经过去了，父亲已经走过了68个春秋，不再威严。想当年，父亲的脚步就像那朝阳升起，而如今却日薄西山；父亲的脚步掺杂着无尽的劳苦与辛酸，永远在我心海泛着不停的波澜；父亲的脚步，是儿子心中的泪，是千年万年也报不完的情；父亲的脚步，铭刻着辛酸，描绘着爱的甘甜……

父亲的脾气不好，他是一个心直口快的人，有时会得罪很多人。然而事情过后，许多人又原谅了他。有一次我顶撞父亲，他狠狠地骂过我：“书都白读了，哪天我死了，你们都未见得能给我写出一篇文章来！”我想，一个人，特别是一个从小就失去父母，也没有享受过初等教育的农民，对他有一点点要求都是过分的，父亲做的已经足够了。是他撑起了我们的家族、我们的家，他做到的，我们未必能够做得到。

还有一件令父亲骄傲的事情，就是他请人写了一个老祖宗排位，并向我们传述了陆家的家训：“忠厚传家，诗书相继；子嗣克承，宜光祖宗。”父亲与现代人相比，对人生和社会的看法不尽相同。如今，我也是一个为人父的人，父亲就像我生活的指南，每当我在生活中遇到挫折和不幸，总是学着父亲的思维去思考，学着父亲的精神去拼搏……

有一次，父亲在电话中谈到了他的“新家”，他在为自己准备身后事，还请人将母亲的装老衣服做好。我愕然了，难道曾历经风雨的父亲已经老了？我也曾经看过许多人的墓地。我相信，父亲用“家”这个词来形容他未来的“新住所”并不为过，因为在我的理解中，家不仅仅是一个房子，几个建筑物，更应该是与我血脉相连一起走向“未来”的那片土地……

由于我多年在外漂泊，离家乡很远，对我来说，回家是很不方便的事情。然而当我遇到事情、脆弱无助的时候，我第一反应就是回家。家里有什么呢？有几次遇到挫折，我长途跋涉赶回老家，待了几天，就开始好奇自己的冲动。冷静的时候，我确实会看到，这个平凡无奇的村落里，那曾让我心痛的小河已经干涸，周围的树木早已被人砍伐干净；远山变得凸凹不平，炸得没有个山的样子；几条幽深的沟壑和我曾经喜欢的石板桥也渐渐从我的记忆里消失。我也曾反复追问自己一个问题：这片土地为什么让我这么依恋？

后来，哥哥带着我来到墓地，墓地的周围长满了山杏树，一座座坟墓仿佛在窃窃私语。哥哥向我一一介绍着先辈们的“家园”。看到他们的“家”有序地排列着，我的眼睛里突然有股暖流在涌动。这里住着曾经拥抱过我的大爷大娘，这里住着的老人在弥留之际曾经让我恐惧和不安。然而，就在这一次，我却找到了“家”的归宿。也只有这个时候，一个在外漂泊久了的游子，才真正感觉到了什么是“舒服”。我认识这里每块石头，这里的每块石头也认识我；我知道这里的每个角落，是怎么被岁月堆积成现在这样的光景；这里的每个角落，也知道我是如何被时间滋长出今天的模样。或许，这些年我其实没有离开过家乡，只不过走得远了一些，看的风景更多一些，我始终可以找到永远属于我的那条小巷……

回到家，我爬到屋顶放眼望去，在这个被雨水润湿而越发鲜艳的红砖瓦房上，我依稀看到儿时玩耍时虚幻的梦境，也仿佛看到一群牛羊在暮霭中向我走来，还有树林里的鸟儿、雨后的蘑菇、池塘里的鱼虾、草原上的母牛，以及父辈那浓浓的乡音、耕犁、牧童、漫天飞舞的雪花……我知道，其实我的内心、我的灵魂也是由这些构成的。是这里的土地，用这样的生活造就了这样的我。

也正是从那时候开始，我对“死”不再害怕，因为死是回家，是入土，我反而觉得生才是问题。人学会站立，是想脱离这块土地，因此不断向上攀爬，不断生出各种理由——欲望、理想、追求。然而，我们终究需要脚踏着黄土。在我看来，生是更激烈的索取，或许太激烈的生活本身就是一种任性。

在经历了无数次花开花落、春绿秋黄的蜕变之后，我又回到了高速发展的国际大都市上海。上海这座城市的节奏快得让我无法停止脚步，也没有时间思索。原本美好的幻景又被飞驰而过的地铁、磁悬浮列车冲散，找不到半点儿家的感觉。在经历了无数次风雨飘摇之后，我依然在寻找新的坐标。最终，我把焦点落到了我最熟悉又十分敬畏的人的身上，那就是我的父亲。因为，没有我的父亲，就没有我；没有我的父亲，就没有我思想的灵魂；没有我的父亲，就没有我今天的一切。人们总是赞美母亲的细腻、母亲的伟大，可很少有人提及父亲，赞扬父亲宽广的胸怀、父爱的博大与精深……

其实，父亲的爱是深沉的，它像一杯浓茶，入口时是苦的，细细品味却有缕缕的清香。父亲的爱就像一面湖泊，儿女任何的不适都会惊起一片涟漪。父亲的爱会陪我走过孤独，走过失败，甚至走向成功。

就在前不久的一次出差途中，我收到哥哥的一条短信，短信中说：“老爷子好几天没吃东西了，随吃随吐，经检查是胃癌晚期，没告诉他……”我蒙了。为了让父亲在活着的时候能看到这篇文字，我远离了往日的喧嚣，静静地在键盘上敲下了这个标题：父亲的名片。

其实，父亲的名片，也是我的名片。

父亲用他的汗水和血泪编织成我们成长的摇篮，父亲用他的坚强与胸怀装下草原的风雨与辛酸。我敬仰父亲的处事风格，直面自己的历史，勇敢地迎接生活中的风和雨。父亲可能没有给我们留下更多的财富，可他那勤劳简朴、宽厚待人、坦荡面对未来的精神，永远都是留给我们和后人的荣耀和丰碑。父亲的骄傲是我们的骄傲，也是我们永远传承的脊梁和心灵的旗帜。从家庭角度讲，父亲在家庭和社会极其艰苦的环境下供养我们兄弟读了很多的书，从而使我们摆脱了父辈们用简单农具从事农业耕作的命运。一个人通过改善自身处境，在获得自身利益的同时，如果能为社会做出贡献，那么，不管这贡献是大是小，这个人的一生都是有意义的。人类社会正是在无数个体的努力下，才取得了整体的进步。我的父亲，是中华民族千千万万个普通父亲的缩影。

回顾我父亲的一生，我认为，他在晚年没能多享几年福，固然是个遗憾，但他的一生绝对是成功的一生。

（2018 年 1 月于上海）

啊，那难道就是我母亲的灵魂吗？就是我母亲的呼喊吗？那该是怎样一种撕心的离别，怎样一种美丽的蜕变呀！我对“家”的最后那点具象被一把火焚毁，永不复存在了。是的，母亲的老屋、曾经的家园、儿时的石板桥、旧时的青砖黑瓦，若能残存于记忆，那是多么幸运。这幸运和不幸运的世事，一起升腾于虚幻的天界。从此，乡下世界里曾经赋予我的游戏、温暖、故事、青山、远水，都到了我们无法感知的别处……

母亲的葬礼

著名作家史铁生先生有一句至理名言：“死是一件无须乎着急去做的事，是一件无论怎样耽搁也错过不了的事，一个必然会降临的节日。”

听到母亲去世的消息，是在一个晨练的早晨。确切地说，那一天是公元 2014 年 3 月 5 日的早晨。那天早晨和往常没什么区别，我只是觉得左眼跳得有些反常。回到家，妻子说：“哥哥刚才打电话来说母亲可能不行了。”我打开手机，发现哥哥发的一条短信写道：“华，母亲要不行了，很想见你们。”我马上给哥哥回了电话，哥哥说：“母亲已经咽气了！”母亲自从 1998 年冬天在赤峰老家的冰地上摔坏了腿，至今已经有 16

个年头了。春节前母亲又摔了一跤，输了几天液，已经不能下炕了。这些点滴信息告诉我，母亲的人生旅途就要到终点了。妻子和孩子们听到这个消息，都已慌了手脚，我却故作镇静地说："这一天只是早晚的事情！"其实，在接到母亲去世的噩耗之前，我已开始为母亲整理悼词了。

我先让妻子送孩子上学后到银行取些现金回来，又在携程网上订好了当天上海飞往赤峰的机票。接下来我就开始收拾行李。等妻子从银行取钱回来，我发现还有一点时间，便又去照相馆为母亲扩印了一张彩色照片。看看时间，9 点半左右，我便打车直奔上海浦东机场。

弟弟已经早早地在机场等候了。

二

上海到赤峰的航班 MU2083 是上午 11 时 10 分从浦东正点起飞，经停天津，到达赤峰的时间大约是下午 15 时 30 分左右。我和弟弟在机场打车，到达老家的时间大约是晚上 18 时 30 分。一路上，我和弟弟的话语很少，我们一直在沉默。自从父亲去世以后，母亲的生活起居都是由哥哥嫂子照顾。哥哥在村委会工作，嫂子也是一个难得的好人，俩人的婚事也是由母亲"钦定"的。哥哥嫂子在照看母亲的同时，还经营着一家商店，侄儿（名叫陆继成）今年又考上了公务员。应该说，母亲在农村的日子过得很舒心。然而，我去年暑假陪孩子回老家的时候，却发现母亲说话有些语无伦次。由于母亲有腿病，又加上长期服用安眠药，她应该还有一种病，那就是老年痴呆症。

近了，近了，那是我熟悉的村庄。远远地看见有人影在村头走动，我的心骤然抖动了一下，一股悲怆的情绪突然充盈了我的整个身躯。茫茫的暮霭中，我仿佛看到白发苍苍的母亲正向我招手，而我踉跄地冲向前去……然而，成年人的理智提醒了我：在未来几天的时间里，我、哥哥、弟弟，都是母亲葬礼中的主角，我不能失控，我要挺住！我叫出租车司机提前停下车子。弟弟付了车费，我也从后备厢里取出了行李。我和弟弟怀着十分沉重的心情，一步一步地走向母亲的灵棚。

花圈、白幡、烧纸、棺材、白花花的人群……哥哥早早地在门口等候，烙忙的安财大叔安慰我们："先上屋接孝，然后再吊纸，完了到后院吃饭。"破孝的是村子里看着我长大的杨二娘。孝帽是用白布简单缝制的，顶上用麻绳系好，另外再配上一条宽宽的长布，从头顶上系好直拖到地，这也是家族中的重孝，只有逝者的儿子才能戴这样的重孝。我和弟弟接过孝衣、孝帽，连连称谢之后，便开始到母亲的灵棚烧纸。

母亲的葬礼是哥哥从古鲁板蒿乡请的张师傅帮忙主持的。母亲的遗像端庄矗立在棺木的前头。我和弟弟强忍悲痛："妈，相华回来看您了！""妈，相峰（弟弟）回来看您了！"我们开始跪在母亲灵前给母亲烧纸。安财大叔在一旁催促说："好了，好了，节哀顺变吧！还有好多事等着你们呢。"

我和弟弟在母亲的灵前简单凭吊之后，便被哥哥领到后院（后院是去年夏天我回老家看望母亲时在村里买的一个"小广场"）。母亲去世以后，哥哥请人在这里搭起了临时帐篷。为了感谢村里的亲朋好友，哥哥还买了一头猪，又宰了一只羊。母亲是我们家族里老一辈中最后一位过世的，因此，村子里的人也把她的过世视为"喜丧"。我和弟弟紧随哥哥的后面，走进帐篷。"二叔你啥时候回来的？"说话的是村里的老村长，名叫宋建权。母亲葬礼的事宜大部分都是老宋帮忙张罗的。在老宋的介绍下，我认识了很多乡亲。帐篷里摆了十多张桌子，百十来号人，整个场面很是壮观。

哥哥带领着我和弟弟开始给来参加母亲葬礼的人们磕头、满酒、道谢！整个过程庄重肃穆、深沉有序。

天色已经晚了，随礼的和烙忙的人们都渐渐离去。静静的屋里，几乎就剩下哥哥和我，还有弟弟，等待着我们的任务就是为母亲守灵。哥哥开始给我和弟弟讲述母亲临终前的一些点点滴滴，还有母亲坎坷的一生。

母亲是 1939 年出生的，那时候正是军阀割据、日本铁蹄侵略的年代。记忆中的冬夜，全家人都喜欢躺在烧得十分暖和的火炕上，守在柠檬色的麻油灯下，倾听母亲讲述那些关于军阀和马贼的故事。

“一听村外有枪声，不是胡子就是兵。”这里的“胡子”便是马贼。母亲说，那时候村里的姑娘媳妇一听到枪声便急急忙忙地从灶火膛里掏出灰来，弄到自己的头发或是脸上，否则就会被那些家伙带走。枪声过后，随即便是“嘚嘚”的马蹄声。一转眼，这些马贼已来到了谁家门前。紧接着，村里那些所谓的“张大爷”“李老爷”家的院里就传来一阵阵鬼哭狼嚎。母亲说到动情处，就用她手中纳鞋底的钢针拨拨灯花，屋里顿时又亮了许多，我也瞪大眼睛听得入迷。窗外风声时紧时缓，檐边雪语如泣如诉，而我小小的心田却有着一种温暖的感觉。母亲麻油灯下的故事，充实了我那段空虚的岁月，伴随我走过几乎没有任何娱乐的童年……

因为我们家的男孩比较多，成分又不好，所以我们家的日子过得很艰难。那个时候是母亲用她的脚步支撑着我们的家。

我不知道母亲是什么时候学会的爬树，也许是她小姑娘的时候在娘家的山林里学会的吧。在家乡榆树林枝叶繁茂的晚春，母亲经常带我到山上捋树叶、够榆钱。低处的树叶被人们捋光了，母亲便抱着树干，一下一下地向上爬去，离地越来越高。我真的为母亲担心，害怕她掉下来。回到家里，母亲把捋下来的树叶连同榆钱洗净，放少量的玉米面，做成面糊糊。就是这些难以下咽的面糊糊养活了我们那个时候的五口之家。

日子稍微好了一点，我家里已能够养得起两只母羊（其实是包产到户时生产队里分的）。为了打到更多的羊草，母亲的脚步变得越发忙碌了。在家乡屋后的山坡上，看到的总是母亲起早贪黑用锄头或是镰刀打羊草的劳作身影。那时候，我们的家里还没有车马，在田地里忙了一天的父亲，趁着皎洁的月色和母亲一起把打下的羊草一担一担地挑回家，垛成方垛。几年过去了，我家里的这几只羊派上了用场，当我家的羊养到十只的时候，父亲把它们全部卖掉，换了钱，给哥哥娶了媳妇。

自从有了孙子，母亲便成了奶奶。母亲的脚步似乎变得更加轻快了。哥哥嫂嫂在田地里一天天地劳作，奶奶便成了孙子的玩伴。从牙牙学语到扶墙走路，孙子的成长无不渗透着奶奶的辛劳。为了和孙子捉迷藏，奶奶常常在屋里从窗口跳到屋外，又从屋外跳到屋内。孙子追逐的嬉戏声、奶奶轻快的脚步声化成了满院子祖孙俩的欢笑声。在我的记忆里，母亲那个时候的时光是最快乐的。

随着孙子的一天天长大，祖孙俩在一起的时间越来越少了，因为孙子上学了。在学校里，孙子有孙子的新伙伴和新游戏。父亲为了偿还家里的欠账，东奔西走，东挪西借。孤独的母亲迈着蹒跚的脚步，在大大的庭院里看春日里的桃花盛开，望秋天里的落叶飘零，母亲的话也变得少了。

母亲没有文化。记得她说她刚念书的时候，把自己的姓氏“谢”（当时是繁体字）字写了满满一书桌。她还能说出“姓吕”的“吕”字和“大小”的“大”字，再没有听她提到过其他什么字了。但母亲深知自己没有文化的遗憾。为了让我和哥哥还有弟弟长大成人，受到更好的教育，母亲一次又一次把我们送出家门去读书。这些一个个看似漫不经心的镜头，串连成一个个平淡如水的故事，然而，谁又能够读懂母亲此时此刻大海般的心胸和博爱呢？当我们用一切思念和泪水换回些许成绩走进家门送到母亲面前时，看到的却是母亲那满面晶莹、久盼儿女团聚的泪花。

记得在我刚读高中的时候，母亲为了我的学杂费东挪西借，并在我临行前把家里唯一的一只母鸡杀掉了，为我的读书生涯又一次续上了“烟火”。

1992 年，我和弟弟一起参加高考，在高考前回家要学费的时候，母亲说了这样一句话：“你们两个要都考上大学，我和你大（爸爸）在村子里演台电影！”然而，那一年，弟弟顺利地考上了大学，我却又一次名落孙山。从此，我告别了母亲，告别了家乡和养育我的父老乡亲，踏上了他乡的征途……

早春的二月，北风吹着白幡哗哗作响，灵棚里显得格外凄凉。此时已接近子时，亲友们被安置到不同的地方休息去了，弟弟和哥哥也被安排休息，而我坚持为母亲守灵。我依偎在母亲的棺木前，一遍一遍地倾诉，一遍一遍地磕头，一遍一遍地点烟，一遍一遍地烧纸，泪水也一遍一遍地冲袭着我的双眼。我虔诚地把烧好的纸灰包好，忏悔自己曾经对母亲的不孝与不忠。

1995 年，我 25 岁，那一年我的婚姻出现了问题，原本贫穷的家中又平添了许多不愉快的音符。那一年我又在家里种了几亩薄田，按我的意思是想把粮食卖掉，然后出去打工的，而母亲的意思就是，父亲已经出发（到盘锦割苇子）了，你还有什么理由在家里闲逛。为此，我饱尝了母亲的一顿痛打，以致鼻子上挂了“花”。最终，胳膊拧不过大腿，我还是跟随父亲也来到盘锦，割了 50 多天的苇子。

1996 年的正月初四，我又来到了北疆的煤城，一个叫作大雁的小镇，挖了四年煤。那时候，我坚信一句话：“不混出个人样来，我不会回家！”正是从那以后，我的人生轨迹发生了巨大的转折；也正是从那以后，我写出了《母亲的脚步》《明月千里寄相思》《河水弯弯》《星星点灯》《童年的冰花》《花开花落》《煤城之恋》等多篇乡土散文……

二

生命是一次无法重复的人生体验。我希望天堂真实存在，好让我们的思念有个确切的去处。自从父亲四年前去世之后，母亲便成了我们兄弟的精神支柱。不管我们长得有多大，飞得有多高，我们永远都是母亲心中长不大的孩子。我们就像被母亲放飞的风筝，她的手中永远都攥着那根牵挂的线，让我们不至于跌倒。母亲的离去，让我们痛感精神上的无助和空虚；母亲的离去，让我们少了一份深深的依恋和寄托。

母亲的葬礼为期三天。第二天一大早，执事的、做饭的、烙忙的都开始忙活起来了。哥哥、我还有弟弟，依旧是给来参加母亲葬礼的人们磕头、满酒、道谢！整个过程依旧庄重肃穆、深沉有序。

上午8点多，家族里的远方亲戚，包括母亲的娘家人，表哥、表弟，都纷纷赶来悼念母亲。母亲的亲妹妹，也就是我的老姨也赶来了。在母亲娘家的姊妹中，母亲排行老二，大舅、大姨、三姨都先后离去，除了二舅、三舅的身体不好不能参加，老姨是参加母亲葬礼中与她最亲近的人了。老姨今年57岁，她一走进母亲的灵棚，就开始放声痛哭："姐姐啊，我的姐姐啊！"一阵阵撕心裂肺的呼唤，让所有的人都为之动容，为之心碎。嫂子们一边搀扶，一边劝慰。老姨哭泣着说："我年前来看过你妈一趟，没想到这一面却是最后一面！"

整整一个上午，来母亲灵前凭吊的、送纸份子的人络绎不绝。无论是大人还是小孩，只要是过来送纸的人，我们都赶紧磕头。

接近中午的时候，母亲生命中又一个至亲的人物出现了，他的名字叫宋坡，是我们同母异父的哥哥。他也是听到母亲去世的消息后特意从外地赶回来的。

由于父亲从小就没爹没妈，在他谈婚论嫁的时候便发生了很多故事。记得父亲曾跟我们讲过，他当时也不是心气高，但总觉得双方不能差得太多。父亲相的第一个对象是个秃子，在"相人儿"那天，人家留他在女方家吃饭，父亲说什么也不吃。父亲相的第二个对象，就是我的母亲，也就是宋坡的母亲。母亲说自己是"城墙土"的命，因为她克死了第一个丈夫，又克死了第二个丈夫（父亲于四年前已去世）。母亲的第一个丈夫，就是宋坡的父亲，第二个丈夫就是我的父亲。

母亲从宋家改嫁到陆家的时候，还有许多弯弯角角的故事。按照族里的规矩，女方改嫁可以，孩子一定要给男方留下，尤其是男孩。当时母亲也是思前想后，不带孩子又割舍不掉；不改嫁吧，母亲当时才二十四五岁。为了照看自己的儿子宋坡，母亲决定在本村找对象。既然在本村找，又要免遭人欺负，那找的这个男人就得方方面面都能拿得起放得下。父亲和母亲的结合，是我们村老孙头当的介绍人。老孙头和我们陆家是世交。为了撮合这门亲事，他做了不少工作。

母亲一生最骄傲的事情就是给父亲生了三个儿子，让祖父有了后。母亲和父亲吵架的时候，经常回击的一句话就是："我给你生了三个儿子就是有功，不然你就是光棍子。"

因此，在母亲的国度里，宋坡的重要性，相当于中国的香港。

记得小时候家里困难，过年时一家人只宰了一头不到百斤的猪。每到这时候，母亲就跟父亲说："给宋坡割一块。"父亲也从不吝啬，眼到手到，"就这块吧"。父亲把带肥膘的肉切下来，放到一边。母亲便在晚上人少的时候给宋坡送去。事情虽小，总能看出一个母亲对儿子的缕缕牵挂。

母亲最伟大的事情就是帮助宋坡成家立业。她离开宋家嫁到陆家，宋坡便由他的叔叔抚养。宋坡的婶子去世早，叔叔家的日子也非常困难，而宋坡又到了谈婚论嫁的年龄，因此，宋坡的婚事就成了母亲的心病。母亲的心病当然也是父亲的心病。为了帮助宋坡成家，父亲几经周折，最后把我们陆家一个表亲家的姑娘介绍给了宋坡。看到宋坡如今抱上了孙子，母亲的在天之灵也一定会多几分慰藉……

我的二舅和二舅妈是村子里有名的贫困户，二舅的大儿子叫谢术庭，如果不是我父母直接介入，谢术庭的婚姻恐怕也会有问题。如今，谢术庭已经有了一个男孩、一个女孩，也当上了爷爷。

“上庙了——上庙了——”主持道场的郭师傅一声声叫喊，把我的思绪又拉回了原点。

“报庙”的时候，我们都是身披重孝，但在回来的路上，主持道场的人要求大家都要把孝布摘掉。回来的时候，无论男性还是女性，大家都要哭成长调，喊着逝者的称呼。然而一般男性的声音都显得有点小，女性的哭腔才是“正宗”。“报庙”回来后，我们到母亲的棺木前开始烧纸，喊妈，之后又到后院的帐篷里给大家磕头、满酒、道谢！

下午 3 点多的时候，主持母亲葬礼的古鲁板蒿乡张师傅来了。这一回，他带着大喇叭，把喇叭在母亲的灵棚上放好，然后在屋里扯一根电线。大喇叭里先是放了一阵哀乐，然后就是思念母亲的歌曲。

《天之大》《白发亲娘》《草帽歌》《妈妈的吻》《再见吧，妈妈》《鲁冰花》等许多感人至深的歌曲循环播放。歌声中的每一个字、每一个音符都深深地传达出某种强烈的韵味。无论是痛楚或幸福，无论是离别还是思念，其中的情感都准确地容纳了生死离别的悲欢场景。我觉得歌词中的母亲就是我的母亲，歌声中的情感就是我的情感。

“天之大，唯有你的爱是完美无瑕；天之涯，记得你用心传话；天之大，唯有你的爱我交给了他，让他的笑像极了妈妈。”情感随着歌词和旋律的走向跌宕不断，触动着我的心灵。母亲，对我们付出一切不求回报，对我们奉献了所有依然默默承受；天之大，母爱之大，母爱与天同大。

《天之大》，曾在 2009 年春晚上让我感动落泪。如今，这首优美的歌曲、动听的旋律、深情的演唱，在母亲的灵前再次响起的时候，我感情的闸门再也控制不住了。

“妈——妈呀——妈妈——”

“妈——妈呀——妈妈——”

三

母爱是一本我终生无法读完的巨著，母爱是一片我永远也飞不出的天空。人世间的真情就像一张大网，时刻温暖着我的心扉。在感谢母亲养育之恩的同时，我还要感谢所有为母亲送行的人们，感谢他们在过去的岁月里对母亲的关心，感谢他们给予母亲直率性格的宽容和理解，更感谢他们在母亲离世后给我们的温暖安慰，是他们陪同我度过有生以来最悲伤、最痛苦、最无助的日子，为此，我无比感激！

母亲的葬礼已经到了第三天。

上午 8 点刚过，古鲁板蒿乡主持白事的张师傅来了。大家都神情凝重，因为母亲今天就出殡了。来参加母亲葬礼的人们越来越多，车子也越来越多。宋建全也帮着张罗各项事宜。张师傅和哥哥在一起商议着什么，好像是出殡时还需要注意的地方。

经过不分昼夜地守灵，我们都已憔悴不堪，每天几次的哭灵，让我们的声音都沙哑了……

主持白事的张师傅让我抱着棺材头，后面很多人喊着号子，用绳子平稳地把母亲的灵柩放在车上。

灵车前早早地跪好了母亲的孙男娣女，论资排辈，排成长长的队伍。每个人都披戴着标志着自己身份的孝服。灵车徐徐启动了。哀乐低沉，悲悲切切。送殡的队伍长达数里，送葬的族亲加上围观的乡友，从村头到村尾，二百多人浩浩荡荡。

灵车过了小庙，车子开始停下来，所有男性都要上车，女性全部返回。灵车也在我们家族头车的带领下缓缓地驶向母亲的墓地。

大约半个小时的时间，墓地到了。父亲于四年前就在这里“等候”了。主持的张师傅叫人在安放父亲棺材的旁边挖了一个小平台，又叫人拿来红布，还有一双筷子。他先是把红布放在两个人棺木的中间，红布上面又放上一双筷子，意思就是两个人以后可以在这里开始新的生活了。

哀乐声再次响起，那是从深厚的泥土里吐出来的，用功底深厚的胸腔迸发而来的，真切、朴拙、凄凉。棺木碰撞土块的嘭嘭声，风吹白幡和花圈的哗哗声，观望人群的窃窃私语声，还有灵魂深处毫无头绪的喊叫声，混合成一股股强势的声浪，在墓地中冲来撞去。就在这阵阵声音的波涛之中，母亲的棺椁平稳地被移到了墓穴，又渐渐从我的视线中消失。

母亲终于回到了那片曾经浸透过她血与汗、爱与恨、苦与乐的土地，那片生她养她、折磨过她、温暖过她的土地。

所有的花圈都放在一旁，因为今天是平坟，明天天亮前圆坟的时候，花圈才可以放在坟头前。接下来就是家族里年岁大点的哥哥把纸点燃。我们跪在母亲的坟前，这也是我为母亲做的最后一件事。不论别人对这道场怎么看，我都觉得，通过这种跪拜，可以表达我对母亲的感激和怀念之情。

燃烧！燃烧！随着纸钱的迅速燃烧，我看见血红色的火苗在空中随风挣扎、旋转、升腾、起舞。

我们的“家”随母亲一起升腾而去。从此，乡下世界曾经赋予我的游戏、温暖、故事、青山、绿水，随着母亲的死亡而消失，所有的一切都将变成灰烬，化作尘土……

后序：葬花吟

给母亲烧完“头七”，我便回到了上海。我在这座城市已工作生活了十五年，这座城市对于我来说，既熟悉又陌生。我又像往常一样来到康健公园。也巧，上海的春天比往年来得早，使得花谢得也早。雪白的白玉兰花瓣谢满了一地，在朝霞的映衬下显得格外凄美。母亲的名字叫谢永霞，她和父亲生前也曾在这个公园的附近逗留过。望着满目凋零的白玉兰花，我忆起了曹雪芹《葬花吟》中的几句词：

尔今死去侬收葬，
未卜侬身何日丧？
侬今葬花人笑痴，
他年葬侬知是谁？
试看春残花渐落，
便是红颜老死时；
一朝春尽红颜老，
花落人亡两不知！

完稿时，已是清明时节，哀思如雨……

（2014 年 4 月 1 日于上海徐家汇）

故乡用超然物外之魂，绕过郁结寒星，驶过荒凉的古道，经历过战争和匪患，吻过那些悲凄的废墟，依然将我们的爱情、命运、人生、苦难、想象、希望、童话和哲学等演绎成各种不同的音符，在千年跌宕的余音里，任你陶醉，任你倾听……

故乡的呼唤

故乡不老的传说，最是千年聚散的漂泊，临风长叹，隐隐错落。遥远故里容颜澄澈，梦里忆里，轻柔似水，宛如我一生无法刻画的临摹。解不开尘封千年的枷锁，轮回我一生无法言明的落寞，一指流沙，一叶清荷，三生烟火，千年迷梦中永恒的定格。落日长河，长城古道，古榆传说，无声无言，缘起缘落。晓风残月，吹散流离在纤纤浮光里翩跹的云朵。紫阡幽深，静街朱阁，卷秀云罗，轮回了几度人世沧桑，又上演过多少悲欢离合。人生无根蒂，飘如尘上陌。当远离故乡的游子背负了家的重荷，就像滚滚江水上漂浮的一叶小舟，任凭命运的风浪击打，却永远找不到抛锚的码头和避风的小窝。千百年来，思乡的丽曲与爱情一样，成为亘古不变的咏叹，被那些浸满了乡愁乡恋的人们谱写成今天的歌。

在经历了无数次采撷、压榨之后，生我养我的那个村庄，就像我那归去来兮的老母，呼唤着我的乳名，在风中不停地吆喝……

一、老榆

故乡是游子永远顶礼膜拜的精神圣地，故乡的灯永远照亮游子前行和回家的路。漂泊的日子里，不管身居繁华的都市，还是奔波的旅途，故乡的一山一水、一草一木，都连着我身上最敏感的神经。生我养我的那个村庄叫八家村，我出生的时候，父亲和五大爷住对面屋。后来，父亲联合其他三户人家在村子西北角的榆树林旁边批了一块宅基地。由于前面和东面都是人家，西面是沟，所以父亲把大门口开在了东面。而正对大门口有一棵古榆树，古榆树下面有几座坟茔，那是本村于家的坟地。“古榆沧桑荫故土，天增瑞气寺生辉。”

前几年，我通过手机微信认识了于家的旺丁于跃源。于跃源应该是从八家村走出的敖汉名人，他读了我的《莲花山寻古》之后说：“莲花山曾是乌兰召海利王府的祭祀山，别名小罕山，山南是王府赛马场，往前是海力王府，面对饮马河，府西是王府家庙，家母从小在府内长大。”由此，丁氏家族确属村中的名门望族。

古榆树高约丈二，径粗二搂有余，虽满身褶皱，枝干仍粗壮雄健，高大挺拔，枝繁叶茂。四条主枝干，支撑着村子的西北角。它好似一顶巨大的华盖，盛夏时节，翠叶重重叠叠、密密匝匝，淹没了无数长枝短杈；远远望去，华盖晃晃悠悠、浩荡招摇，宛若一朵落地绿云。关于古榆树的树龄，我无法考证，但可以肯定地说：“它比我们的村庄年龄要大。”古榆树见证着故乡老哈河的沧桑，也见证了村庄发生的一切。

“千年大树老古榆，开鲁一珍塞外奇。墨客骚人书不尽，满身故事满身谜。”这是一位书法家在内蒙古通辽市开鲁县参观大榆树镇的一棵古榆树后留下的墨宝。开鲁县地处科尔沁草原西部，是辽代契丹族的发祥之地。辽太祖耶律阿保机出生之时，部落里争权夺势，祖母用墨涂其面将其藏在突不吕帐中才使他躲过一劫。十二三岁的阿保机，离家两百里来到大榆树镇，充当马倌，榆钱儿是他充饥的美食。二十多年后，他建立契丹国，始终不忘古榆树，派遣特使前来祭祀，给古榆树披挂了一树大红绸。虽此榆而非彼榆，但家门口的古榆树似乎也带有神秘的色彩。

关于古榆树的故事还有很多。记忆中的童年总是充满艰辛与苦涩，连烧饭的柴火都无从寻找。有一年冬天，村里有一个叫“树根儿”的壮男带领一两个帮手开始打起老榆树的主意。他们先是爬到树上，弄一些细一点的枝丫下来，觉得不解事，又派人到自家的车上解下一根刹绳，试图爬到大树上将树杈拴上往下拽。就在他们一帮人摇旗呐喊的时候，于家老大于跃涌匆忙赶到，先是一顿臭骂，然后到我们家找了一把菜刀，把一根四五米长的刹绳剁成数段。一群人看着尴尬的局面赶紧跑散了。

童年的古榆树下面是父亲和母亲的晒场，每年夏天，他们都从一些山坡上割些青草回来，在榆树的周围翻晒。过了好多年，我们家的后面又规划了一条街。每到暮秋，大榆树下摆放了很多秸秆。有一年秋天，我在外读书回家，发现父亲把那棵古榆树连同几座坟茔都圈在自家的院里。父亲还在于家经常上坟烧纸的地方摆放了一些砖头。他说：“周围柴多，避免失火，于家人也表示赞赏。”

古榆树虽然历尽沧桑，依然是我儿时的乐园。盛夏季节，老榆树像把天然的太阳伞，伸展着巨大的臂膀，给我们送来一片绿荫。夏日的午后，我们有时会光着膀子在大榆树下乘凉。我家的邻居是大队的宋书记，宋书记的儿子叫宋建波，比我小两岁，他的乳名叫清华。我还清楚地记得，有一年暑假，我们一起在大榆树下谈理想、谈人生。谈到尽兴时，我还在建波的笔记本上写了一首小诗。

记忆里的秋天，古榆树下会经常出现父母不辍劳作的身影。寒冬时节，雪花飘飘，老榆树虽然褪去了绿色，但依然昂首挺立，耐住了风寒，耐住了寂寞。如今，宋书记已经搬到敖汉旗长胜镇二姑娘家里安度晚年了，建波也有了高就，我的事业在上海也有了些许起色。近几年，自从父母亲远行天堂以后，我们的院子，连同那棵古榆树一并被卖掉了。故乡的古榆树见证了一段又一段悲欢离合。

故乡的古榆树啊，你就像我的父亲，总是孜孜不倦地注视着大地，不动声色地积聚着能量。古榆树就像一位禅者，用睿智解读人生百态，坚韧不拔，荣辱不惊，时过境迁、岁月更迭好像永远都与你无关……

二、草原

“巍巍兴安岭，滚滚呼伦水。千里草原铺翡翠，天鹅飞来不想回。啊，呼伦贝尔美！”一首《呼伦贝尔美》唱响整个内蒙古大草原。呼伦贝尔是一个造化神奇的地方。呼伦贝尔是我的第二故乡。

很久以前，草原上一个蒙古族部落中有一对情侣，女的叫呼伦，能歌善舞，才貌出众；男的叫贝尔，是草原上的英雄，能骑善射，力大无比。他们和乡亲们无忧无虑地生活在这片水草丰美的草原上。一天，妖魔莽古斯带领狐兵将杀向草原，抢走了呼伦姑娘，吸干了草原的流水，草原陷入深重的灾难之中。为了救出呼伦姑娘，挽救草原，贝尔飞马驰骋，四处寻找妖魔。为了挽救草原，呼伦姑娘设计智取莽古斯头上的神珠吞下，变成了烟波浩渺的湖水。等到贝尔杀死了莽古斯以后，却找不到呼伦姑娘，他悲痛欲绝，纵身跃入湖中。顿时，山崩地裂，形成两个湖泊：一个是今天的呼伦湖，另一个则是贝尔湖。为了纪念他们，人们就把这片天堂草原取名为“呼伦贝尔”。

乌尔逊河犹如一束银色的彩带将呼伦湖和贝尔湖连在一起。湖水滋润了草原，草原又充满了生机，羊群像片片白云在蓝天下飘荡；牛、马像颗颗珍珠撒满了绿色的草原。

呼伦贝尔草原不但美丽宽广，而且资源极为丰富，尤其是煤炭资源。我原来工作的地方在内蒙古呼伦贝尔市鄂温克自治旗一个叫“大雁”的煤城小镇。矿区是一个奇特的生存部落，矿工两头不见太阳，只有单调的劳动、吃饭、睡觉三件事。1996年正月初四，我一个人背着流浪的行李，带了一本路遥的《平凡的世界》，到这里工作生活了四年。那时候我工作的单位是一个小煤窑，井下条件极其艰苦，打眼、放炮、装煤、打桩、护顶全部靠手工劳动。一到冬天，矿工最犯愁的是换衣服——脱掉棉衣，换上冷冰冰的工作服。每天早晨6点半吃完早饭，坐上通勤小火车到矿上要半个小时；7点钟接受班前安全教育和生产任务；7点40分换衣服、领矿灯；8点钟准时下井。工作劳动8小时，班中不吃饭，遇到工作面冒顶或机械事故还会时不时延长工作时间。煤矿 24 小时连续生产，工人分三班倒，最熬煎的是每月的十个夜班。白天干了一个班的活，晚上 10 点多正犯困的时候，又开始冒着大雪去上零点班……

1992 年，在经历了三次高考落榜后，我一度成为“盲流”，开始在辽宁省锦州市营盘乡北郊建材厂搬了三年砖，后又到建筑工地当了一段时间短工，其间还在家里地地道道地种了几个月的地。1995 年的冬天，我又去辽宁盘锦割了 50 多天的芦苇。就在盘锦打工返乡的途中，我在锦州火车站买了一本路遥的《平凡的世界》（其实是我的好友宋建波推荐的）。书中主人公孙少平的经历深深地打动了我。路遥在《平凡的世界》中有这样一句话：“生活不能等待别人来安排，要自己去争取和奋斗；而不论其结果是喜是悲，但可以慰藉的是，你总不枉在这世界上活了一场。”

1996 年春节刚过，我便坐上了去往北疆的列车。在矿山挖煤的日子里，我把一些经历写成了散文发表在《大雁矿工报》上，其中包括《星星点灯》《河水弯弯》《明月千里寄相思》《因为梦着我的梦》《母亲的脚步》《花开花落》《雨后的故事》……

“我的心爱在天边，天边有一片辽阔的大草原。草原茫茫天地间，洁白的蒙古包散落在河边……”草原再好，依然只是我漂泊路上的一个临时驿站。2000 年，全国煤炭形势不好，于是我买断工龄来到上海。然而，呼伦贝尔依然是我人生的重要支点，因为正是从那时候开始，我有了很多矿工朋友和一些文学路上的朋友。如今，我已在上海生活工作了十六年，从农村、矿区到都市，从高考落榜生到下岗职工，再转型进媒体，文明演进的过程让人饱受苦难创痛，这就是永远的《人生》，也是永远的《平凡的世界》。无论我身处何处，永远忘不了呼伦贝尔，因为我现在已经拥有了呼伦贝尔的户籍，我在那里娶了一位温柔贤惠的老婆。如今，当我在人生路上遇到许多波折的时候，我也尝试着用草原的心胸去诠释一个民族：一种渐行渐远的游牧文明，必然带着某种苍凉、某种无奈、某种发自内心的难舍难分。我的探寻和追求让我感到孤独，因为这个世界越来越繁华喧闹了。对于这样一个孤独的灵魂，对于这样一个游走于不同文明中的作家，恐怕只有敖包可以救赎我的心灵，所以我一次次执着地走进呼伦贝尔，走近游牧祖先的领地……

三、回声

“鸿雁天空上，对对排成行。江水长，秋草黄，草原上琴声忧伤。鸿雁向南方，飞过芦苇荡。天苍茫，雁何往？心中是北方家乡……”《鸿雁》是近年来非常火爆的一首草原歌曲。《鸿雁》歌词里主人公的家乡在北方的内蒙古草原，而工作地点在南方。主人公体会到鸿雁离家南飞时的心情。天冷了，鸿雁要离开它们眷恋的芦苇荡。在这片芦苇荡里，它们曾经觅食、恋爱、嬉戏、歌唱、筑巢、养育后代，度过了多少难忘的日日夜夜。然而为了生存，它们不得不告别家乡。主人公在南方工作，无意中看到一队鸿雁飞向北方，就请鸿雁把他的思念带回家乡。想到家乡，他的耳边似乎又响起了那熟悉的歌声和马头琴的乐曲。然而歌声是那么遥远，若有若无；琴声则游丝般在他的心弦上微微颤动。

《鸿雁》以情真意切的歌词、起伏跌宕的旋律、苍凉的马头琴声，还有那缥缈的呼麦，表达出千千万万游子的心声。

少小离家的游子，对家乡总是有着千丝万缕的情愫。我想，这就是我永远也挥之不去的乡愁吧！童年的那间老屋，一次次闯进我的梦境，至今不明含义的童谣声突然就在耳际萦绕。蒙蒙眬眬中，我一会儿在似曾相识的街巷中踽踽独行，一会儿又在秋风瑟瑟的山林中奔逐喘息，然后莫名其妙地坐回了那间教室焦灼地等待着期考，转眼间又与人失散在昏暗的原野上发出惊悸的呼叫。猛然惊醒过来，却发现这些都是一些散落在山南海北的生命片断。一种心在飘浮无着无落的莫名愁绪，如链般缠绕。不知何时，心里就有了一种深深的哀痛，那是一种心在悠远旷谷里呼唤找不到回应、一抹孤独的浮云无以寄归的疼痛。我也曾梦见我在故乡的沟壑里捡拾一些散落的铜钱，仿佛看到我们的先民们佝偻着腰在林子边烧制做饭用的锅、盛饭用的钵，他们用一笔一画勾勒出洪荒燧影，用我们这个时代无法想象的思维憧憬着未来的生活……

“游子远行离故乡，去时青春还时霜。”侄儿陆继成把自己参加工作之后，回家看望父母的感受写成了一篇散文，名字叫《有父母的地方才叫家》，文中说：“家对于我们每个人都不陌生，它看似简单，却内涵丰富，书写着无数人的情怀。”我在上海出生的女儿梦瑶，也在几年前写了一篇名叫《老家》的散文，在《新州文学》发表，文章在结尾处写道：“老家，是父母的巢窠，也是我的天堂。”两位小作者对家的感受都写得不错，但他们描写的“家”应该指的是“家乡”。其实，“家乡”和“故乡”虽然有着千丝万缕的联系，但也有着很多区别。就在母亲去世两周年祭日的时候，哥哥把父母生前的一些照片编辑成了音乐相册，并配上了席慕蓉的一首《父亲的草原母亲的河》，歌声委婉甜美，情真意切，让我伫立而泣，让我涕泪如雨。

故乡，我那远古的故乡啊！当你背脊滚落了我积郁千年的眼泪时，我是不是可以长跪不起？当你用优美的脚步舞动出亘古的美丽神话时，我是不是可以把头埋进深谷，让群山合抱，让河水干涸？然而，远古的故乡虽然承载着历史的底蕴，却被历史的浪潮淹没了一切。繁华落尽，高墙坍圮，楼台宫阙已成断壁残垣，所有的印象已无影无踪，销声匿迹。故乡的远古承载着社会演进中的苍凉，就像是一支清远的笛，总在月亮的晚上响起，响起。跨过波涛汹涌的大河，走过千年光阴的古长城，我既能感受到故乡那厚重的历史文化底蕴，又能领略故乡模糊的惆怅，仿佛雾里的挥手别离。

“望远故乡长相忆，黛眉细腰娇无力。柳丝芳草凄，抚琴泪眼迷。一曲昭君怨，诉已思乡情。何时能归来？仰面风淡轻。”故乡用超然物外之魂，绕过郁结寒星，驶过荒凉的古道，经历过战争和匪患，吻过那些悲凄的废墟，依然将我们的爱情、命运、人生、苦难、想象、希望、童话和哲学等演绎成各种不同的音符，在千年跌宕的余音里，任你陶醉，任你倾听……

（节选自《倾听故乡的远古回声》，2018 年 2 月于上海）

贰 第二部分

我曾经的青春岁月就这样结束了。黄昏的序幕已经拉开，最后一抹晚霞也已掠过苍穹，醉人的霞光慢慢地扩散，先是由远及近，然后又由近及远，宛如一位即将出嫁的新娘脸上泛起淡淡红晕，让我想入非非，又情意绵绵……

“悠悠寸草心，报得三春晖。”几次梦回古园，醒来后却是几缕骊歌般的思念……

古园寻梦

长叹日月如梭，光阴却总难织成布。尤其是那些使人生无比美好的东西总是无情地成了过去，甚至渐渐地消解于无形。然而有一段纯洁、美好、欢乐、悲伤乃至痛苦的初中生活，却在我的梦中成为永恒。

我的初中是在内蒙古赤峰市敖汉旗的一个小镇上就读的。这个小镇的名字叫古鲁板蒿，当时还是古鲁板蒿人民公社，后来变成了古鲁板蒿乡。古鲁板蒿撤乡换镇的消息，已是最近两年的事情了。拿到初中录取通知书那年，我13岁，确切地说是12周岁。父亲和母亲便开始为我初中的生活筹划了．哥哥用过的书箱，我可以接着用；哥哥用过的羊皮褥子，我可以接着用；哥哥用过的纸笔，我也可以接着用。出门在外，总得有一身行头吧：哥哥穿过的上衣，我可以接着穿；父亲穿过的劳动布裤子翻过来，在膝盖处打上两个对称的大补丁，我可以接着穿；鞋子是母亲挑灯夜战为我赶制的。她又把家里唯一一床没有破洞的被面儿拆下来洗干净，把里面的棉花重新打了打，铺盖也算有了。在外起火是要交粮食的，父亲又从加工厂碾了一袋苞米糙子。

所有这些都准备妥当后，离开学的日子也没几天了。我趁着父母中午休息的时候，跑到山坡上给家里拔了几捆“赖毛子”柴火回来晾晒，算是为父母尽了点儿孝心。临行前一天，我又用秫秸秆扎了一个“再见”放在了麦垛上，也算是向老母亲做一个简单的告别。

古园是一个大大的园子，校园周边的大杨树和林荫路有一种神秘的味道。大大的操场、大大的篮球场、大大的排球场，都让我感到古园的新奇和未知。开学季的校园里聚集了毛驴车、马车、骡子车，偶尔还能看到几位老师骑着自行车。父亲带着我拿着录取通知书到六年（2）班报了到，然后去后勤排队交了粮，接着又到班级的宿舍去铺好床。临别父亲嘱咐了我几句，就坐上毛驴车返回了。望着父亲的背影渐渐远去，我才怀着一种忐忑的心情回教室上课了。

遥想当初的古园，有点像燕园。走廊里张贴着大大的红榜，上面是刚刚被高校录取同学的名单，还有一些刚刚进入高校的同学写给母校的“家书”。莘莘学子，拳拳之心，读来甚是感动，一种莫名的骄傲在我心中油然而生。古园的老师个个都风度翩翩、学富五车。当时的校长叫王兴汉。我们的班主任是徐永庭老师，他是教政治经济学的，个子算不上高大，却也斯文，一身蓝色的中山装，头戴一顶帽子，板书写得十分漂亮。一堂课结束后的间隙，他会从兜里摸出一根烟，点燃慢品，悠然自得，给我留下了深刻的印象。

初一的时候，教我们语文的老师叫穆廷龙，年轻帅气，声音洪亮。第一节课是毛泽东的《浣溪沙·和柳亚子先生》。这是一首揭露旧中国的黑暗现实、赞美新中国民族大团结的诗，是旧时代结束、新纪元开始的雄伟钟声。全词首先从联欢晚会的热烈景象触景生情，联想到旧中国的悲惨情景；然后笔锋转而颂扬国庆晚会上的浓烈气氛，喻示了新中国各族人民大团结、共创繁荣局面的美好前景。全诗抑扬顿挫，如甘醇，似雨露。“长夜难明赤县天，百年魔怪舞翩跹。”赤县神州百年来陷入暗无天日的黑夜中，深受三座大山的压迫，这黑夜何时是尽头？一个“长”字，一个“难”字，尽诉作者的沉重心情……

穆廷龙老师讲郭沫若的《天上的街市》那一课，更是令我至今难忘。《天上的街市》这首诗用自然清新的语言、和谐优美的韵律、平淡出奇的意境带给了我们丰富的想象，让我们幼小的心灵随着诗歌的意境在遥远的天空中漫游，驰骋于美好的生活中。也正是从那时候起，我开始喜欢上语文课。

教我们地理的是张瀚春老师。他个子高高的，风趣幽默、才华横溢、风度翩翩。在他的地理课上，我第一次听到菠萝、香蕉、椰子。张瀚春老师会在黑板上把这些好吃的水果画出来，然后又形象地跟你说出它们的味道，很诱人……我还记得他给我们画的南美洲的地形图是一个倒挂的三角形。

张瀚春老师是新惠街里人，他的业余爱好是吹笛子，还擅长“武打”。记得当时学校周边的环境不是很好，社会上有一个叫杨球子的青年人，经常到校园滋事。为了对这种情况进行整治，教导主任周存礼、张瀚春和杨球子“约定”，在古鲁板蒿后山小树林进行一个小范围的“比武”。如果杨球子输了，以后就不许到校园骚扰。一个月色皎洁的夜晚，周存礼、张瀚春如约而至。杨球子口号一吹，几个痞子迅速围拢而来。张瀚春老师大吼一声：“哪个叫杨球子，你站出来，我认识一下！”“我！”杨球子话音未落，就被张瀚春一套组合拳打得应声倒地。杨球子也不甘示弱，马上从腰里抽出一条洋车链子，还没来得及打开，又被张瀚春老师一个反手压在地上。杨球子“妈呀”一声，跪地求饶，其他几个马仔也作鸟兽散了。因为此事，好长一段时间，校园里平安无事。

车勇，我的初中历史老师。高高的个子，戴一副眼镜，他知识渊博、谈吐高雅。记忆最深刻的是车勇老师给我们讲北京人、元谋人和山顶洞人的样子，那抑扬顿挫的声音，宛如一位民国大师。车勇老师给我们讲的“商鞅变法”“贞观之治”“丝绸之路”等历史故事，至今令人难忘。

初一的时候，教我们数学的是皮振国老师，教我们英语的是陆明学老师，教我们生物的是张晓梅老师，他们讲课的水平也非常高。我的语文、英语都在90分以上，数学也排进了班里前十。

那时候校园里的生活多姿多彩。每天上午的第二节课之后是课间操，几千人的课间操规模庞大，大喇叭的声音也非常洪亮，引来不少路人围观。每天下午有一节活动课，学校会组织老师和学生在一起进行篮球、排球、乒乓球等各类运动比赛。我喜欢看排球，老师和学生各一组，师生之间不分伯仲，操场上的加油声、呐喊声、口哨声此起彼伏，高潮迭起……为了一睹未来大学生的样子，我还曾趁着晚自习的时候，偷偷地跑到高年级的教室门口去看一下他们的学习场景。我看到那些大哥哥、大姐姐们都孜孜不倦、勤勤恳恳地学习，幼小的心灵受到了很大的鼓舞。

理想总是很丰满，现实却很骨感。那时最难应付的是捉襟见肘的一日三餐、每月回家的往返路途以及父母愁楚的目光。寒冷的冬天又来了，户外的活动越来越少，我身上的衣服也显得越来越单薄。四两米饭、白菜汤的日子，对于刚刚12岁的我，几乎难以饱腹。我们的宿舍是一个长长的筒子屋，床是用杨木板拼成的大铺。我在靠近门口的第二铺，由于行李中没有褥子，只有一床薄薄的被子，我冻得直尿床。尿了床，自己又不好意思拿出去晾晒，晚上的时候还要继续钻进被窝。周而复始，瘦小的我举步维艰。

向西，向西，向西，再向西……因为学校在我们家东边三十里的地方，每个月月底的礼拜五的下午，我要和西湾子的几个同学开始长达一个下午的“西行漫记”……

学校的位置坐南朝北。从学校操场出来左拐，有一个理发、刻字、印背心的小店，小店的对面是古鲁板蒿供销社，沿着古鲁板蒿的林荫路西行500米，是耿家商店，再西行左拐，是一片网格化的树林。那个时候，古鲁板蒿的植树造林在全旗是很有名的，横成行，竖成列，很是气派……过了树林西行，是王家湾子，王家湾子西行还是一片树林，树林很大，路又长又窄，依稀还有几个坟头，阴森可怕。过了王家湾，西行不远处有一个很深的大沟，沿着沟边先下后上再西行就是白家店。白家店再西行，再下一个沟，便是老哈河和白家店大队十份地地段。这段路冬天是冰，夏天的时候有庄稼，包括向日葵、小麦、大豆……至此，我们回家的路才走出了二分之一。

沿着老哈河的沿岸再西行，经过九份地、八份地之后，终于进入八家村。我到家后，有几个同学，还要继续西行，他们有的是二份地的，还有头份地、西湾子、波赤营子的。进了家门第一件事就是吃饭，不管是凉饭还是热饭，不管是有菜还是没菜，总得先填饱肚子再说。星期六，我把学校里的衣服脱下来清洗，有时候会到叔叔大爷家串个门，这一天就过去了。赶上家里忙秋，还要帮助家里干一些农活。星期天的上午，父母开始帮我张罗下个月 3.5 元的饭费。运气好的时候会带上 5 元，运气差的时候勉强带上 3 元。有的同学会从家里带些炒面之类的到学校，而我总是带着留恋与不舍、酸楚与惆怅，踏上去往学校的路。

向东，向东，向东，再向东……穿过了老哈河，又爬上了一个坡；穿过了一片林，又路过了几座坟……

初二的时候，我们班级从敖汉街里转来几个学生，好像是被其他学校开除的。他们在班级里横行霸道，每周一顿每人定量的大米饭，都会被他们提前打完，而我由于当时年龄小，经常抢不到“槽子”，饭到我这里就没有了。为了生存，我经常拿着一个空饭盒跑到伙房去，等待着伙房大师傅的施舍。现在回想起来，真的很感激当年伙房里的几个大师傅，每次去讨饭，他们都没有让我空手而归。然而，等熬到了初二的下半年，我终于下定决心休学了。休学期间，我在家里放了两个多月的牛。放牛的时候，我和村里的几个牧童经常跑到河边去摸鱼，有时候还会跑到田地里去偷土豆、烧豆荚、烤青蛙，那段时光过得也算惬意……

1984 年的下半年，我从初二开始复读。这一年古鲁板蒿公社分为古鲁板蒿乡和康家营子乡。我们所在的古鲁板蒿中学高中部撤往新惠，“古鲁板蒿中学”改为“古鲁板蒿初级中学”。由于有了两个多月放牛的经历，我的身心得到了极大的调整。当时教我们语文的是尉兴怀老师。有一次尉兴怀老师布置作文，我的同桌李宏光让我帮他也写一篇，跟我约定写好后请我下馆子。我果断地接受了这项“任务”。后来，我和李宏光的作文都被张贴在教室后面的荣誉栏上。还有一次，学校组织作文大赛，我的作文《村里的新事》获得了年级组一等奖。作文的素材也取自我放牛的经历，因为我在放牛的时候，目睹了村里一个“二流子”买了汽车发财致富的事。点评的老师说我的作文写出了新意。记得当时，我的物理比赛还拿了一个奖项，奖品是笔记本。从那以后，校办的《铃声》小报，偶尔也会看到我的名字。

初三的时候，教我们语文的是李国瑞老师，他写得一手好字，也是一个有故事的人。有一次晚自习备课，他的眼镜突然掉在桌子上。“嗯？怎么停电了？”同一个办公室的老师闻声抬头看了看李国瑞老师，引来一阵哄堂大笑。李国瑞老师教我的时候，我的语文成绩在班级里经常排名第一。然而，由于我数理化学得不好，尤其是徐永德老师的“对数”，真的让我蒙了好一阵。到了初三下半年，我因预考成绩不理想又留级了。

等到了我上“初四”的时候，也就是 1987 年，我们学校的校长是周致武。周校长个子不高，却十分挺拔，一身黑色的中山装板板正正，一双黑色的皮鞋油光锃亮，不留一丝灰尘。周校长不苟言笑，看上去很威严。他还负责教我们的几何课，四十多年过去了，我还记得周校长在几何课上徒手画的圆，那是非常标准的圆。当时有的同学开玩笑说：“周校长画的圆能气死圆规。”周校长治校严谨，学以致用。当时他曾用两支标枪和一条皮尺，在校园里画了两个大大的椭圆。没过几日，校园里就出现了两个椭圆形花坛……

当时教我语文的是白凤学老师，白老师才华横溢、满腹经纶。那一年我们中考的预考作文是《一屋不扫，何以扫天下？》，刚好被白老师押中了当年的中考作文题。预考过后，我们重新分班了。这时候，教我们语文的是张亚娟老师，教我们数学的是郭万印老师，教我们化学的是孙富老师，教我们物理的是皮振国老师，教我们政治的是徐永庭老师，教我们几何的是平永富老师，教我们英语的是王晓春老师。张亚娟老师的语文课讲得非常好，她给我们讲《我的叔叔于勒》《孔乙己》《变色龙》等经典课文，那情景让人至今难忘。那一年，我考上了四道湾子高中，虽然不是重点高中，但总算告别了我的初中时代。

故乡的方向是游子最深的惆怅，母校的模样是学子最美的凝望。对学子来说，母校是生命历程中那如花年华的记忆。初中的母校，记载了我曾经的艰辛与进步，也记载了我那时的无知与渴望。如果说阔别母校三十多年，我在文学方面略有一些成绩的话，那都要归功于我在初中的时候遇到了几位非常好的语文老师，他们是穆廷龙老师、尉兴怀老师、李国瑞老师、白凤学老师、张亚娟老师……

“悠悠寸草心，报得三春晖。”几次梦回古园，醒来后却是几缕骊歌般的思念……

（2021 年 5 月于上海）

月亮啊，你这古老的哲人，送走了秦皇汉武，送走了李白苏轼，你青春依旧，像一匹四蹄生风的神驹，不知疲倦地飞奔，驮着昨天，驮着今天，驮着学生宿舍楼里那千百个圆圆的梦，驮着中华民族跨世纪的崭新希望……

约一轮圆月，唱中学时代

哦，多好的圆月！你姗姗而来，带着我那金子般的梦，驮着我那滔滔的思绪，让我又飞回到那魂牵梦萦的中学时代……

一轮圆月从群山之巅冉冉升起，我漫步在小河边。

“曲曲折折的荷塘下面，弥望的是田田的叶子，叶子出水很高，像亭亭的舞女的裙……月光如流水般，静静地泻在这片叶子和花上……”

我仿佛置身于《荷塘月色》之中。青年教师马忠武先生是我高一时的语文教师，他给我上的第一堂课便是朱自清的著名散文《荷塘月色》。他那抑扬顿挫的声调又在我耳边响起。“月下的荷塘，荷塘里的月色”，表达了朱自清追求光明，面对当时社会不愿做一个对祖国和人民的命运漠不关心的人的主旨。马忠武老师的家在一百多里以外的县城，而他却在乡镇中学十几年如一日，送走了一批又一批的学生。他多次放弃了回城任教与家人团聚的机会。原因很简单，为了惜才的校长，为了与他共事多年的同事，更为了那些给他带来希望的孩子们。多好的老师，多好的学校，多好的《荷塘月色》啊！

月亮升高了，照亮了明晃晃的世界。轻风过后，偶有朵朵彩云为月色增添了几分朦胧的诗意，这让我想起中学时的另一件事。

他叫王春，我高三时的物理老师，说话既诙谐又风趣。“月亮明亮柔和，的确很美，但它的光却不是自己的……”这是他给我们讲日食、月食的光学原理时的开头语。不错，月亮曾经是个“贼”，而它有光也正是在于它充当了“反光镜”的角色。阳光虽然热烈耀眼，但如果把“举头望明月”，换成“举头望太阳”，李太白绝不会有“低头思故乡”的情怀，月光的地位也便得到了认可。把别人的东西经过消化与吸收，再赋予其崭新的内容，这就是自己的了。这不正是师与生、教与学的真正内涵吗？

月亮终于摆脱了彩云的缠绕，世界又一片银白。高中的学习是紧张且充满压力的，但也有放松的时候。

“今晚月光，照在我身上。心儿像白云飘啊飘……”一曲月亮之歌。“月亮走，我也走……”一首《彩云追月》。歌手就在我们班级，他叫黄国利，学习成绩一般，但他那极好的嗓音能使同学们不时地放松绷紧的神经，不时地让校园生活又充满七色阳光。他本人也在高三的冲刺阶段考取了音乐专科学校，圆了他多年的月亮之梦。

高考之日临近了。“放假一星期！”班主任老师的话音刚落。“好——”同学们欢呼起来。这些大孩子们纷纷走出教室，忙里偷闲。在不可多得的月光下，在静静流淌的小河旁畅谈人生、理想、事业，聊着刘德华、刘晓庆、叶倩文……还有三五成群的男孩女孩来到小河边，放下自己亲手采撷的花瓣，深情地看着它们向远方漂去。

月亮似乎微醉了，河岸上留下我清晰的脚印，我仿佛顺着它那条古老的抛物线晃晃悠悠地飘向远方……

月亮啊，你这古老的哲人，送走了秦皇汉武，送走了李白苏轼，你青春依旧，像一匹四蹄生风的神驹，不知疲倦地飞奔，驮着昨天，驮着今天，驮着学生宿舍楼里那千百个圆圆的梦，驮着中华民族跨世纪的崭新希望。

（1998 年 9 月 25 日《大雁矿工报》）

跨越三十年的时空之旅，老校长就像是一座丰碑，给我以指引，给我以动力，让我常常感怀，念念不忘。潇潇的梅雨渐行渐远，“朗读者”的赞歌又悄然升起，余音绕梁，续传薪火，至于不绝……

梅雨潇潇

云雨悠悠，天语潇潇。不知是谁的一滴墨，在水中悄然化开，竟化成一片灰蒙蒙、湿漉漉的天空。满城的梅雨让古镇老街的小弄石墙都透着一股浓浓的人文气息，为忙碌的人们营造出一个让心情偷闲的空间。进入六月，微信朋友圈里到处弥漫着毕业季的别离思绪。董卿的《朗读者》还来不及远去，敖汉旗箭桥中学（我们那时候叫木中）公众号里的“朗读者（箭桥）”又倾情推出。“朗读者”里的朗读者有教师、学生，其中教师版“朗读者”里的内容为《三十年箭桥故事说》。“朗读者”中的人物有我的老校长张凌，还有我的数学老师陈向东；“朗读者”中的朗读者有曾经教过我语文的祝和林、于村老师，还有我印象比较深刻的刘翠芬老师。“箭桥”是我的高中母校，“箭桥”的故事就是我们的故事。

时隔三十年，透过记忆的门扉仍能清晰地看到那条横亘心湖的河堤。回忆母校，如同欣赏一本精美的画册，翻阅远逝的岁月，将那些支离破碎的片段拼成了一页页跪乳之恩的长卷。

二

他那背头发型一丝不苟，深邃的眼睛里闪烁着凝重而不可逼视的光。一米八的身躯伟岸挺拔，走路端庄持重，步履威严。印象中的张凌校长穿着一套笔挺的灰色中山装，有时背着手，有时嘴里衔着一根烟斗，有着与今天学人迥然不同的风度、气质、胸襟、学识和情趣。老校长身上体现出的精神、传统、风骨，绝对代表着母校的灵魂。我的母校是赤峰市敖汉旗木头营子高中，也就是敖汉旗箭桥中学的前身，始建于 1987 年。木头营子高中是当时敖汉旗两所重点中学之一，因此又叫“敖汉二中”。木中的首届生源，一部分是来自下洼镇高一升高二的全体学生，而高一的生源是从敖汉旗北部乡镇的生源里面择优录取的。我到木头营子高中的时间是 1988 年上半年（此前在一所名叫“小河沿高中”的普通中学读书），当时在高一（6）班，班主任是教物理的徐建中老师。帮助我转学的是我的初中老同学尹木贵，时任高二（1）班班长，属于木中元老级人物。而我虽然算不上元老，但也绝对资深。

“所谓大学者，非谓有大楼之谓也，有大师之谓也。”套用一下清华大学老校长梅贻琦的一句话：“衡量一所中学好不好，主要不是看它的占地面积、校舍楼房，而是看它能在多大程度上吸引、凝聚最优秀的教师，能在多大程度上培养出具有独立思考能力的学生，开启他们的心智。”我刚到木中的时候，有同学跟我说：“你下半年转学过来算好的了。

去年刚开学的时候，我们每天除了学习，还要承担挖暖气管道的任务。”张凌校长在一次校会上说：“我们学校的学习成绩和新惠中学不能比，但卫生应该比得过他们吧？”我对木中的第一印象就是干净，无论是学生的宿舍、教室还是厕所，都一尘不染。我还清楚地记着学校大楼里一楼到四楼贴着“静、竞、净、敬”四个醒目的大字，这就是当时木中的“核心价值观”。为了改变校园环境，老校长在学校的大楼周边都栽上速生杨。有一天夜里雷雨交加，暴风雨把老校长刚刚栽上的速生杨拦腰折断。第二天一早，雨过天晴，老校长站在那些老杨树前久久不能离去。

“一个人在中学阶段所学到的东西会融进生命，化入血液，而大学以后学的，往往只能作为知识存在。”在没来木中之前，我读的课本是“乙种本”，而木中开学就是“甲种本”。那时候高一的英语乙种本教材，刚开始还是26个字母以及音标组合等，之后的英语甲种本教材都是成篇的阅读和语法，我一时有些吃不消。而数学、物理、化学的甲种本和乙种本教材，更是有着很大差距。在我的记忆里，老校长还给我们上过一节历史课，他上课时语言简洁流畅，语调平缓，注重逻辑思维。到了高二的时候，我们就开始分文理班了。我由于在转学前没有学过历史，所以被分到了高二（1）班（理科班）。当时的班主任是教我们英语的孙国祥老师，班长是崔学民。由于当时学校师资力量不够，张凌校长还聘请了几位退休老师，有教英语的蒋老师、教生物的苏老师，还有一位教语文的老师，我忘记了姓名。

二

木中附近有一些小混混整天无所事事，他们很自然地就把主意打在了木中这些学生的身上，经常对其进行围堵。为了解决校园周边的安全问题，张凌校长可谓煞费苦心，最后决定在校园周边修起两米高的土墙，以防外人侵犯。

我和张凌校长的第一次正面接触，便与这个土墙有关。一个夏日的午后，我到学校西面教师家属院附近，也就是我们班级马淑艳同学家的药店里去买药。回来的路上，看见高高的土墙外被人弄了几个槽，我毫不犹豫地“翻身鱼跃”，一个深蹲正要站起，便听到老校长在喊：“过来过来！”老校长犀利的眼神，就像是定海神针一样让我无法逃遁。“你叫啥名？哪个班级的？”我望着老校长威严的目光，没有撒谎。从那以后，我也真的没有再爬过墙。

高二以后，所有的课程进度都要加快，卷子几乎每课一练，每周一考。整个高中，我除了语文偶尔能得高分，再没有什么成绩像样的科目了。我也不是不刻苦，为了抄书，我有时候会早晨 4 点钟起床。这样的恶性循环让我的生活规律本末倒置，我在班里睡觉是出了名的。上课睡也就睡了，有一次午睡也睡过了点。外面风沙呜呜作响，我睡得正酣，忽然有人敲门，宛如“铁马冰河入梦来”。抬眼一看，不是别人，正是张凌校长。我翻身下床，睡意全无。走廊处，还有十几个人，虽然不是本班同学，倒也少了些许孤独和寂寞。一群人来到了校长办公室。老校长拿出一张纸，叫大家把自己的名字和班级都写在纸上。我混在后面躲过了签字。老校长看了看名单：“哦，这个名字好像很熟悉嘛！”“三好学生嘛，您肯定熟悉了。”有个学生插话说。“不能这么说，三好学生就不犯错误了？”接下来，老校长问了大家几点钟起床，学校的作息时间安排得是否合理等问题。

“教育是生命的传递，教育的过程不仅仅是文明的传递，更重要的是为后人传递健康成长的正能量。”高中阶段，我不是没有发现自己的特长，由于我的嗓门比较大，平时爱好读一些散文和诗歌，自认为自己是一个朗读高手。为了积累素材，我平时也喜欢摘抄一些精彩的散文、诗歌，甚至歌词。当我读高三的时候，弟弟也开始在木中就读了。当时弟弟的班主任就是前面“朗读者（教师）”里的刘翠芬老师。有一年新年联欢晚会，我到弟弟的班级拜年刚刚上台朗诵完一首长诗，张凌校长带着几位校领导也来到他们班给大家拜年。主持人张天宇同学让我给校长出个节目。我说自己没什么特长，就给大家讲几句话吧。可能是由于自己平时学习不好，底气不足的我讲话语调很低沉，拜年的话也没有说好。原本是想给弟弟争一些面子的，没想到一下子搞砸了。幸好张凌校长及时点评，他说我前半部分说得很好，后半部的格调应该再高一些，这让我深受感动。

三

中国人民教育家、思想家陶行知先生说过：“校长不是特权者，不是政客，校长是学校教员的领袖、学生的领袖，是一个学校的灵魂。”张凌校长是一位非常正统的人，在他的心灵深处肯定有那么一些“国家、民族的东西在里面”。张凌校长的父亲也是一位校长，同时也是那个时候的乡人大代表。他的父亲是一个非常正直的共产党员，退休后仍然发挥着余热。张凌校长和他老父亲一样，在思想上是有所“守”的。这个“守”包括保守，也包括守护。张凌校长在抓硬件、抓教学的同时，对未成年人的健康教育也极其重视。20 世纪 80 年代，受到西方国家的影响，学校里的“小资情调”也悄然兴起。为了整顿校风校纪，张凌校长曾经开除了自己的本家亲戚。

我们读木中的时候，有几位体育老师都是正规体校毕业的，他们的业务能力非常优秀，其中有任术武、徐有贵，还有年龄大一点的崔老师，所以当时木中的体育成绩是领先的。记得有一年学校开体育运动会表演 4 × 100 接力赛跑。表演赛就是老师和学生一起进行，老师不记名次。三位体育老师，任术武老师跑开头一棒和最后一棒，结果仍旧落下学生组第一名好几秒。

然而，等到下半年，学校里的几位体育老师就不见了，只剩下了一位徐有贵老师。当时课间做的是第六套广播体操，由于同学们对新鲜的事物不重视，也可能是叛逆，开始的时候大家还能够跟着音乐做，可没过几天，做操的除了前排几个女生，其他同学都不做了。张凌校长问了几个学生，大家说：“跟不上第六套广播体操音乐。”第二天课间操，第五套广播体操音乐响起，木中的课间操又恢复了正常。

李淑慧老师应该是 20 世纪 80 年代的才女加美女，也是那个年代为数不多的穿裙子的女教师。她是学艺术的，会唱歌，会跳舞，分配到木中以后，给当时的校园带来了一股新风。那时学校有一个大喇叭，能够放光盘，下课钟声一响，大家便能够从大喇叭里面听到几首流行歌曲。我们对流行歌曲的了解大概就是从那个时候开始的。比如《你怎么舍得我难过》《万水千山总是情》《明明白白我的心》《甜蜜蜜》等。可是好景不长，老校长就发话了：“关掉，关掉，放新闻，放新闻！”在后来的一段日子里，每每下课活动的时候总是听到一些新闻节目，不是上海杨浦大桥开通，就是三峡大坝开工。可李淑慧毕竟是李淑慧，不知什么时候起，她开始利用下午课外活动的时间，播放起自己的诗朗诵了。直到现在，有时候李老师那甜美的嗓音仍回荡在我耳畔。漂亮的女子不愁嫁，李淑慧老师最后嫁给了木中的才子姜向阳（物理老师），后来又跟随姜向阳老师到天津教书去了。

四

生命里有着多少无奈和惋惜，又有着怎样的愁苦和感伤？我的高中三年几乎是浑浑噩噩度过的,高考落榜也是理所当然、意料之中。我的“高四”依旧是在木中度过的。对于我来说，“高四”的日子更是乏味。书本里的题目能够会做就已经很不错了，难度稍微加大，我就云里雾里的什么都不会了。而我的父亲对我的学习情况却一无所知，每次回家我要学杂费他都是慷慨解囊，没有就出去张罗。我的学杂费经常会遇到青黄不接的时候，我曾向我们的班主任老师陈向东、英语老师王中友借过钱，但最后都是父亲“埋单”。“高四”的日子里，除了暗恋过一位叫“阿梅”的女生，唯一值得欣慰的是，我创办了一本名叫《狼尾巴花》的刊物，在班级里传阅。《狼尾巴花》中有我的一些原创散文、诗歌等。从那时候起，我才深刻地感悟到，在我们身上，积累着父母为我的成长所缴纳的劳役地租和货币地租。

高中总计是三年时间，我却用了五年。“高五”的日子，已近60岁的父亲郑重地跟我讲：“如果你想再复习一年也是可以的，但我可不敢保证能够给你娶上老婆，因为咱们家的条件你是知道的！”为了我和弟弟读书，父亲卖掉了家中的车马。我拿着父亲给我的300多元钱，又一次来到了木中。负责补习班收费的是张耀副校长。他给我查了一下“高四”的高考分数，狡黠地笑了：“400元补习费，交350得了。”我给张耀副校长买了一包烟，问：“先给我分个班级，我过几天交可不可以？”他说：“那也行，过几天你再给我交上。先上三年（9）班，自己找桌子，其他班级已经安排满了。”三年（9）班，就是木中传说的“土匪班”。也正因如此，我们班曾一度没有人敢接手，后来从外地调来一位教语文的刘志军老师作为我们班的班主任。刘志军老师才华横溢，是我读书生涯中遇到的最好的语文老师和班主任。

由于我是“老木中”，我和伙房的一些大师傅混得很熟。有一次，我和张卫军、尹军闲逛，看见伙房王强师傅端着一盆刚烤好的大肉块。我双手一抄，张卫军赶紧从教室里拿一个盆子来，我们跑到角落里开始尽情享用。然而，开心的日子没有很长。张耀副校长来到我们班级大嗓门儿地喊：“陆相华，赶紧交补习费。你什么时候交上再来教室上课。”当时的我可谓流离失所。正当我走投无路的时候，我想到了一个人，那就是我们的“老大”——老校长张凌。我先是跑到王中友老师的小卖店，和王老师的小舅子商量。他说：“你想买什么东西，我这里先给你记账。老校长如果不收，你再拿回来。”我拎着一个袋子，忐忑不安地敲开了老校长家的大门。张凌校长说：“你的情况我知道了，我到学校和张耀副校长打个招呼。你这个酒在哪里买的？你给他退回去。如果退不回去，我去给你退。以后你如果是考上大学或者有工作了，再来看我。”

“高五”的日子里，刘志军老师让我当生活委员。可不要小瞧这个职位，因为那个年代大家都不是很富裕，如果能够和伙房的大师傅搞好关系，吃饱肚子是不成问题的。那一年冬天，一个月黑风高的夜晚，劳累了一天的学子都已酣睡。我一个人向伙房的后窗走去，拨开一段铅丝，轻盈熟练地一跃，跨过窗台，借着隔壁打更室里微弱的光，打开了盛有剩饭剩菜的柜子。里面除了两个馒头，还有教师吃剩下的半铁盆排骨。我填饱肚子以后看还有剩余，干脆一不做二不休，顺手从兜里找出一条破手绢将盆包好，翻身一纵，回到宿舍，悄悄叫醒了几个好友，饭菜瞬间被“消灭”。第二天，小伙房的大师傅把我叫住：“昨天晚上丢了一盆肉，你帮我打听打听，肉吃了也就算了，看看能不能帮我把铁盆找回来。”我和这位老哥相视一笑，心照不宣。

五

岁月匆匆，光阴荏苒，阔别母校已有三十多年了。三十多年的时光冲去了许许多多的功名利禄，也淡去了众多的人情世故，却怎么也冲刷不掉我对故乡母校的记忆。几年前，我在报社里几经辗转终于找到了老校长的电话，通话的时候，老校长中气十足。我们在电话里谈起了木中，谈起当年爬墙被抓的往事。老校长在电话里爽朗地笑了，并和我相约见面。那年夏天，我乘火车绕道回到了赤峰，又打车到了元宝山区平庄镇，可惜“寻隐者不遇”，老校长和几个老同志开车去了科尔沁大草原。

电话里老校长叫我等他，说再有两个小时就到家了。第一次见面，老校长气色颇佳，心情也好。他说："今年雨水好，车子在草原上奔驰就像船儿在绿色的波涛中航行。"

寒暄过后，老校长开始打电话联系在平庄镇上工作的学生。那天聚会的人大部分都是木中的校友，我们在一起谈木中、谈箭桥、谈母校、谈草原，还谈到了老校长读书时候的"三剑客"。我向他坦白了当年偷肉的事，还谈到了我的好友牛拓。他说："牛拓当年就因为上伙房偷肉的事情，被上报给了张耀副校长，最后又上报给了我。我说，'这样吧，就这么一个学生，我来管吧'。开始的时候，我让他一个星期写一份检查，后来一天一份检查。牛拓在检查中写道：'今天我偷了一块肉……'明天又写：'今天我又偷了一块肉。'牛拓的字写得不错。那时候人们也确实困难。前两年，我还碰到过他一次，我问他还馋肉不？他说不馋了！"说完之后，老校长哈哈大笑，笑起来就像一个孩子……

烟雨蒙蒙，潇潇落寂。时值母校三十周年，也就是今年三月，我又专程赶到赤峰看望老校长。老校长依旧精神矍铄，思维清晰。三十年的时间说长不长，说短不短，却是我人生中最为难忘和最值得记忆的部分。如今的我已近知天命，而老校长已进入古稀，但我们的友谊却是天长地久。跨越三十年的时空之旅，老校长就像是一座丰碑，给我以指引，给我以动力，让我常常感怀，念念不忘。潇潇的梅雨渐行渐远，"朗读者"的赞歌又悄然升起，余音绕梁，续传薪火，至于不绝……

（2017 年 7 月 16 日于上海徐家汇）

黄昏的序幕已经拉开，最后一抹晚霞也已掠过苍穹，醉人的霞光慢慢地扩散，先是由远及近，然后又由近及远，宛如一位即将出嫁的新娘脸上泛起淡淡红晕，让我想入非非，又情意绵绵……

高三的晚霞

我对木中一直有着深厚的感情，尤其是高三的最后一年。1991年的暑假，我在四道湾表哥的桥梁工区打了一个月的工。在一次偶然的事故中，我和桥梁工区的一个副工长的儿子吵了一架没办法再干下去。于是，我揣着一颗忐忑的心，又回到了我那所熟悉得不能再熟悉的木头营子高中去补习了。坦率地讲，我此前已经历了两次高考，都与大学无缘，如果这次打工顺利的话，我可能将彻底告别学生时代了。然而，初尝人世艰辛的背后，我自觉社会这个考场比学校考场更加艰难。也正是那一年的补习，让我有机会重新思索人生；也正是那一年的补习，使我生命的乐章增加了许多新鲜的音符。

木中西部的残楼依旧，主楼的周边还长满了萋萋的芳草。正所谓：“去年今日此门中，人面桃花相映红。人面不知何处去，桃花依旧笑春风。”原来的班草班花早已失散，考上大学的毕竟寥寥无几。办公楼下稀稀拉拉地有一些不认识的新生进进出出，三个一群，五个一伙，抱着新书不慌不忙地走进教室，还有一些到街上买了一些必需的生活用品往宿舍走去。他们一边走，一边说着闲话，把一个紧张忙碌的开学季装扮得有声有色。偶尔也有几个和我一样漫无目的游荡的老生，在学校办公楼附近徘徊。

我看看周围，进进出出的学生已经不多了，就赶紧跑到张耀副校长办公室的门口。张耀副校长是木中的常务副校长，瘦瘦的个子，发型偏分，长长的脖子，有点儿像倒三角形。他不但抓业务，还教高三毕业班的化学课。副校长办公室的门敞开着，里面放着一张床，被子叠得不算整齐。不知是何原因，他是为数不多的不住家属院而住在办公室的人。我喊了声："报告！""进来！你叫啥名？""陆相华。"我利索地溜到了他的身边，显得极其卑微。张耀副校长给我查了一下"高四"的高考分数，狡黠地笑了："400元补习费，交350得了。"我往张耀副校长办公室的门外看了看，确认没人后，开始和张耀副校长进行谈判："张校长，您看这样行不行？您先给我分个班级，我过几天再把钱给您交上，可不可以？""那也行，先上三年（9）班，但是自己带课桌，其他班级已经安排满了。"

从张耀副校长的办公室出来，我便开始琢磨桌椅板凳的事了。好在我在木中待的年头长，木中的角角落落我闭着眼睛都知道有什么。我不假思索地朝着学生伙房走去。老远就闻到了伙房里小米饭的清香，这才让我意识到午饭的时间就要到了。平日里我和伙房的大师傅比较熟悉，他们依旧在伙房里做饭。我给他们每人扔过去一根烟，几句寒暄过后，我的注意力便落到了伙房一个角落里的一套带有厚厚油污的桌椅。桌子上面放着菜，椅子的一条腿有些不稳。伙房大师傅假装没看见，我把桌子上的菜放到了别处，飞快地把这套桌椅搬到了伙房外的一块空地上，顺便把井口跟前的水管子扯过来，合上闸，又从伙房里拿了一把扫帚一边冲一边扫。大约一袋烟的工夫，一套桌椅基本搞定，虽然算不上干净，却也具备了基本的功能。为了让桌面尽快晒干，我把桌子侧立起来，桌面朝着太阳……

“当当当——”午饭的时间到了，依旧是原来敲钟的师傅。午饭的钟声分外响亮，也很急促。大约过了五六分钟，各教室里的值日生拿着饭盆子，飞也似的奔向伙房。伙房里的大师傅开始忙碌起来，我也趁着中午放学，把那张半湿不干的桌子，四腿朝天，背到了三年（9）班的教室。我环顾四周，在教室里几个俊男靓女不屑的眼神中，很利落地把桌子放到了教室的西北角，那个与讲台距离只有 15 厘米的地方。

数学老师陈向东、化学老师李国民、物理老师王春、英语老师王忠友，每位任课老师手里都有一整套题，上课讲卷子，下课发卷子。不知是暑期思考人生太多，还是对考试认知太少，总之，卷子发下来，几乎一道题也不会做……老师讲题时我像在听天书，上课前 10 分钟左右，眼睛还睁得大大的，10 分钟之后就进入了休眠的状态。下课的钟声一响，我立刻清醒，也跟着下课了。我不知道在读高三的时候，有没有和我一样的学生，明明知道自己高考无望，依旧重复在高考补习的路上。

因为白天上课睡觉，晚上自然就会早醒，当别人呓语梦酣的时候，我反倒开始反思。这样混下去，别说考大学，就是身边的同学也会瞧不起啊。况且，无论如何，只要在学校待上一天，我的吃喝拉撒睡都是需要成本的，背后肯定是父母面朝黄土背朝天的供养。无论如何，我应该在这一年有所收获，不然我连行尸走肉都不如啊。

记得路遥的《人生》中有这样一句话：“生活不能等待别人来安排，要自己去争取和奋斗；而不论其结果是喜是悲，但可以慰藉的是，你总不枉在这世界上活了一场。有了这样的认知，你就会珍重生活，而不会玩世不恭；同时，也会给人自身注入一种强大的内在力量。”我在“高四”的时候读过路遥的小说《人生》，认为高加林身上的特点与自己相符，比如自信坚毅、热爱生活、关心时事、锐意进取，以至高加林的人生失误也可规避。为此，我给自己规划了几个发展方向。首先在文学方面，我曾在“高四”的时候自办了一份刊物《狼尾巴花》，并自任主编。这份刊物先是轰动班级，后来便传阅到其他班级去了。其次我认为自己在组织能力方面也有着极好的天赋，因为我从高一开始，始终都是班干部，组织过许多活动。最后我对绘画、朗诵等也有着浓厚的兴趣与天赋。但家境极度贫穷的我，不把主要精力放在语数英上面，似乎是有点不务正业了。

我所在的高三（9）班，被称为“土匪班”，新惠中学、四道湾以及其他中学来本中的补习生，大部分都被分到这个班级。其中一些分数高的补习生都分到（6）班、（7）班和（8）班这些所谓的好班。说是“土匪班”，其实我们班并没有土匪，只是有一些很有个性的帅哥，有些同学平时喜欢踢足球、打台球，有些同学喜欢留长发，觉得很帅、很潇洒，还会去下馆子、喝酒，甚至抽烟。因此，我们班级成了学校里的另类。张耀副校长在一次课间操结束后训话：“不是不允许留长发，你要根据你的头型确定你的发型。”也就是在那次校会结束的当天中午，有五位同学一起到校外理发店理了个光头。

我们高三（9）班曾一度没有班主任，没有人敢接这个班。因为没有班主任，我们班级的纪律相对散了点，尤其是早间操。为此，张耀副校长可谓操碎了心。每天早上晨练的钟声一响，张耀副校长就拿着一根小柳条，从前排的男生宿舍开始，一个宿舍一个宿舍地喊："快点，快点，起床了！"我平时喜欢模仿张耀副校长的声音，有时候甚至达到以假乱真的地步。张耀副校长在那面喊，我就在这面喊："快点，快点，起床了！"

这样自由自在的日子过去了一个多月，我们学校特意从外校调过来一个语文老师，叫刘志军，好像是从金厂沟梁调过来的。他高高的个子，背有点驼，一年到头都穿着一套蓝色的中山装，颇具才华的气质加上他先天的鼻炎，说话办事给人留下了深刻的印象。

如果有人问我在高三（9）班那一年，七门功课中有哪一科没在课上睡过觉，我肯定说只有语文课。我在上语文课时确确实实没睡过觉，不但没睡过觉，而且还觉得没上够。刘志军老师不仅教我们的语文课，还当我们班的班主任。刘志军老师的第一节语文课，从他自己的名字讲到中国人的名字，又从中国人的名字讲到时代的变迁，从课本的《前言》讲到篇章结构，从彭端淑的《为学》讲到荀子的《劝学》。一节课下来行云流水，引人入胜。那时候我正好坐在第一排，更是听得如痴如醉。

刘志军老师来到木中之后不久，学校便开始组织老师们在四楼会议室讲公开课。刘志军老师的公开课是《为学》，让我明白了有志者事竟成的道理。也正是通过那次公开课，全校都知道我们高三（9）班有个刘志军。因为当时听公开课的不止是我们一个班级的学生，还有其他年级的学生；不止有学校的语文老师，还有数学老师、物理老师、化学老师……

刘志军老师知道我是木中的老生，也知道我的家庭很困难，特意让我当生活委员。可不要小瞧这个职位，在那个不富裕的年代，能够和伙房的大师傅搞好关系，就可以多得一些实惠。也正是在刘志军老师的鼓励下，我的许多兴趣爱好得到了展示。我把平时能够看到的刊物，比如《辽宁青年》《女友》《赤峰日报》等都进行了剪辑或摘抄。在无所事事的自习课，我还画起了写意钢笔画，随着心情来，想画什么就画什么。心情差的时候就画一幅《大漠孤烟直》；心情好的时候就画一幅《草长莺飞二月天》。

秋风飒爽，山高水清。一年一度的秋季运动会开始了。体育委员崔成才是一个身体素质不错的体育健将，在他的带领下，我们高三（9）班的体育比赛组织得有声有色。运动场上男生个个飒爽英姿、精神抖擞，女生个个朝气蓬勃、神采奕奕。光看这威风凛凛的气魄、胸有成竹的心态，我们班已然略胜一筹！

那一次运动会果然不出所料，三个补习班的比赛，我们高三（9）班拿了个第一，其他两个补习班分列第二、三名。也正是从那一次运动会开始，我们班级的集体荣誉感有了显著提高。那次运动会以后，我记住了一个叫刘素荣的女孩，她阳光美丽，是一个中长跑的健将。我还记住了一个叫张淑芹的女孩，她的一百米、二百米短跑，为我们班级拿了好几块奖牌。我还记住了一个男孩的名字叫崔成才，他是一个不错的体育干将。也是那一次运动会，把我们隔壁班的班主任气坏了，以至给我们班上英语课的时候都带着情绪。

我们高三（9）班的许多瞬间，都给我留下了美好的回忆。新年联欢晚会，每个班级都开始布置教室，包饺子。为了烘托节日气氛，不知谁弄来了几个气球，紫色、黄色、蓝色、白色、绿色，光彩炫目，好看极了。也不知谁还拿来了一个录音机，放起了流行歌曲。我从伙房里弄来一些饺子馅，男生女生在一起包饺子，像一个安乐祥和的大家庭，使平日里紧张的学习氛围一下子放松了许多。晚上8点钟，各班的联欢晚会正式开始。记得我当时给大家诗朗诵了一首《西拉木伦的咏叹》……

各班的联欢晚会只是小场，小场之后，各班级遴选出本班的优秀节目，到学校大楼的四楼进行公演。学校主席台上早已准备好了音响设备。学校新年联欢晚会开始了，一男一女两名主持人风度翩翩、口若悬河。而学校新年联欢晚会的幕后总导演居然是刘志军老师。

冬去春来，各种花的香味混着泥土的气息，让人有一种酣畅淋漓的感觉，就像挣脱牢笼的小鸟在天空自由自在地飞翔。啊，寒冷的冬天悄悄地过去了，春天也迈着轻盈而优雅的步伐翻越山岭，蹚过小河，穿过树林，悄然无声地走进了我们的校园。

记忆中最美的晚霞总是出现在高三，比晚霞更浪漫的，是一群豆蔻年华的少年。晚饭以后，我喜欢一个人到操场上闲逛，有时候会看天边的晚霞，有时候会练单杠或是爬梯；有时候还会看到我们班的几位“女神”从宿舍往教室这面走来，彼此相对无言、心有灵犀的那种感觉，正如一首歌中唱的那样：

我吹过你吹过的风，这算不算相拥？

我走过你走过的路，这算不算相逢？

我还是那么喜欢你，想与你到白头。

我还是一样喜欢你，只为你的温柔。

…………

由于我是“老木中”，和伙房的一些大师傅混得熟，我经常到伙房里弄一些切好的大头菜，然后加上几两小米饭，跑到学校东南角的一个小吃部进行二次加工。小吃部是一对母子俩开的，去的时间长了，彼此也熟了。有一次，我和好友张卫军、尹军闲逛，正好碰见伙房的王师傅端着一盆刚烤好的大肉块，我来不及多想，双手一抄把肉抢走了，等王师傅醒过神来，我已经跑出很远。我叫张卫军回教室里拿一个饭盆子出来，我们三个人躲到一个角落里，尽情享用了一场人间的美味。

生活往往带着一种悲壮的激情，在一条最为艰难的道路上进行人生的搏斗。我们顾不上高谈阔论或愤世嫉俗，也无暇忧患自己的命运。我们既要改变自己的生存条件，同时也放弃最主要的精神追求；我们既不鄙视普通人的世俗生活，但又竭力使自己对生活的认知达到更高的层次。

对于没有丝毫指望能考上大学的我来说，考试不是目的，高考结束以后干什么才是目的，是打工还是种地，我必须做出选择。就在我的思考还未完全成熟的时候，哥哥来信了。哥哥在信中说：“相华，你好：这几年家里的日子很难熬，河套地种了一年，被洪水冲走一年。还没出正月，我就和邻村的人一起到锦州砖厂打工去了，主要是装出窑的砖，活计很累，但也坚持下来了，还当上了班长……”哥哥的来信使我彻底清醒：

只有把艰苦的劳动和学习看作是生命的必要，才有可能在竞争激烈的市场大潮当中寻得自己的位置。

高考注定是莘莘学子生活浓墨重彩的章节。我已经有些迫不及待了，不是期待高考，而是希望高考快快结束。是的，我曾经的木中，我曾经的高三（9）班，我曾经的青春岁月就这样结束了。黄昏的序幕已经拉开，最后一抹晚霞也已掠过苍穹，醉人的霞光慢慢地扩散，先是由远及近，然后又由近及远，宛如一位即将出嫁的新娘脸上泛起淡淡红晕，让我想入非非，又情意绵绵……

（2022 年 5 月）

步履匆匆，走不出母亲那沉沉的希冀，
步履匆匆，走不完我那缕缕的乡愁……

母亲的脚步

日子稍微好了一点儿，家里已经能够养得起两只母羊了。母亲的脚步也变得越发忙碌了，我总能在家乡屋后的山坡上看到母亲起早贪黑劳作的身影。那时候，我们家里还没有马车，在田地里忙碌一天的父亲，趁着皎洁的月色和母亲一起把打下的羊草一担一担地挑回家中，垛成方垛。几年过去了，家里的这几只羊派上了用场。在养到十只的时候，父亲把它们全部卖掉，给哥哥娶了媳妇。

母亲没有文化，为了让三个儿子长大成人，能到外地读书识字，她总是省吃俭用，一次又一次地把我们送出家门，只有我们才能读懂母亲大海浪潮般的博爱。

当我们用一切思念和泪水换回些许成绩走进家门，送到母亲面前时，看到的却是母亲那满面晶莹、久盼儿女亲情的泪花……

如今，我和弟弟仍然在异乡漂泊，我离开母亲已经有四个年头了，弟弟也有两年多没有回家了。在世界发生骤变的浪潮中，我们的未来和命运也在潮起潮落。母亲爬满皱纹的额头上又被岁月添满了白发。她久盼儿女的泪水已经干涸。60岁的母亲啊，此时此刻您魂系的已不再是自己的脚步，而是我和弟弟为了生计而奔波的匆匆步履！

而母亲，您自己却像一盏即将燃尽的灯，或明或暗，摇摇欲坠了。母亲啊，您的脚步曾经是多么勤快而又轻快呀……

（1999年于呼伦贝尔）

叁 第三部分

一条大河，不知记载着多少光阴故事；一棵老榆树，不知记载着多少年轮的岁月沧桑。记忆中的老哈河气势磅礴，咆哮怒吼，震耳欲聋，宛如一条狂龙，撼天动地，肆意奔腾。

离开家乡有三十多年了，在与亲人聚少离多的日子里，我觉得自己就是一只悲伤的小鸟，即使原路返回，也已找不到从前的自己。然而，无论我的路在何方，情归何处，我都不会忘记：有一个村庄叫八家，那是生我养我的地方。

有个村庄叫八家

我出生在内蒙古赤峰市敖汉旗古鲁板蒿镇老哈河岸边一个叫八家的村庄。八家村有荒山沟壑、老哈河人家；八家村有炊烟牛羊、家长里短。童年的村庄有许多故事，生活里耳闻目睹的人和事让我对世界有了初始的认知。我是村庄里走出去为数不多能够“写点字”的人，也算是村里的名人。没有一株青草不沐浴风雨的恩泽，乡村给了我养分，如果活着的时候不能做些有益的事情，我就愧对了这片生我养我的土地。就在前几日，我们八家村党支部书记尹术贵打电话给我：“你的文章写得那么好，咋不写写咱们八家呢？”是啊，平日作品里，那个生我养我的村庄总是像一个见不了大天的娃儿，被我羞涩地一笔带过。而如今，我要用文字写我，写八家村的人和事，写八家村那永远的乡愁。

一、老哈河的恩泽

一条大河，不知记载着多少光阴故事；一棵老榆树，不知记载着多少年轮的岁月沧桑。记忆中的老哈河气势磅礴，咆哮怒吼，震耳欲聋，宛如一条狂龙，撼天动地，肆意奔腾。如果你到过赤峰河套地区，便可看到许多纵横的沟壑和围绕在老哈河岸边大大小小的村庄，这就是老哈河咆哮发怒的见证，这就是老哈河养育的子民们为了生活而饱受风霜和与之战斗的印痕，这也是我“人之初”的觉醒：人活着需要经历无数次的苦难。

说到老哈河，就不得不说红山水库。作为辽河流域最大的水库，红山水库是国家“二五”期间在辽河流域修建的重点防洪工程。水库按千年一遇洪水设计，万年一遇洪水校核。红山水库开工于1958年，竣工于1965年，水库控制流域面积24486平方千米，是一座以防洪为主的大型水利枢纽。

“为什么我的眼里饱含泪水，因为我对这片土地爱得深沉。”试问一下八家村的父老乡亲，我们八家村那些年的日子为什么困难？为什么我们的上游小河沿、四道湾、老哈河北，和我们下游康家营子等地区比较富裕？从我记事起，他们那些地方就有大米、白面，而我们从小就忍饥挨饿、缺衣少穿，返销粮吃了一年又一年。是我们八家村人不认干、不能干、不能吃苦吗？不是！因为红山水库修建的主要目的就是为了保护水库下游哲理木盟大面积的良田不被淹没。红山水库不放水，老哈河的水才会横冲直撞，才使得沟壑纵横；我们八家村上游的四道湾和小河沿地区又是水往下排。作为库区重要缓冲区，八家村上万亩良田才变成了汪洋大海。

听村里的老人讲，八家村的子民大部分都从库区移民而来，还有一部分库区移民迁往了克旗。在红山水库修建之前，八家村土地肥沃，林草肥美，鸟语花香，村民们过着似江南水乡般的田园生活，但水库修建以后，八家村的子民们只能含辛茹苦，任劳任怨，靠着几亩微薄的山地艰难度日。八家村也一度成了当地少有的贫困村，或是光棍村。国家没有补偿吗？有，当时象征性地有一点，剩下的大部分补偿我没有去查证，只是前些年才听老家的人说国家给了淹没款。半个多世纪，几代人几乎无偿在付出，这是一个多么伟大而又悲壮的村庄啊。

还是在老院子，我们家和五大爷住对面屋的时候，五大爷家的相春姐还没有出嫁，父母的新房子正忙着打院套。我当时三四岁，哥哥也只有六七岁。趁着大人忙碌，哥哥带着我跑到了坎下去戏水。靠近老哈河的边上有个菜园子，菜园子的周围用高高的坝堰围着，坝堰周围因为取土，留下了深深的水沟。哥哥带着我先是试探着在浅水的地方走，但因前面的坝堰沟子也不容易辨别，加之年龄尚小，我一下子就掉进了深水沟。哥哥比我高一点，把我救了上来，但我的背带开裆裤却被水冲走了。我光着屁股哭着跑回了家，哥哥紧随其后。母亲知道我们因为戏水而丢了裤子，并没有表示一下关心，而是从屋里拿出一把扫帚疙瘩，照着我们屁股打去。哥哥比我大，跑得快，而我被母亲堵在大门口的柴洞里。在扫帚疙瘩的作用下，我的屁股蛋子迅速地肿成了“馒头”。相春姐听说我的开裆裤被水冲跑了，赶紧到院里拿了一个捡粪的叉子去老哈河打捞。

母亲打累了，趁着她喘息之际，我才光着腚跑到了邻居的宋二娘家里。宋二娘找了一个大大的红棉袄给我盖上，时不时问我冷不冷，打坏了没有。我躲在宋二娘的大棉袄里面不敢出声，生怕母亲再次找上门来。即使这件事过去很久，邻居家的宋二娘、宋国四哥、宋素英老姐一碰到我就跟我开玩笑："相华那水有多深？以后还去不去河套了？"我总是摸摸头，红着脸，不好意思地跑开了……

靠山吃山，靠水吃水。又过了段时间，我们家已经搬到新房里去住了。新房靠近村子的西北角，也是距离老哈河最近的地方。姥姥家就住在八家村不远的二份地。妈妈回娘家步行要经过一个小河湾，听母亲说，太阳刚出来的时候，小河湾那里波光粼粼，经常看见一些大鲤鱼逆着阳光往上游。与其临渊羡鱼，不如退而结网。有一年冬天，父亲不知从哪里弄来二斤网线，发动全家开始织网。他还找来一些破旧的花篓，扯出一两根完整的竹片，然后用小刀削光滑，一头有尖，一头有凹，长约 20 厘米，自制竹篾梭子。网的起头可以放到窗台上，然后找一块砖头绑好固定。网眼有插三的，也有插四的；插三的就是能够插进三个手指，能网小鱼；插四的就是能够插进四个手指，能网到大鱼。在父亲的带领下，我和哥哥也可以另起头自己织网了。没几日，两斤网线就被我们织完了。接下来就是等待春暖花开，老哈河解冻。

然而，等到老哈河解冻以后，我们家的网却没有派上用场，原因是渔网还需要浮子以及下沉的锡铁等"巨大"的投入，这些东西是需要另外支出的，父亲的打鱼梦也就此搁浅。

借船出海，借网捕鱼。有网的人家不知道哪里有鱼，知道哪里有鱼的人家没有渔网。突然有一天，父亲和母亲商量，想起了一个"借网捕鱼"的办法。我们村有一个叫周有的木匠，按亲戚论，我是要叫他四舅的。四舅家里有一些渔网，因为平时他忙于干木匠活，渔网成了闲置资源。父亲就和四舅商量，借他们的渔网用一次，打到的鱼自己家吃一顿尝尝鲜，剩下的鱼全部送给四舅。四舅答应了。父亲把网下在距离我家不远的坎下，然后带上旱烟，守候在山头上整整一个晚上，等着大鱼入网。也不知道他从哪里借的水裤，天还没亮，就下去起鱼了，打上来十多条大鲤鱼，足足有二三十斤重。而我们只留下两条，剩下的叫我背着蛇皮袋给四舅送去了。我当时觉得，父亲也太实在了，只是借他们的网用一次，也没用坏，凭什么给四舅送那么多鱼；再说，四舅又不知道他网到的鱼有多少。父亲的决定显然是征得了母亲的同意，如果母亲说多留下一两条，估计父亲也不会说什么。我很不情愿地背着二十多斤大鲤鱼往四舅家走去。

走过了春暖花开，又走进了炎炎夏日。夏天的河边，全是老哈河鱼虾的腥味。父亲做了一个拉虾网，是用一个搂柴耙子改装的，一个长长的杆子搭在肩上，后面是一个三角状的网兜。和父亲在一起的日子多了，我也学会了网虾。找一个水草多一点的地方，像搂柴火一样，围着水草转几圈，然后把拉虾网弄到岸上，把网兜翻过来，把网到的虾倒进早已准备好的洗脸盆里。有时候网的虾比较少，淤泥多，还有柴草，需要耐心去挑；而有时候网上一兜大大的白虾干干净净，几乎没有一株杂草，差不多几网下来就是半脸盆的虾。回到家里，母亲将这些虾重新放盐清洗，放点猪油（有时候不放）烹制。赶上心情好，母亲不但放些猪油，还放上一两个鸡蛋，做出来的虾味道鲜美极了。

有一年夏天的傍晚，我的小学同学宋成悄悄地和我商量，想晚上放学后一起去老哈河摸鱼。我欣然应允。放学后我们各自回家拿了铁锨和洗脸盆，在宋成的带领下，来到河边找到一个及膝深的水沟，然后进行截流，形成一个口字形的方格。完成这项工程之后，西边的火烧云已退去。我和宋成一边用洗脸盆把方格里的水往外舀，一边观察着方格里的鱼。我们的裤腿和背心都沾满了泥巴，仍全然不顾。舀啊舀，舀到水快没的时候，鲫鱼便开始在方格里噼里啪啦地乱蹦。宋成叫我在方格的泥水里来回走，把水搅浑，方格里的鲫鱼因为缺少新鲜的水和氧气，开始往上漂。我和宋成开始对泥塘的鲫鱼进行“歼灭”，最后每人分到10多条“战利品”。回家已经很晚了，因为带回了许多“战利品”，父母并没有责怪我，反而对我的劳动成果给予了肯定。

每逢涨水的季节，河里的水位自然增高。平日温顺柔美的老哈河，如一只凶猛的猎豹滔滔而下。从老哈河上游冲下来的断枝枯柴、羊粪蛋等杂七杂八之物，漂浮在水面，黑压压地顺流而下。因为我家就在岸上住，父母又勤劳，每次暴雨过后，他们总是早早地冲在前面去捞淤柴。有时候还会碰到粗粗的檩木，母亲却无心打捞：“年时不好啊，上游有房屋被洪水冲塌了。”那时，年幼的我不知道母亲是怎么识得檩木，又是如何判断上游有房屋倒塌的。打捞上来的淤柴要放到河边晾晒，晒得差不多了，父亲便用箩筐把那一堆堆的淤柴挑回家，放到屋后的老榆树下进行二次翻晒。晾淤柴是邻里之间交流沟通的好机会，邻居家的妇女们带着小孩子，拉着家常；一些顽皮的小孩围着淤柴堆追逐嬉戏，有的还躺在淤柴堆上晒太阳。父亲把晾干的淤柴分门别类，然后放入柴棚，剩下的再用细筛过一遍，留作冬季取暖用。

记忆中的雨季正如江南的梅雨时节，一下就是十天半个月。然后，老哈河就开始涨水，河对岸的小麦眼看着烂在泥泞的田野里不能收获。后来村里有钱的人家从外面搞来汽车内胎，打足了气，绑成像黄河上羊皮筏子一样的排子。父亲虽然没有汽车胎，但是有儿子。在农村，父亲有三个儿子的确是一种资本。很快，父亲就和村里的孙先生家开始了友好合作。孙先生是村里有名的医生，按亲戚论，我应该管孙先生叫二大爷。后来孙先生到古鲁板蒿乡从事药品批发，在外面人际交往广，却很少回家。父亲知道孙二娘家缺人手，就主动和孙家的大儿子孙忠久商量，孙家负责弄汽车内胎，父亲以劳力入股。父亲和我们把老哈河北岸收割好的小麦，用肩膀扛到排子上摆放好，然后用绳子拢紧，就像伏尔加河上的纤夫一样，向着老哈河的南岸启航了。

父亲在前面拉，我和哥哥在后面推，遇到水深的地方，我就搬着排子在水里像野鸭一样行走，有时候还会唱歌。父亲为人实在，无论是收割还是运输，都让孙二娘家优先。我们从水上运输，孙忠久大哥在岸上用骡马往家拉。孙二娘家人好，每到中午，总是让孙忠久大哥给我们带来白面油饼，周而复始，吃饱再干。拉回家的小麦要晾晒，否则就会生芽子。生芽子的小麦有毒，是不能吃的。为了吃到白面馒头，八家村的村民们经历了清明的忙种、谷雨的铲除、盛夏的暴晒，以及收割、肩扛、搬运、装卸、晾晒、打场、装袋、加工、发酵、制作等道道工序，而每一道工序都要有人付出艰辛的劳作。

老哈河使我对世界有了较早的认知，她给予我的恩泽至少分为两个层面。第一份恩泽是精神上的，它使我认识到，在人生的路上，每个人都会有苦难与快乐，没有一个人是永远快乐的，也没有一个人的人生永远都是苦难，苦难过后必将是幸福甚至辉煌。她给予的第二份恩泽就是体力上的，每一份幸福或者成功的获得，必将要付出无比的艰辛与劳作，没有付出或者是没有劳动而获得的幸福是没有任何意义的。如今，曾经咆哮愤怒的老哈河，已经被万亩良田所取代，河流只剩下一条窄窄的大溜，河套地下的水位也在逐年下降，八家村的未来也将成为一个全新的话题，然而，我却始终欣赏老哈河曾经的朝气和活力。

二、北山头的回望

“如果所有粮食在风中跑光，所有的村人会不会在风停之后远走他乡，留下一座空荡荡的村庄。”作家刘亮程有过对老北风的精彩描写，“刮了一夜大风，我在半夜被风喊醒。风在草棚和麦垛上发出恐怖的怪叫，类似女人不舒畅的哭喊。”风硬不过北山头，记忆中八家村的老北风根本没有女人味，当地老百姓形容月黑风高的吼叫就像狭歹油子的声音（狼的幼崽断奶嚎叫的声音），一阵紧似一阵地哭喊。凛冽的寒风有时能吹落屋檐，有时能把人脸刮歪。风夹杂着沙石，打在人的脸上生疼。

八家村很大，自建村之日起，这里就非常注重整体规划。村子中轴是一条有着五六米宽的赶牛道，把整个村庄分为东西两部分；供销社门前的丁字街又把村庄分为南北两个营子，即南营子和北营子。丁字街和赶牛道交会的一角曾经是八家中心校。赶牛道以西、中心校以南的地块，以老成家的人居多，大部分是由三份地搬迁来的。父亲从五大爷家搬出来，在八家村的西北角盖上了新房（父亲过世的时候我们将房子卖给了于家，于家后来又转手卖给了我的一个侄儿陆继东）。我们家距离北边的老哈河和西边的二份地最近。我们家的前面是平永贤家，按亲戚论我要叫他三大爷；我们家的东面是宋国家，宋国是八家村的老书记，按亲戚论我要叫他四哥；我们家的东南角是宋志明家，宋志明原是八家村第四生产队的队长，已于多年前去世了。

父亲说我们家的地理位置像一个“宝岛”，两边是大沟。每次出门，都要经过沟嘴老平家。往西还好说，直接下沟；去邻村的二份地，也就是我姥姥家，从我家走最近、最方便。而要想走出“宝岛”向东、向南，必过东大沟的沟嘴。这也是我小时候到我五大爷家去玩儿或借咸盐等必须经过的地方。无论天气有多冷，我们都要跑出家门，到五大爷家玩儿一会儿。对于沟嘴的风，我的记忆是深刻的。

八家村的北山头，主要指第三生产队的队部，后来变成了老场院。冬天的时候，大大的场院被老北风刮得干干净净，几乎没人光顾。夏天的时候，站在北山头欣赏老哈河两岸的风光才是最美的，甚至可以远望翁牛特老虎山等著名景点。北山头的东面是赶牛道，过了赶牛道，有几十户居民，大部分都是原八家村三队的村民。

一个人如果出生在乡村，童年也在乡村度过，那他的心里或多或少会有一些乡情。

站在北山头回望，我想起了老家村民在寒冷的冬天往返10多里到大溜冰窟取水的情景。一群朴实的村民在一条蜿蜒起伏的羊肠小道上来来往往、络绎不绝，远远地像一个个黑点儿，慢慢地由远及近，有点儿茶马古道的苍凉与悲壮。人们走到北山头赶牛道陡峭的大坡上更是要万分小心，一旦滑倒，便竹篮打水一场空。有的老人扁担上的垫肩已经磨烂；

有的人家缺少人手，让两个孩子抬水。那时候，父亲经常到外面给人打工，我和哥哥不知有多少次抬着一个水桶，蹒跚地走在那条充满艰辛的小路上。大溜的冰眼一般都是羊倌用镩凿成的，圆圆的，比水筲的直径略宽一些，也不能太大，基本是人畜共用。不管在河套还是在山上，临近傍晚，羊倌都要把羊群赶到大溜饮水，有时候还能看到冰底下的水冒着热气。遇到极冷的天气，井眼也会有一层薄冰，用水筲的底使劲砸一下，水自然就会冒上来。人挑水的日子持续了好长时间，后来有人家能够买起驴子，便搞起了水车、水桶，用驴拉水，一桶能装六挑子水。

夏天的水资源很丰富，吃水条件好一些，可以直接到老哈河里取。水如果太混浊，挑回家沉淀沉淀也可以饮用。当然，如果遇到干旱的年头时，也有吃水困难的时候。记得我们家下坎有一个石头井，井水清澈甘甜，但取水的人多了，也时常干涸。人们都是带着水筲、水舀子、绳子，按照先来后到的顺序排队取水。先是把人用绳子绑住下到井里，井底有泉眼，用水舀子舀，等舀满了一桶水，上面的人再用绳子把舀水的人拽上去，其困难程度可想而知。

历史铭刻太多的过往，岁月留下太多的沧桑。重重的碾子、光滑的碾盘，记录下八家村村民无数辛勤的劳作与汗水，也记录了八家村村民邻里之间的奇闻轶事。

三队杨二娘家门口有个碾道，其实是碾子房，村里人都叫碾道。碾道的东面是朱明家。人要食人间烟火，光知道种庄稼还不行，还得把苞米、黄米、谷子、高粱、荞麦等五谷杂粮用碾子碾成米或是碾成面才能制作食品。不管你多忙、多累，都得占碾子、压碾子。有的时候因为没有拿东西，也可以找一块石头或是土块放到碾台上，示意别人已经有人来过了；后来的人可以继续将石头或者土块接续放置，用来排队。过去人们基本都是白天上山种地，晚上压碾子。富裕一点儿的人家或者人口多的人家有用驴来拉碾子的，而大多数人家都以抱碾杆（抱碾滚）为主。我们家是养不起驴的，大部分时间都是抱碾杆。父亲在外面干活，抱碾杆的活往往都是由我和母亲来完成。碾子框有两个碾棍，前面一个人推，后面一个人推。母亲在前面有时候会停下来，翻一翻碾台上的苞米或是用箩筛面，我就非常吃力，一个人推着碾子转……

这个碾道其实归三队所有，但离杨二娘家比较近，因此，杨二娘家也成了一个小小的集中地或是唠家常的场所。人们一边唠嗑，一边等着自己家的排序。碾道里黑漆漆的，晚上压碾子还要点上煤油灯。杨二娘家也不厌其烦，不管是白天还是黑夜，总是竭尽所能，给大家提供便利。

对于一个地区的钟情，往往源于某些细节。这些细节源自这个地区的乡俗风物所展现出来的文化底蕴和地域风情。腊月是碾道最繁忙的时候，李家二斗米、张家一斗面是常有的事。临近年关，碾道也比平日热闹许多，如果没有风，鸡也会来这里捡几粒米，“咕咕咕咕”地凑热闹。谁家人天天围着碾道转，说明这家人口多，人丁兴旺也是传统的富贵标志。淘黄米、碾黄米是八家村的过年习俗，我们家也不例外。只有蒸年糕、撒豆包，那才叫过年。又是一年的年关，杨二娘家门口又站满了人。碾道里面在碾面，碾道外面聊起了家长里短。聊着聊着，父母就和杨二娘一起聊起了蒸年糕的事。蒸年糕是有方法的，我们家那些年都是把黄米面碾回来，母亲烧火，父亲在锅上撒面，蒸一层，撒一层，敞着锅蒸，结果总是有蒸不熟的，既费火，又费料。那个年代的黄米，可谓价值连城。

不知怎么的，父母把这件事透露给了杨二娘。“哎呀，蒸年糕哪有那么难？你就先在锅里放满水，不要超过屏底（帘子），放一些苞米叶子，然后把黄米面撒在苞米叶子上，大约 10 多厘米厚，盖上锅盖，等锅盖上面的蒸汽圆了，再烧 15 分钟。你就等着开锅吃年糕吧。”父亲笑了，母亲也笑了。父亲还笑着和杨二娘说：“你这是懒糕，我回去试试。”从那一年开始，父母才学会了蒸年糕……

时序还在冬季的路上徘徊，所有人还在埋头于奔波的时候，旧历年的年关也就到了。“小孩小孩你别馋，过了腊八就是年。”“小孩小孩你别哭，过了腊八就杀猪。”“二十七杀年鸡，二十八把面发，二十九蒸馒头，三十晚上扭一扭。”记忆中的年关是从腊八开始的，腊八吃腊八粥也是当地的民俗。过了腊八之后，村子里偶尔能听到鞭炮的声音。一般都是用苞米换，几十斤苞米换一挂鞭，二百或五百响，价格不等。小贩子为了做生意，偶尔放几个听响。紧接着，陆续有人家开始杀年猪。杀年猪是为过年做准备，所以大部分肉是按血脖、里脊、硬肋、后鞧等部分切割成块。杀年猪的时候要灌血肠，炖杀猪菜，会年茶，请人吃饭，还要做豆腐，买年货。

八家村真正的过年是从除夕开始的。除夕的早上，母亲都是把前天晚上炖好的小鸡加上豆角丝、冻豆腐、粉条，还有好多猪瘦肉一起炖。主食是大米饭，一般都是老哈河北相春姐送的。那时候的大米饭有香味，比现在的大米饭好吃得多。父亲早早地把二两半的白瓷壶倒满酒，然后用火盆煨上，做好饭的母亲还难得地喝上两盅白酒。除夕的中午饭主食是馒头，菜是拆骨肉，全是肉，原则是不允许吃菜的，一年的温饱尽在其中。

中午吃完饭，母亲因为喝了点儿酒，躺在炕头上睡了一觉。父亲便开始打扫院子，还准备好了放鞭炮的杆子、拜年用的拦门棍等。

我们陆家有我们陆家的规矩，年午后晌的饺子（年夜饭）一定要吃素。晚上 8 点左右，父亲要带着他的三个儿子，拿上折好的烧纸，到我五大爷家去请年。母亲在家里负责包饺子。那时候我们的家族还算兴旺，五大爷、八大爷、九大爷，我父亲（排行老十）都健在，加上我们家族的男性晚辈二十多人，等着月亮和星星出来后，由年龄大一点儿的晚辈提着灯笼，来到十字路口，对着我们家族坟地的方向磕头烧纸，口中念念有词：“过年了，都回来过年吧。”等烧纸燃尽，大家收一些纸灰包好，来到五大爷家的祖宗牌位前放好磕头。后面进院的人还要把提前准备好的拦门棍横在门口的地上，以防外鬼。我的一个大嫂早已把煮好的饺子端到老祖宗的牌位前，接着点烟、倒酒……家族里年长的人都要坐到炕里，对在外面求学或是打工的一些晚辈问这问那，以示关心。然后，各自回到自家又开始忙碌，直到零点燃放鞭炮，新的一年才算正式开始。

如今，长辈们大部分已作古，我对八家村的记忆已变得遥远。我一直以为自己可以很潇洒，头也不回地离开故土，离开温暖的家园。然而，那时的我又怎能理解离愁，又怎能读懂离愁啊！三十多年过去了，站在北山头回望，我怀念小时候和父母在一起的温馨时光，我怀念和我一起去老哈河捞鱼的玩伴，我怀念八家村的父老乡亲……

三、白橛子和大粪场

历史对农民的劳作如何评价，好像已经黯然，然而，其在社会发展过程中的重要性，却让后来凭吊历史的人们常常怀有一份感动，再现一阵隐隐的酸苦。白橛子和大粪场是我们四队（生产队）的土地标志名称，我对这两块地有着深厚的感情。八家村四队的基本边界是从二南院宋二娘还有我五大爷家的老院子往南，包括我们老院子，直至福龙商店（原来安凤阳老师家）门前的石板桥以北，其老户名有宋志芳、宋志勇、宋佩、宋伟、宋国、宋泰、宋建忱、宋建勋、宋建全、宋建谊、宋建坡、宋志彦、崔云、宋华、平广、平永贤（我叫他三大爷）、平海、平江、宋东、宋良、宋万、宋志、安士义、李国才、李跃、李会、成万方、成水兵，还有我们陆家的几户，但几乎是以宋氏家族为主。

白橛子，也叫白堆子，是一个有着五六米高的白色梯形柱体，据说是用来航空备战的。这样的白橛子在老哈河沿岸有很多。我们在白橛子那里有一亩多地。由于起初干旱，又加上地不多，大家不太重视，后来能浇水，就种了高粱、谷子、苞米，而且长势很好。白橛子附近有几处孤坟，阴森可怕。出于好奇，我们一些小孩趁着母亲薅地的空，一起跑过去玩儿。白橛子可能是石头的，也可能是水泥的，具体材质到现在也不知道。只记得当时有人好像爬了上去，在白橛子的表面扒了两个洞。有一次可能是和平海一起放驴，我们到那里玩儿过一次，后来平海说那里可能有蛇，我们就很少再去玩儿了。直到上初中，学到鲁迅的《论雷峰塔的倒掉》，刚开始学这篇文章的时候，我以为“雷锋”不是一名战士吗？怎么又出来一个“雷峰塔”呢？

学过课文才知道那是鲁迅先生借雷峰塔的倒掉，赞扬白娘子为争取自由和幸福而决战到底的反抗精神。母亲说：“白蛇对人很友好，千万不要伤害它。”平海说：“白橛子里面有蛇。”这个梗一直在我内心深处留下了印记。所以，一提到鲁迅笔下的“雷峰塔”，我就想到了老家的白橛子。

白橛子正对的老哈河北是翁牛特旗的三道沟。有一年我记得我和哥哥、平瑞、冯广、杨文生等人从八家村到三道沟去看戏，当天打了个来回。记忆中，三道沟戏班子小有名气。每逢过了正月初五，戏班子都要在那里唱戏。戏台下站了十里八乡的男男女女、老老少少，女人们把自己装扮得花花绿绿，妆容得体。戏台周围卖香瓜籽的、卖黏米糖的、卖烧饼的、卖糖葫芦的应有尽有，叫卖声和戏台上咚锵咚锵的锣鼓声融为一体，好不热闹。

“咚咚咚——锵锵锵——”锣鼓声一响，观众瞬间静下来，个个昂首将目光聚焦戏台之上。武生身手矫健，出场干净利落，大将风度尽显。演出的戏剧名称有《穆桂英挂帅》和《铡美案》。无论是哪场戏，观众的喜怒哀乐都会随着戏中的人物和故事情节而变换，有时笑得前仰后合，有时气得大骂。舞台上的演员都是穿着高高的白底靴，显得十分高大。他们的穿着、头饰、粉彩、伴奏乐器都让人流连忘返。那些双眼一瞪的胡须和脸谱，那些绫罗绸缎的龙袍马褂，那些英俊儒雅的白面书生，那些手舞宝剑、行侠仗义的武生斗士，还有高亢激昂、气势磅礴的黑脸包公，精灵活泼、巧舌如簧的丫环，高端儒雅、豪华富贵的皇家气场……戏里戏外的那些人和事早就融入了我心灵深处。

记忆里的很多东西，不但不会随着时光的流逝变模糊，反而越品越有味道，就像那老酒，时间越久味道越醇；就像那乡情，离得越远思念越真。大粪场，应该是人民公社的产物。公社每年都要求各村搞积肥大会战,不但有工作队干部亲自督战，公社领导还要来检查。大粪场是我们八家村四队的土地。去大粪场要过南营子，南营子从西往东是刘云功家、宋瑶家、陆振铎我八大爷家、安世杰家、安世友家、石江家、陆振堂我九大爷家、李振生我八姑父家、李秀峰家，还有老康家、老李家。这条街的尽头右拐，然后过一个小渠就到大粪场了。

我还记得好多关于农家肥料的谚语：“庄稼一枝花，全靠肥当家。”“种地不施粪，跟着瞎胡混。”“庄稼若要好，粪土要上饱。”“种田不要问，除了工夫就是粪。”“粪是庄稼宝，缺它长不好。”“疙瘩粪，三年劲。”可见，就种地而言粪是多么重要。当年，村里的春耕备耕就是从捣粪开始的。正月十五一过，年味还没有散去，家家就开始忙着起猪圈粪了。初春时，猪圈里的粪还没有化开，要用冻镐刨开后，一锹一锹铲出来。这些粪被起出来以后，方方正正地堆在各家门前，由生产队的会计打过方，在街道上晒些日子，就开始捣粪了。捣粪的同时，已有车老板赶起了大车，把捣细的粪土一车车送到地里。车老板心里就像有一把尺子，挥动鞭子吆喝着牛马，卸下的一个个粪堆，不但在一条直线上，还会大小差不多，距离差不多。远远望去，一行行排列的粪堆虽然不是那么美丽，却像一道新的风景线，因为它拉开的是春播的序幕。

记得我们还和五大爷家住对面屋的时候，宋国书记的老父亲（我叫他二大爷），是积肥的一把好手。他们家大门口有一个粪坑，每年一开春，二大爷就会起粪、捣粪，把粪堆堆成一个标准的梯形。在那个换工分的年代，谁家有一个大粪堆是很让人羡慕的事情。从粪堆前路过，都能闻到一阵阵的“粪香”。

农家肥有粗肥和细肥之分，猪圈粪和生产队的牛粪马粪是粗肥，厕所里的人粪则是细肥。村里人对厕所有两个称呼，有叫茅楼儿的，有叫大粪窖的。叫茅楼儿，大概是因为过去条件好的人家，厕所是用砖垒的，上面还有十字花墙；而且四四方方立在猪圈前或院子的一角，就像电影里的炮楼。普通人家的厕所大多很简陋，有不少是用高粱秫秸围起来的，里面一个粪坑，上面架两块木板，像一个简单的萝卜窖。只不过里面窖的是大粪，这或许是人们叫大粪窖的原因。为了积累细肥，村里几个生产队都建有大粪场，派两个社员挑着大粪桶，戴着口罩，去各家茅房里淘大粪。社员还要像买东西一样，带上一杆大秤。那大秤是用来称大粪重量的，计算出多少工分后，抬到大粪场存起来。记得当年好像还有化粪池，用石头砌成的。生产队把收好的大粪倒进化粪池里，填满土，进行发酵。细肥可以用来追菜园子里的青菜，粗肥可以追各种五谷杂粮。

我小的时候，尤其是放寒假，每天早上天刚蒙蒙亮，都会背上粪积子（也叫粪筐子）到老哈河套拾牛粪马粪。牛和马的消化系统不同，一个倒嚼，一个不倒嚼，拉的粪的形状也不一样。牛粪形状像花卷，冬天里还冒着热气。那“花卷”的颜色，因草料不同会有变化。如果牛吃的是苞米秸子，屙出的粪是黄色的，“花卷”像是用苞米面做的。如果牛吃的是土豆秧子，那“花卷”的颜色是黑色的，像是白薯面做的。马粪和驴粪是一个个圆蛋蛋，表面很光滑，里面裹着没完全消化的饲草，因此有句话说：“驴粪球外面光。”

庄稼人得精打细算过日子，地里能生长的东西是不会花钱去买的。家里有抽烟的男人，麦熟后到了栽烟的时候，要买来烟秧子，栽上几十棵。烟对肥料很挑剔，大粪的肥力足，却不能追烟，因为苗了大粪的烟秧虽然长得旺，烟叶却薄，没有油性，出的烟也没味道，庄稼院的说法叫不上烟。苗烟最好的肥料是豆饼和香油渣子。苗这两种肥料长出的烟，烟叶厚实，味道也香喷喷的。村里人舍不得苗这样的肥料，多用炕坯和炕烟子来代替。生产队里劳动的间隙，男人们要坐在一块儿抽根烟，歇歇，用供销社买来的大白纸，撕成条，卷一个喇叭口，然后拧个劲，互相品尝旱烟叶。有的烟不碍起火，人们会说，这烟要火；如果烟香又冒烟，人们也会夸奖："嗯——这烟才是正宗的满口烟。"

农村肥料的来源还有好多。养牛马的要垫圈，垫圈一般都选择下雨阴天。圈里的牲畜会屙粪撒尿，为了保持牛棚的清洁卫生和收集这些粪尿，父亲每天都要把扫院子的尘土垫到马圈里。那时候，家家生火做饭烧的是柴草，烧出的草木灰也是一种很好的肥料，里面含钾。高粱、苞米拔节时，最需要这种肥料。人们生火做饭前，会把灶坑里的灰积攒起来。还有一种上好的肥料是炕坯和炕烟子。那时候村里人睡的火炕是用土坯搭的，经过一年烟熏火燎，炕坯变成了黑色，有的地方还挂了一层亮亮的煤焦油，因此人们每年都要搭一次新炕。这些炕洞坯有一部分捣碎，掺一些黄黏土用来抹房；剩下的堆在院子里，浇上水闷些日子，捣碎用来做肥料。

羊粪更是农作物最好的肥料。在老家的时候，我在赶牛道边靠近东沟嘴和药浴池中间的那个地方挖了一个粪坑。那时候，人们放羊的时候都是把羊聚集到这里等待着羊倌来赶。各家的羊晚上吃草，赶出来溜达在这里休息时，也会有一些羊粪。我用扫帚扫到一起积攒起来，时间一长也有好几方。第二年开春，我把这些羊粪起好捣碎，运到大粪场子的那片高粱地里。

土地是有生命的，也需要保养，农家肥是天然有机肥。而那些化学肥料，虽然使用起来省工省力，见效也快，但若使用不当，会导致土地酸碱失衡，损了地力，这对土地和农业生产都不是好事。积肥、捣粪、送粪、追肥，一直是八家村人的好传统。

四、供销社和井屋子

八家村原隶属于九份地村公所。20 世纪六七十年代，人们去供销社买货都要去九份地。从八家村到九份地供销社差不多有 10 里地，买点儿东西全靠步行，逢年过节去供销社就像赶集。乡亲总是跟晚辈说：“好好学习吧，将来能考个站栏柜的（售货员）就行。”那时候供销社的售货员属于国家职工，计划经济物资匮乏的年代，供销社的售货员的确让人羡慕。那时候供销社有个售货员叫马云龙，口算、心算、珠算都是远近闻名的，说话的声音也很有质感。他一边算账，一边找零钱，还要照顾到每一位顾客，确实让人佩服。“二七一毛四，两毛找六分。”“六七四毛二，五毛找八分。”张口就来。

古鲁板蒿西部除了九份地供销社，还有一个西湾子代销点，隶属于九份地供销社。八家村距离两地都差不多，因为九份地供销社的货比较全，八家村的人买货都到九份地供销社。

时间大约持续到 20 世纪 80 年代末，根据八家村的地理位置以及人均消费情况，乡里决定把供销社放到八家村，并在八家村苗圃南面靠近赶牛道的西面划拨了一块约三亩的地方作为供销社用地。供销社前有一条通往八份地到古鲁板蒿的大道。供销社的房屋是全村最大最好的房子，前脸用砖，东西山墙和后墙都是那种“一面青”。靠近赶牛道这边有一个小屋，八份地的村民刘福住在那里，他白天负责给供销社做饭，晚上给供销社打更。他也属于供销社内部人员，原来在老供销社的时候负责收购一些鸡蛋、麻绳、骨头之类的农副产品。售货员仍然是马云龙，直至后期从孤山子调来一个冯利，后来又有八家村的宋建勋等人都做过供销社的售货员。

八家村供销社基本分两个部分：靠近东边的用来收购农副产品，当时管收购的好像是张振玉。靠近马路正中的属于门市，门市门前有一个广场，用来停车和演出等。门市的铁门是带转轴的，开门以后，门会自动关闭。柜台是透明的玻璃柜子，从外面能看到里面的货物。柜台的后面是货架子，货架子上面的商品也是琳琅满目，有布匹、草帽、针线、橡皮筋、松紧带、铅笔、学生本子、复写纸等，吃的喝的有红砂糖、水果糖、饼干、白酒等。售货员站在货架子和柜台之间的空间卖货。有时候零钱找不开，售货员会扔过一颗糖球，无论大人小孩都喜欢这种找零的方式。最西边的货物都是布匹类的，那时候的布匹都是些黑白斜纹的料子，用来做一些老布鞋或牵边用，高档布匹是很少有的。

我喜欢听扯布的声音，新布散发的味道也叫人亢奋，有着淡淡的棉花清香。营业员用木尺比量，用划粉做标记，用剪子在标记处剪一个缺口，手按住缺口两侧，左手往里，右手拿尺往右使劲一扯，然后就听到“哧哧”的声音，一段布就撕扯开来。

栏柜中间是一些家庭常用的小商品，针头线脑、烟酒糖茶和香皂、洗衣粉、雪花膏、手套等日常生活用品。靠近西边柜台拐角后门的地方摆放了一排大缸，有散酒，还有用来装大粒盐的敞口柜子。散酒一般都是农村办喜事用的，人们可以直接弄一个五斤桶、十斤桶。酒缸右上角的栏柜上还摆着一些瓶装酒，因为酒标上有一个套马的马倌，人们又管这种酒叫“套马杆”。“有钱没钱，都要过年。”“过年喝酒，天长地久。”我有个叔伯哥叫陆相林，年底时给这家杀猪，给那家宰羊，不是这家请就是那家叫。每到过年，他用一个10斤装的白塑料桶装满满一桶酒，能从腊月一直喝过正月。每次到供销社打完酒，人们总是先打开酒桶盖美美地喝上一口：“啧——咂——哈——嗯——”整个过程令人陶醉，酒的好坏早已写在脸上……

那时候，八家村好多重要仪式都与供销社有关。比如男女订婚、结婚、回门等，都要到供销社买上烟、酒、糖、果子，号称“四盒礼”。香烟一般一盒，糖可多可少，而果子和酒一定是双数。果子一般是用草纸包的，一斤一包，包装成长方体，然后用牛皮绳子缠好。尤其是男方去看未来的岳母娘、婶岳母娘、大爷岳母娘等，要计划好买多少份，也叫“认亲”。也有不少因为省钱而少买的，或者临时来了亲戚，果子和酒不够的，那样都有可能被挑礼。如果男方没计划好，有可能因为这一件事导致退婚。结婚之后，回门的程序基本和认亲的程序差不多。碰到小姨子、小舅子要给喜糖。遇到岳母娘或者岳父要满酒、满茶、递烟、点烟，所有的开销物品基本都来自供销社。

八家村供销社还卖五金和农药。东面的货物有犁头、铁锨、二齿子、瓷瓶子、酒坛子、杆秤、水缸、鞭杆子、鞭绳、鞭哨、牛马套包子等很多过去牛马车所需要的物件。柜台上摆放着毛驴车、自行车的车圈、轮胎等五金配件。柜台上一般都有两个木质的大算盘，算盘子一般都是用线绳拴在柜台上，以免丢失。算盘是售货员必备的计算价款的工具，相当于现在的计算器。柜台后面是一间货仓，里面有棉花、布匹等货物。

供销社周围的大墙很高很宽很厚，墙根有很多老鼠、大眼贼等。收购农副产品有单独一个房间，直接通到后院，专门是用来收购甜草（甘草）、鸡蛋、骨头、牙膏皮等。我应该算是挖甜草的一把好手，暑假的时候，大雨过后的沟坎子会露出一些甜草，还有好多带疙瘩的，不用挖，一拽就是一根，很过瘾。当然也要注意山坎倒塌的危险。有一年兔子圈沟发大水，弟弟去拽甜草时正好碰见沟坎子里面埋着一个人，只露着一只胳膊。弟弟吓坏了，赶紧往家里跑。那天好像是立秋，我正在家里吃秋膘呢。父亲听说兔子圈沟埋着人了，赶紧向大队汇报。大队的宋书记又派尹洪瑞到现场去看。“王明，乡里派来蹲点的王明。怪不得中午吃饭找不到他！”尹洪瑞又叫人把王明身上的钥匙摘下来，回到村里验明正身。因为大队要在那里修一个吊漕，王明蹲的那个地方山坎下沉，算是工伤。

我们把挖回来的甜草浇一点水，埋到后院，攒到十斤八斤之后再拿到供销社去卖。我们把卖甜草的一元、两角、一角的纸币放在书本里夹好保存，隔一段时间偷偷地看一看，好久好久都舍不得花掉。

供销社的斜对面是一个学校，这个学校囊括了小学一年级到初二。自从古鲁板蒿高中被分出以后，我们那个学校的初中部分也转移到了古鲁板蒿中学，只剩下小学五个年级。我读五年级的时候，哥哥读初二。记得那时候学校举行运动会，哥哥因为学习好，作为学生代表坐在前排。运动会上，我们学校有一个年龄比较大的老师叫李俊，可能他患有风湿症，“六一”前后还穿着棉裤。但他的跳高水平很高，虽然穿着棉裤跳高，整个学校都没有人能跳过他。

每年秋天，学校还组织我们捡庄稼、拾柴火、打草。拾来的庄稼可以卖钱，作为自己班的班费；拾来的柴火可以用于班里冬天取暖；好像学校里还养了羊，打来的草可以用来喂羊。记得那时候我们班级的劳动委员是宋哲，他个子高、力气大，每次都是超额完成老师布置的任务。老家的冬天很冷，靠学生拾来的柴火显然不够用。后来学校又和大队协调，有学生的家庭，每家每户收苞米瓤子。那个时候虽然困难，为了度过寒冷的冬天，我们都贡献了自己的一份温暖，我们活得开心，过得快活……

供销社是八家村的中心，不仅是人们购物的天堂，还为农村相对象提供了一个场所。我高中毕业那年，给我介绍对象的是徐文志（当时好像是村主任），我管他叫二哥。徐二哥给我说了一位邻村的姑娘，并且约定了我们在供销社见面的时间，并一直嘱咐我收拾得好一点。为了显得重视，我还把平时不怎么戴的变色镜鼓捣出来了。我到供销社的时候，邻村姑娘还有她家的亲戚早就到了。徐二哥给我指了指，做了一个暗示，然后又唠了几句家常，之后就开始等待佳音了。“坏了，坏了，相华你今天不应该戴变色镜啊。人家说没看清你的长相，担心你的脸上有毛病。”下午，徐二哥来到我们家，先是和父亲打了个招呼，然后又跟我说了情况。父亲有点着急了：“他二哥，你说那咋整？”母亲也在一旁给徐二哥倒着茶水。徐二哥一边喝着茶水一边说：“相华这小伙子咱们看没啥问题，我也跟她们解释了。毕竟婚姻大事，人家说哪天要再看看……”

供销社的后面有一个井屋子。从时间顺序来讲，是先有的井屋子，后有的供销社，因为供销社的繁华，加上井屋子的变迁，人们就把井屋子给淡忘了。为了解决八家村的饮用水问题，村子多次向上级反映，最后在八家村供销社后面打了机井。记得刚开始打井的时候，我们八家村学校的学生每个人还有团黏土团的任务，具体目的不详，可能是因为水太深，抽水机压力不够，有点儿像课本中《乌鸦喝水》进行充填的意思，反正每个学生的任务不少，还要晾干交工。井屋子刚开始投入使用的时候，看水的是八家村的宋志学，每家每户发水票。一大水桶的水顶过去六挑子水，一挑子水一张票。每天早上买水的人排成长队。有时候水管子在转换的过程中喷得满地都是，有时候还会喷到别人的身上。人们的叫喊声、水屋子的嗡嗡声、水桶的叮当碰撞声，偶尔也有人们的干架声……就像是一场“武戏”在一座村庄上演，要让人们记住那段峥嵘的岁月。

又过了好多年，乡里来了一个“大肚子”叫孟广海，主抓水利工程，为我们八家村搞起了自来水。吃自来水的日子也不容易，有的路程太远，地势太高，尤其是我们北山头，家家挖大坑，得把水龙头放到大坑里。有的人家还偷偷利用自来水种点儿菜，八家村从此彻底告别凭票吃水的年代。又过了不长时间，八家村的冯斌在井屋子那里开了一个加工厂。加工厂门口聚集了男男女女，他们有说有笑。让我记忆犹新的是我上高中那一年，从火车站回来，正好路过加工厂，母亲也正在那儿，有人和母亲说：“你看谁回来了？你们家的大学生回来了。”母亲笑着揽我入怀，好像我给她争了很大面子，我不好意思地和母亲一起回家了。长那么大，很少见到母亲对我如此亲昵……

经历了半个多世纪的变迁，八家村终于告别了吃、穿、用完全依赖纯手工式、作坊式的时代，供销社、井屋子、加工厂已成为那个年代的记忆。那个年代尽管艰苦，人们没有攀比，无比和谐。你向我家借一茶碗咸盐，我向你家借一碗大酱；你给我递一根旱烟，我给你倒一杯浓茶。八家村的故事正如电视剧《渴望》中唱的那样：

悠悠岁月欲说当年好困惑
亦真亦幻难取舍
悲欢离合都曾经有过
这样执着究竟为什么
漫漫人生路上下求索
心中渴望真诚的生活
谁能告诉我是对还是错
问询南来北往的客
…………

五、火车站和小牧场

一声汽笛长鸣，“咣当、咣当”，铁轨的震颤仿佛从地壳的深处而来。一列拥有巨大红色轮子的火车，拉着乌黑的煤炭，两侧吐着白雾，冒着黑烟轰隆隆地呼啸而过。不断有这样的火车开往远方。八家村通火车还是比较早的，记得小时候的火车头还是烧锅炉的那种，后面拉着几十节车厢，有从东北大兴安岭拉过来的木材，有从内蒙古呼伦贝尔拉过来的煤炭。那时候村子里的房子不高，人口也不多，我们站在家门口的窗台上就能看到那些火车从东边的山里驶来。偶尔还能看到拉汽车或者拉军用物资的，蜿蜒起伏，看到了车头看不见车尾，看到了车尾又看不到车头……八家村通火车，就像给偏僻的草原打开了一扇窗，敞开了一道门。

八家村的文化名人于跃源在他的《小站忆乡愁》里写道：“地名，作为某一特定空间位置上的自然或人文地理实体的专有名称，它是一种标识，是历史文化的象征，更是人类社会发展过程中文化记忆的传承和沿袭。”八家村门前的莲花山火车站起初就叫八家火车站。莲花山火车站是京通铁路在敖汉旗境内设立的八个火车站之一。京通铁路 1972 年 10 月开工建设，1977 年 12 月铺轨通车。火车站是八家村的符号。据说，1977 年京通铁路试运行时候还出了笑话。有一位华北的老太太坐火车去“八家村”看出嫁的女儿，阴错阳差地坐到了敖汉旗古鲁板蒿的八家火车站。后来，热心铁路人又给老人免费办理了一张返程票。为了避免重名，后来铁路局把八家火车站改为了莲花山火车站，延用至今。

莲花山曾是蒙古王府的祭山，俗称小罕山，位于八家村往西两千米处的西湾子村二份地自然村，因为康熙皇帝为其赐诗而闻名：“毕竟天然造化工，方能巧合古今同。喷云百尺穿岩石，瀑布千层点药丛。波涌白莲承晓露，溪浮绿盖动香风。经声似脱红尘外，泡影依稀宇宙中。”西湾子村从八家村脱离以后，莲花山归属于西湾子，似乎南面有一部分归乌兰召管辖。不管怎样，莲花山一直是八家村人心中的神山。

莲花山火车站后面有一片空地，近些年已开发成水浇地。我小的时候这里是一片荒地，荒地里有一条通往火车站的小道，小道的右面是宋家的坟地。除了乘车、接站，一般人是很少光顾火车站的。记得小时候，因为家里没柴烧，有一次由邻居大哥平瑞提议，我们决定在一个月黑风高的冬天，拿着书包去火车站偷煤。因为火车站地势高，站台上还有信号灯，而煤堆又在很显眼的站台边上,我们几个小孩儿就像游击队里面的少年，需要匍匐前进。突然发现有个火车站家属院的女人上厕所往这边瞄了一眼，我们赶紧趴下，心脏怦怦直跳，大气都没敢出一声。直至那个女人走远，我们才开始行动。因为站台上没有任何遮挡，我们每人偷了还不到一书包的煤，就赶紧跑下站台，穿过阴森可怕的坟地回家了。

从那以后，我再也没有去火车站偷过煤，但是趁着周末也会经常到火车站边上捡破烂，毕竟在火车站上班的职工会比我们农村人富裕。我们还很愿意闻火车站附近枕木那种松油或者沥青的味道。有一次，我好像和崔国华一起，每人捡到了一只牙膏皮，说是供销社可以收购，后来到了供销社，收购的人员说：“五厘，再攒一个再来卖吧，哈哈……”

那时候我们村的于跃才——于跃源的哥哥，我管他叫四哥。他很有本事，不但能够承包铁路两边的土地用来耕种，还能够承包铁路的工程，比如清理铁路两边的石头，或者给铁路两侧的杨树剪枝。有一年暑假，于跃才找到了哥哥和我，还有一帮人，开始清理铁路两边的石头。我们把铁路两边的石头用筛子筛掉土，然后再把石头放回原位，那活计可是不轻松，纯粹的体力活，一天也就只能清一两米吧。一米多少钱我忘记了，反正给铁路干活都拿不到现钱，到了一定期限才结清。给杨树剪枝稍好一些，就像园林绿化工人一样，但是当时的剪刀不快，还磨手，干活必须得戴手套。从八家火车站一直干到九份地那边。因为于跃才和我五大爷他们在一起搭伙种地，有了这层关系，于跃才又成了我哥哥和嫂子的介绍人。后来，于跃才的表妹成了我的嫂子。

火车站的东南方向，汽车道以北，有一个山叫团山子。小时候我和崔国华一起到那座山游玩过。有一次他看到一两个深浅不等，直径约20厘米的圆形柱洞，就告诉我说："这是康熙爷微服私访留下的马蹄印。"我半信半疑："康熙是谁？你怎么知道？"崔国华他爸叫崔云，是我们村的赤脚医生，有文化，他说听他爸说的。我那时候对崔国华有点儿崇拜。

从八家村坐毛驴车出来，过赶牛道有一个大渠，径直往前走，穿过火车道的一个涵洞，奔团山子的边上有一条道，向西南往前走便是汽车道。修火车道的同时，和它并行的有一条汽车道，也就是公路。沿着这条汽车道往西两千米左拐向南，是宋国和徐文志两家的树地。沿着两家的树地中间再往南，行进至两千米处，接近安家胡同边界有一片地，叫小牧场。小牧场是一片洼地，是我们四队的土地，除了庄稼长势好，周边的野草长势也好，被人们称为天然小牧场。

"七月荞麦八月花，九月荞麦收到家。"荞麦也被称为三角荞、乌麦、花荞，蓼科，属一年生草本作物。荞麦的栽培比较简单，因为它的全生育期极短，可以在主作收获后，补种一茬熟荞麦，既增加复种指数，又便于与其他作物轮作换茬。每年六月的一场透雨过后，八家村村民压完了河套小麦的青苗，耨完了大田的苞米，便开始到小牧场的旱田种荞麦了。父亲在前面扶着犁杖开沟，母亲在后面点种子，哥哥扬粪，我负责牵着毛驴在后面打滚子、簸扫。簸扫的功能是把垄沟边上的土收拢，把种子埋好，滚子和簸扫连在一起，滚子在簸扫的后面，滚子的作用是为了把簸扫掩埋的种子压实。我认为农民伯伯这个使用了上千年的农具足可以申请国家专利。播种后大约一周的时间，荞麦开始发芽，小芽嫩嫩的，像调皮的小孩儿捉迷藏露出的小脑袋。褐红色的主茎上分出许多枝杈，枝上一片片卵状的叶子，一簇簇细碎而粉红的花儿，迎着风在微笑。远望荞麦开花的田野，白茫茫的，如同秋霜，又好似冬雪。

“锄禾日当午，汗滴禾下土。”每年暑假，我和哥哥有时候套上毛驴车，有时候步行，扛上锄头，带上水和饭到小牧场去耪荞麦。荞麦花是家乡一道亮丽的风景。耪荞麦的季节，正是荞麦花开放的季节，美丽的荞麦花吸引了许多蜜蜂来采蜜，雪白的荞麦花夹杂一丝丝绿，煞是好看。哥哥在前面一锄一锄地铲，我在后面步步紧跟。我还和哥哥学会了两顺撇，左边一锄，右边一锄。我那时候虽然上初中，但已成为家中的主要劳动力。俗话说：“旱耪田，涝浇园。”耪荞麦在中午，很出活，一大片地，我们哥儿俩一两天就收拾得干净利索。有一次，我们还没到中午就已完活，哥哥和我扛着锄头开始走火车道，正好碰到卧铺餐车扔下了半个吃剩下的西瓜，还有饭盒和一个塑料的小勺子。哥哥先是用西瓜水把小勺洗干净，然后把里面的西瓜瓤用勺子薄薄地刮去一层，剩下的用小勺又一层一层地挖下好多。

正午的太阳下，我俩共享了别人吃剩下的半个西瓜，真是惬意极了。吃完了西瓜，我和哥哥又学着铁路工人的样子，半米一步，半米一步，吹着口哨，闻着枕木被太阳暴晒的那股浓浓的沥青味道，潇洒地回家了。

荞麦花开的季节，也是南方人到我们那里养蜂的季节。他们先是找到小牧场成片的荞麦地，然后就开始安营扎寨，紧接着通过火车皮把蜂箱运到六道湾，又从六道湾货场雇个毛驴车，把蜂箱运到八家村的小牧场。然后，他们通过各种渠道找到我们八家村的宋书记，谈好后，就把自己放蜂的底盘搞定了。他们这些蜜蜂都是家养的，繁殖很快，每个蜂箱里只有一只蜂王。一个蜂箱放不下了，那些工蜂就“抬”着蜂王飞出来，另找栖息地。其实蜂王是可以飞的，它在中间被簇拥着，看起来像是被抬着。蜂群不分散，黑压压的一大团，发出嗡嗡的声音。放蜂的人都把脸遮得严严的，好像口中念念有词，一群工蜂就把蜂王抬进了指定的蜂箱。蜂王是不干活的，每个蜂王有一种味道，工蜂采蜜回来靠着这种特殊的味道，都会找到各自的蜂箱。

小时候，我们都认为是蜜蜂把蜜酿出来的，其实那是花朵里面固有的蜜汁。等工蜂出去采蜜了，养蜂人把蜂箱里的蜜弄到蜂桶里，然后再经过几道程序的加工，蜂蜜就出来了。如果工蜂个儿大，养蜂人两三天就会摇一次蜜。那时候，也有一些社员为了搞到蜂蜜，挑着水上山，说要给荞麦地打药，吓得那些养蜂的人没办法，赶紧央求，送给他们一两瓶蜂蜜就搞定了。养蜂的人要喝水，我们村安发的父亲安文秀和养蜂的人联系拉水，一个月一结算，风雨无阻。后期，养蜂的人越来越精明。那时候我们八家村有养大鹅的，几十元钱一只，养蜂的人经常进村里收，那时候村里的人还不知道什么是羽绒。那些养蜂的人把大鹅吃了，剩下的鹅绒拿到老家去卖。

“凡荞麦。五月耕。经三十五日。草烂得转并种，耕三遍。立秋前后皆十日内种之。假如耕地三遍，即三重着子。下两重子黑，上头一重子白，皆是白汁，满似如浓，即须收刈之。”《齐民要术》中详细记载了荞麦的耕作栽培技术，并特别强调适期收获。一到霜降前后，小牧场的荞麦就开始收割了。因为荞麦茬不是很硬，我也经常和父亲一起收割，一铺子、一铺子地放好，晾干，用马车拉回场院，然后用二股叉敲打，把荞麦粒与荞麦秸分开。秸秆用来烧火，荞麦粒可以用来做拨面、蒸饺、疙瘩汤等。母亲做的拨面是最好的，每逢家有客人来，一般是用拨面招待。鸡蛋卤、葱油花，一碗热腾腾的拨面散发着诱人的清香。荞麦的药用价值很高，加上荞麦皮枕头有助于睡眠，那时候到加工厂加工荞麦，荞麦皮还可以抵加工费，是不用花钱的。

荞麦一收割，养蜂人一年的劳作也就结束了，因为北方的冬天气温很低，蜜蜂就不大出来了。为了等火车皮把蜂箱运回南方，每年冬天火车道边上都会有好多养蜂的人在排队，为了防止雨水和霜冻，他们会在蜂箱上盖上苫布、稻草、毛毡等。一年四季在外面漂泊，他们冒着风雨、寒霜、酷暑、潮湿、黑暗，又开始辗转南方寻找新的蜂场去了……

六、八家村的变迁

八家村发展史是一部艰苦卓绝的创业史和生存史，是八家村领导带领八家村村民经历了无数次艰辛探索的革命史。从历史的角度看，八家村的发展史，也是新中国成立七十多年的一个缩影。八家村原隶属九份地管理区，区部在八份地。1959年10月1日，撤区建队，八家村与白家店分开，正式成立八家村大队。八家村的首任书记为皮文才，主任为成万才。第二任书记为李振芳，主任为成万才。受时代的影响，当时古鲁板蒿公社已改为红卫公社，八家大队改为红炬大队，白家店大队改为黎明大队。当时村子里的人名也很有时代感，比如于向阳、于向东、宋永红（宋飞）等。

“世外千般好，不如老哈河川好。”八家村曾是一个以农业为主，兼养牧业，有着万亩肥沃的河滩耕地、数千亩林地和牧场的“世外庄园”。因为1958年开始修建红山大坝，先祖们选择的这块宝地瞬间化为了汪洋大海。为了响应国家政策，八家村村民舍小家顾大家，挺起腰杆咬紧牙关，有的投靠了亲友，有的搭起了窝棚，有的挖起了地窨子。村民落脚后一边组织生产，一边盖房子，只用了三年的时间，就搬进了新盖的土平房，解决了居住难题。

对农民来说，土地是命根子。为了生存，失去土地的八家村村民开始向荒山要地。各生产队赶着老牛拉上双铧犁，采取歇人不歇犁的办法，昼夜开垦山荒地。不到两年的时间，大片的草原牧场被全部开光。由于过度开垦，植被遭到破坏，土地沙化相当严重。春季播种，翻了一遍又一遍，秋季亩产粮食只有四五十斤，劳动日值两三毛钱，有的生产队还出现了“倒算账”的情况。

“广阔天地大有作为。”新惠中学高材生宋国毕业后，响应国家“知识青年上山下乡”的号召，回到八家村开始了他的农村建设事业。宋国对八家村的规划治理，以及精神文明建设等方面有着重要的贡献。虽已退休多年，他仍被人们尊称为“宋书记”。

“八家要想富，必须多种树。八家何时富？山川沟岔皆是树。”宋书记回忆说，“沙害是农业之敌，治理沙害刻不容缓。”1970年春，敖汉旗林业局派张国臣等三名同志来八家村视察，时任大队副主任的宋国配合他们干了半个多月，跑遍了八家大队所有的山山洼洼、沟沟岔岔。最后，他们把八家村平川地规划了20块网眼，秋天割完地又号召社员栽了将近8万株大苗。网眼规划为大队后来的水利化、机械系列化、科学种田等打下了坚实的基础。在此期间，宋国还去赤峰县东方红大队参观学习了林业经验，到敖汉旗长胜乡榆树林子大队学习了植树造林、防风固沙经验。截至1993年，八家村实现了农田防风林带20条，防风固沙林、水土保持林总造林面积达到1.3万亩，绿化占总面积的48%。生态平衡改变了当地的小气候，八家村到处草木葱茏，平展的田畴被绿色的林带海洋包围。

时任敖汉旗政协主席的孙家理在检查三北防护林时来到了八家村，并给予了高度的评价："你们有远见，有气魄，植树造林干得很好！"

"水是农业生产的命脉。"宋书记回忆，"我们当时建立提水点6个，用柴油机带动水泵，在水库边向坎上提水。与此同时，我们从未放弃申报在白沙洞修建扬水站，解决全大队耕地灌溉的问题。经过多年不间断的申请，我们的决心和斗志终于感动了上级领导。"1996年白沙洞扬水站开工建设，土石方由八家大队、西湾子大队、白家店半个大队共同承担。由于路途远，条件艰苦，工人们吃住只能在工地，终于用多半年的时间完成了白沙洞扬水站工程。1977年春天，开闸放水，混浊的老哈河水流入了田野。从此，八家村人民的吃水问题得以解决，摘掉了二十年吃返销粮的帽子。

"手里有粮，心里不慌；脚踏实地，喜气洋洋。"白沙洞扬水站的建成，使得八家村告别了看天吃饭的日子，这是八家村人民艰苦奋斗改变历史的一个飞跃。在创业的征途上，村委会带领乡亲们大搞植树造林防风固沙，兴修水利发展农业，为八家村以后的发展规划打下了坚实的基础。

1985年8月15日，八家村党支部召开支部委员会扩大会议，吸收党小组长、队长参加会议，研究了今后八家村的生产建设问题。会议决定从本村实际出发，将“高筑坝、狠抓粮、严管林”作为八家村经济建设的指导思想。

“高筑坝”就是抓住红山水库低水位运行的有利时机，把生产战略向库区河滩地转移。为此，八家村设计了一条堤坝，长约 1 万米（包括丁字坝），坝高 2 米，下宽 15 米，上宽 3 米（能行车），总土方 19 多万方，围田面积 1 万亩。当时是宋国任总指挥，尹洪瑞为副总指挥。每天全线出劳动力 1000 多人，投入几百辆胶轮车。开工从秋天庄稼入场开始，我本人也是当时大会战的直接参与者。群众的汗水没有白流，八家村每口人分到坝里河套地 5 亩。一年可以种两茬地，上茬春季种小麦，下茬在中耕小麦时顺便种吉林 2 号大豆，仅这一项就能收入 1500 多元。为了鼓舞士气，那年春节过后，八家村还专门请了赤峰的戏班子来唱了七天大戏。

“狠抓粮”就是在 3000 亩平川水浇地上进行科学种、科学管，种“两杂一优”品种，达到优质、高产、高效，实现八家村的商品粮基地建设。记得我们是敖汉旗第一个推广机械覆膜玉米的试点单位，当时亩产量达 1800 斤。农业丰收了，为牧业提供草料，而牧业的发展又为农业的发展提供肥料。八家村由此走出了一条以农养牧、以牧促农、农牧结合良性循环生态农业的发展路子。

“严管林”就是对 1.3 万亩幼林严加管理，防止畜毁人窃，使农业生产逐步从自然效益转化为经济效益，使生态型林业向经济型林业发展，使山耕地逐步实现退农还草。

辛勤的汗水，换来了丰硕的成果。1987 年，八家村被敖汉旗人民政府评为“先进集体”，1993 年被中共敖汉旗党委评为“学小康、奔小康”先进党组织。此前，八家村的主要领导干部有宋国、成万才、李振芳、冯有、尹洪瑞、徐文志、安士友、冯泮俊等人，此后又接续了冯斌、周海玉、宋志全、宋军、宋建全等人，他们都为八家村奉献了自己的青春和智慧，八家村从此成了许多外地姑娘向往的地方……

一个人的出生地是打在每个人命运里的胎记。一个人出生的地方是无法改变的，就像每个人只有一个故乡，每个人只有一个祖国，每个人只有一个母亲一样。一个人一生要走很远的路，走得太远，归途便成了永远的奢望；走得太远，我们只能站在远处思念自己的故乡。八家村位于古鲁板蒿西部 15 千米左右，全村共有两个自然村，除了八家村，另外一个自然村就是八份地。虽然多年在外，我仍然记得八份地的一些人物，他们有的是社会名流，有的是我的亲朋好友。

前些年，我有机会和老婆孩子回了一趟老家，时任八家村支部书记的周海玉、主任宋建全带我一起去看烟房，那正是我小时候和哥哥在一起戏水的地方。我站在北山头放眼望去，万亩良田，一碧千里。整齐的烟房，绿油油的烟地，正如老哈河岸边一个龙头，展现出勃勃的生机。河套地的经济作物有向日葵、胡萝卜、文冠果、有机小米，绿树繁花，层林锦绣。经过三十多年的建设，八家村老哈河套已经成为可供游人参观、游览、消夏避暑的旅游胜地。蓝天、碧水、沙滩以及绿植，构成了一幅绚丽多彩的立体画卷。落日红霞，堤坝雄浑，八家人用巨笔勾画出了一幅人间仙境。坝上的青年男女正在给田园浇水，机井房就在地头，此情此景，让我想起了电影《天仙配》中董永与七仙女的故事……

“潮平两岸阔，风正一帆悬。”八家村党支部书记、村委会主任尹术贵说：“在八家村几代村委会领导班子和八家村村民的共同努力下，八家村取得许多傲人的业绩。当前，我们八家村在古鲁板蒿镇党委的正确领导下，正不断加大产业结构调整力度，在确保农民增产增收的同时，更加注重村民素质、村民文化的整体提高。”尹术贵是我的老同学，也是我当年的老班长，对八家村有着深厚的感情，他还委托大学生村官李玉雷给我发了好多图片，其中有八家村革命红场、党群服务中心、新时代文明实践站、便民服务大厅、草原书屋、党员活动室等，设施一应俱全。如今，古鲁板蒿八家村已经进入了新时代。

如果说一个作家的写作是某种程度上的返乡，那么我将以文学的方式重返故乡。那些渐行渐远的生活经历，让我一次次成长。我虽然没有长成遮天蔽日的巨树，但终是没有让自己倒下。人生的阅历让我懂得更多，挫折让我学会更加坚强。我也将在与岁月的无数次搏击中，以一种平平淡淡的方式，淡化那些渐行渐远的蹉跎。作为一个生在八家村、长在八家村、以八家村牛羊为伴的作家，我本能地把八家村的地域文化视为文学素材，“那些泥土上覆盖着的植被”是我文学创作的养分。无论是老哈河的咆哮，还是北山头的回望；无论是白榧子的传说，还是大粪场的故事；无论是供销社的记忆，还是火车站的乡愁，都将化作我人生旅途的交响乐章。

离开家乡有三十多年了，在与亲人聚少离多的日子里，我觉得自己就是一只悲伤的小鸟，即使原路返回，也已找不到从前的自己。然而，无论我的路在何方，情归何处，我都不会忘记：有一个村庄叫八家，那是生我养我的地方。

（2022 年 6 月 27 日于上海徐家汇）

“年年岁岁花相似，岁岁年年人不同。”城里的建筑行业依然火爆，砖厂里的噪音依旧隆隆作响，当年的男工友有的成了倒插门女婿，有的女工友也成了他乡的媳妇。曾历经沧桑、数度漂泊的我，在花开花落的日子里却有一种沉沉的思绪，牵动着我那万般愁肠。夜已阑珊，稀疏的星子在远方明明灭灭。

花开花落

每当春暖花开的季节，许多车站、码头上，便会出现一些离开家乡外出打工的人们。这些人多数没有什么专业特长，他们的工作场所大多是在砖厂或是建筑工地。每当我看到这些人，就仿佛看到了自己的影子。那也是一个槐树花开的季节，伴随着一群打工人，我来到了辽宁省锦州市太和区的一家乡办砖厂。那家砖厂有一个好听的名字——营盘乡北郊建材厂。

我刚到那里时，已经有不少打工人先我在这里“安营扎寨”了。他们来自河南、河北、山东、天津等不同省市的农村，看样子已经在外面闯荡好几年了。

我们的砖厂背靠着一座大山，山的名字叫紫荆山。站在紫荆山上往下看，大烟囱一个接一个，架道一排挨着一排。我们的工作是有季节性的。在车间里工作的男女分工明确，女工在机台拉板，在架道码坯子，男工则是推车。那一年，我是一个推车工。

这里的槐树花很多，春天，雪白的槐树花纷纷扬扬地从紫荆山上飘落下来，落到山沟里、架道旁，落到我们这些外来的打工人身上，落到砖厂的角角落落，仿佛是一层层笼着轻纱的薄雾。雾里看花，又多了几分温馨、几分浪漫。俗话说："男女搭配，干活不累。"我们这些推车工把车推到架道，顾不上喘口气便要帮助女工们码坯子，码完坯子之后，她们会帮我们把空车推出去很远。

夏日烈日炎炎的午后，我们便和"祥子"一样光着膀子劳动，渴了就到机台旁的大吊桶旁拧开水龙头，驴一般地狂饮，随即把脸和头也冲一下，刚要擦上一把，回头一看，已经到了上车的次序。那些女工妹子们则用头巾把脸裹得严严的，用口罩捂住嘴，只露出一双会说话的眼睛。

机台拉板的女孩为了给码架的姐姐寄去问候，便在我们推的水坯车上插上花草或是写上几句问候的话语，有时也恶作剧地写上"推车的是个大坏蛋"。我们飞快地把这些问候送到"远方"，而我经常给那些妹子出谜语：

给爷爷送仙草——孙灵枝（芝）

雨天没有电闪——雷灵（零）

雨天推车——路向滑（陆相华）

花儿不落——谢永丽

…………

这些谜语有时把她们急得团团转也猜不出来，一旦猜中了她们又兴奋地哈哈大笑。

晚上下班以后，劳作了一天的人们喜欢聚在一起，用他们的方言土语，讲述他们天南海北的打工生活，讲述对于婚姻、家庭乃至社会的看法，虽然不是很深刻，但也有独到之处。夜深了，我们远望着家乡，点起篝火，唱起了《十五的月亮》《望星空》《敖包相会》《四季流浪》《星星点灯》……我却爱唱那首《鲁冰花》：

家乡的茶园开满花，
妈妈的心肝在天涯。
夜夜想起妈妈的话，
闪闪的泪光鲁冰花。
啊……

雨休的日子，是我们这些打工人最快乐的时光。我们可以逛街、打扑克、喝酒，离家近的工友便可以回家。我们还可以分享他们从家乡带回的特产，听他们讲述亲情离别的场景。在家里，见到熟人说句话都脸红的妹子，和我们在一起却亲如一家。男工友为女工友拎水买菜，女工友给男工友洗衣服那是常有的事。有的还处了对象，那一年，我们那家砖厂处成对象的有五六对。在我看来，这些比农村“见面、换盅、结婚”那种简单的模式要好得多，至少他们是自由恋爱，有感情基础。

一转眼，一阵秋风掠过，一群大雁排着一字形在天空中叽叽喳喳地飞向南方。“雁南飞、雁南飞，雁叫声声心欲碎。”平日里累得要哭、想家想得要疯的妹子们，在苹果、鸭梨、葡萄成熟的季节，带着她们对家乡的眷恋，又依依不舍地各奔东西了。

“年年岁岁花相似，岁岁年年人不同。”城里的建筑行业依然火爆，砖厂里的噪音依旧隆隆作响，当年的男工友有的成了倒插门女婿，有的女工友也成了他乡的媳妇。曾历经沧桑、数度漂泊的我，在花开花落的日子里却有一种沉沉的思绪，牵动着我那万般愁肠。夜已阑珊，稀疏的星子在远方明明灭灭。

（1999 年 11 月于内蒙古呼伦贝尔大雁矿区）

在那一年最后一场秋雨过后的日子里，我才发现我们之间有一段永远也走不完的距离。我是一个路人，漂泊是我的生活，我终归要踏上他乡的行程。雨后的故事就这样结束了。过去的永远是美丽的，永远难以忘记，特别是在每一个雨后独行的日子里我都禁不住会问一声：“雨霞，你好吗？”

雨后的故事

大雨过后的砖厂失去了往日的喧嚣，太阳炙烤着大地。土场里的拖拉机还在不知闲忙地“突突”个不停，不时地加大油门冒出一股股黑烟。供土箱边的两铲黄黏土被雨水淋成了一锅粥。搅拌机旁边的大电机被塑料布盖着，几个电焊师傅正忙着用乙炔枪切割搅叶。一群工友在机台旁洗衣服，不时地传来几声嬉笑。机台上有三板水坯被苇帘盖着，水坯子车有次序地竖起车把，计车数的黑板上留下几组残缺不全的“正”字。有几个汉子在砖窑附近装窑，拉坡的驴子不时地挨几下铅丝的抽打，骑着摩托车的老板叼着烟卷从砖窑里向山上驶去……

“雨后的砖厂很美。”雨霞说。

“其实这也是一道很不错的风景！”我说。

我和雨霞在山坡上看风景。

“天地悠悠，过客匆匆，潮起又潮落……”

几个采蘑菇的妹子从山坡上唱着《潇洒走一回》，满载而归。

“其实上土那活挺好的。”雨霞说。

“嗯哪（我也学着当地的方言），如果不是大块的黏土影响我，我就是一个潇洒的总指挥。”

“总指挥，你真逗……”

“可刚干时，一点儿也不潇洒。”

“怎么？”

“那时候，我和拖拉机手也不熟，没等我挥手，他就停下来，把满满的一大铲土放在供土箱外，我只得一锹一锹地往供土箱里铲。前边流水线作业的人一个个都看到了我那狼狈样，其中也包括你……”

雨霞在我的后背上用拳头狠狠地砸了一下：“你真坏！”

“真的，等我又一挥手让他往前推一点儿的时候，他又把满满的一铲土全推到供土箱外，那可是黄黏土啊，皮带不停地运转，就是供不上货，我又不能和他赌气，只能心平气和地把大块的泥土切开，可拖拉机手这时却把车一停，抽烟去了……”

“哦，就这挥手之间竟有这么多说道。”

“嗯哪，其实我看，满砖厂的活，就你开搅拌机的活好干。”

“嗯哪，还行吧，我高中毕业时，没班上，就到姐姐家……”

“你念了高中？”

“嗯哪，还在高中补习了一年，那时我爱好化学和体育。”

“你家在什么地方？”

“黑山县，辽宁省锦州市黑山县。我刚上班的时候，我姐夫找到了老田头，就是这个开拖拉机的。老田头家是田家沟的大户，老田头排行老五，人称田老五。听姐姐说，他是个老师傅，就是脾气倔。”

“你上班是找的田老五……”

雨霞又用拳头砸了我一下：“这老头儿可倔了，你可千万不要当面这么叫他。”

其实我也是故意气她：“就这么着你干了俏活。”

“其实也不怎么俏，开搅拌机得眼观六路耳听八方。出远架道的时候，拉水坯子的人明显少了，主机就得停了开，开了停，搅拌机也就起了‘连锁反应’。稍不留神，皮带上的料就掉在地沟里，不免要遭到清地沟小伙‘坷垃子’的袭击。

“开搅拌机的关键在于放水，这才是技术活。如果土正常，水也正常，如果土多土干，水量就要增加，否则……”

“否则怎么样？”

“否则主机就会发出沉闷的哼哼声，就会听到车间主任大吼‘加水，加水’！”雨霞一边说，一边做了一个拧螺旋的手势。

“可当你水加多了，后面的土如果供不上，前面回坯头的小姑娘就要遭殃了，因为出的坯了不合适，不能够上架道啊！”

“开搅拌机还有这么多说道啊。”

“嗯哪，这要看你和我怎么配合啦。”

在雨后的日子里，我们邂逅了；在雨后的日子里，我读完了琼瑶的系列小说，在雨后的日子里，雨霞在日记里写下了“皮带的运转是生活的最美旋律，砖机的噪音是生命的最强音符”。在雨后的日子里，有人鼓励我写诗，写小说……

在那一年最后一场秋雨过后的日子里，我才发现我们之间有一段永远也走不完的距离。我是一个路人，漂泊是我的生活，我终归要踏上他乡的行程。雨后的故事就这样结束了。过去的永远是美丽的，永远难以忘记，特别是在每一个雨后独行的日子里我都禁不住会问一声："雨霞，你好吗？"

（1998 年 11 月于内蒙古呼伦贝尔大雁矿区）

“一场幽梦同谁近，千古情人独我痴。”将近三十年了，回想起那些搬砖的日子，我们苦过、累过、哭过、笑过，但我们从来没有放弃过……

那些搬砖的日子

一

生活不能等待别人来安排，要自己去争取和奋斗；而不论其结果是喜是悲，但可以慰藉的是，你总不枉在这世界上活了一场。有了这样的认识，你就会珍重生活，而不会玩世不恭；同时，也会给自身注入一种强大的内在力量。1994 年的大年刚过，我就和村里的宋克去锦州砖厂搬砖去了。这是一个深思熟虑的决定，也是一个没有退路的决定。

砖厂还是那个砖厂，紫荆山还是那个紫荆山。紫荆山上的雪还没有融化，往日喧嚣的场面变得冷冷清清，只有山下的架道里有几个人在弯腰装窑，提示着人们这个砖厂在正常运转。窑洞旁的大烟囱冒着一丝白烟，就像一个饱经风霜的老人，在漠然地审视着这个砖厂已经发生或是即将发生的一切。山上半成品车间的主任已换成了老王。老王身材胖胖的，是从对面的大齐砖厂过来的，主抓半成品。几个机修工也换了，可能是老王带过来的。大齐砖厂隶属于大齐屯，是一家村办砖厂，而我们的砖厂隶属于营盘乡，全名叫辽宁省锦州市太和区营盘乡北郊建材厂。红砖的原料主要来自紫荆山。

老王一边和几个机修工整修去年老化的机器，一边跟我们闲聊，问我们是哪里人。我们说是敖汉那边的。老王听说我们是敖汉的，还听说我原来在半成品干过，马上来了兴致。因为敖汉人在砖厂打工能吃苦是出了名的，有的还成了这边的倒插门女婿。老王递给我和宋克每人一根香烟，因为半成品车间还没有开工，我们只是作为“储备人才”，平时有很多时间。老王还邀请我们说如果想去他们那边干，随时都可以。

“突突突——”正说着，厂长佟得利骑着他的雅马哈摩托车从山下上来了。老佟老远就跟我们打招呼，他一边停下摩托车，一边熟练地从兜里掏出两根香烟递给我和宋克。老佟留着板寸，胖胖的啤酒肚，操着一口地道的锦州话，穿着一件崭新的防寒服，拉锁敞开着，里面套着一件黑格子马甲，显得很有派头。据说老佟是装窑出身，他对砖厂里的流程比较熟悉。因为我在这家砖厂干过，老佟也认识我：“二啊，你们今年过来几个人啊？”“暂时就我俩。”因为前一年，哥哥也在砖厂干活，所以老佟管我叫“老二”。

“你俩跟汽车能不能行啊？

“跟汽车多少钱啊？”

“拉一车装卸，一个人 6 元钱，俩人一天能干 4 趟活，行的话明天就干！”

“可以！”我马上答应了。

“住的地方有没有呢？”

“没有。”

“你俩就住在装窑上面的那个小屋。”老佟指了指山下的砖窑，“吃的可以到下面找保管先预支一点儿米，缺啥东西，你带着小宋到山下的小卖店再弄一点儿。”老佟一边说一边骑着摩托车带着我和宋克下了山，他把我介绍给了厂里的司机刘师傅。刘师傅瘦高的个子，干净利落，厂子里唯一一辆蓝色的“解放141”只有他有钥匙。刘师傅看看我和宋克，怀疑地问：“你俩，能行吗？”

刘师傅每天上班都开着汽车，有时候顺带捎着砖厂里上班的两个美女。她们一个是厂部的会计，一个是厂部的保管。刘师傅虽然也是外来户，可因为他会开车，他租的房子也和厂部的几个家属住的地方挨着，所以刘师傅的身份显然不是我们这些农民工所能比的。我们这一年的运程，也注定与他有关。

二

我和宋克从老家出来的时候每人穿着一个黄大氅，除了路费只带了几十元的零花钱。我们当天下午又去了山下小卖店，每人买了一套被子、一个铝饭盒，还买了做饭用的锅和水桶，又买了一点儿最便宜的大米和一把锁头。因为住在砖窑上，做饭不用起火，用砖窑的火眼就能做饭。砖厂烧窑的是于师傅，他是个单身汉，在这里干了好几年，所以在砖窑的上面“拥有”自己的一间房。我们跟着于师傅很快就学会了用砖窑的火眼做饭：先把洗好的米饭放进饭盒，再加水至九成满；火眼上有不少别人用过的砖头，把饭盒放在两块砖头的中间，火眼对准饭盒；大约10分钟的时间闻到了米香的味道，饭便做好了。所有一切安排妥当，静等开工了。

“嘟嘟嘟——”天刚放亮，司机刘师傅就开始在窑洞下面按喇叭，我们还没有明白是怎么回事，于师傅就上来敲门，说是司机刘师傅叫我们下去装砖。我和宋克没来得及吃饭，赶紧跑了下去。刘师傅叫我们先把车厢板打开，这是一件很普通的活，但对于我们两个几乎没有摸过汽车的人来说，就显得力不从心了。宋克抄起旁边的一块砖头“砰砰”一砸，总算把销子打开了。刘师傅赶紧倒车，最后把车厢靠在砖垛上停了下来：“装吧！车上有砖夹子！”

我和宋克到车上找到了两把砖夹子，一把好使，一把不好使。这东西我俩从来没用过，也不知道怎么用，翻过来调过去，总算夹起了四块砖。刘师傅站在窑洞门口一边抽烟，一边看我俩的热闹。

我们先是两个人一起往车上装，“解放 141”的标准载重是 5 吨，能拉 16 丁砖，每丁砖是 200 块，一车 3200 块砖。拉砖之所以按“丁”算，是因为码砖的时候都是“一横一竖”成丁字状，一丁砖共有 12 层，每层是 4 把，每把 4 块共 16 块码成一层，下一层与之横竖交错码放。依此类推，最上面一层放 8 块砖，这样一共 200 块砖。没在砖厂出过窑，或者没有跟车拉过砖，就很难知道其中的奥妙。

在刘师傅的冷嘲热讽中，我们差不多用了一个小时的时间，总算把一车砖装完了。因为砖夹子用得不熟练，砖头经常掉下来砸到我的脚，还砸出了血。为了掩盖尴尬，我随手用砖面子抹了抹，血瞬间止住了。当时我心里只有一个信念，就是无论如何也要把这活拿下来，不能掉链子。宋克当然也不甘心示弱。因为经验不足，砖装得过满，后车厢销子怎么也销不上。

我和宋克看看刘师傅，刘师傅看看我俩，一边嘟囔，一边嘲讽，他起身拍拍屁股上的土说：“行了，先这样吧。”刘师傅慢慢地启动了车，然后拐了一个弯，又下了一个坡，突然踩了一脚刹车探出头来冲我们喊道：“看看这回能不能关上了？”我使劲拥着挡箱板，宋克拿起一块砖头，“啪啪”两下子就把销子砸进去了，然后又往下一掰，车门关上了。“惯性啊，惯性啊……”我和宋克没好意思钻进车楼，因为怕浑身的臭汗“玷污”了刘师傅那高傲的灵魂。我们抓住护栏站在外车厢上，一边吹着风，一边思忖着今年的“收成”……

三

我们不得不佩服刘师傅超强的记忆力和开车技术，建筑工地大多都在市区或者市郊，距离砖厂都很远，从砖厂到工地一般开车要个把小时的时间，而刘师傅在没有手机和导航的情况下便可顺利到达。就这样，伴随着滚滚的车轮，呼呼的北风把我和宋克身上的汗吹得无影无踪，取而代之的是饥饿和寒冷。

建筑工地到了，卸砖的场地并不是很平整，卸砖更是一个技术活。我和宋克每人掐住一头，从中间往两边，一横一竖，一横一竖地码着“丁”字。由于场地不平，码成的砖垛歪歪扭扭，码到一半的时候，需要一个人站到车上换种方式往下码垛。一车砖卸下来，我们俩累得腰酸腿疼，手也磨起了血泡，加上早上没有吃饭，我们已筋疲力尽了。

就在我们卸完砖要返回的时候，有一丁砖突然倒了。验收的是一个女同志，看我们是新手，没有找我们的麻烦。

返回的路上，刘师傅让我和宋克坐进了车楼。车楼里要比外面暖和得多。刘师傅刚和我们唠了几句家常，我们便迷迷糊糊地睡着了。到砖厂的时候，已经是下午两点多了。我们跳下车，趁着刘师傅停车的工夫，赶紧跑到砖窑上面去淘米蒸饭。

等我们把米饭放到砖窑上面的火眼上之后，刘师傅的车子已经停靠好了，他让我们去把车上的碎渣打扫干净。清理完这些杂活，我和宋克便跑到窑洞上面去吃饭了。砖窑上的饭盒里散发出锅巴的清香，远远地就能闻到，虽然没有菜，我们却吃得很香。也就是不到 3 分钟的工夫，满满的一饭盒米饭就被我们一扫而光。

可能是中间停了一会儿的缘故吧，下午重新搬砖装车的时候，我们的腰开始钻心地痛。但为了干满一天的工作量，我们只好忍着疼痛继续干。干了一阵以后，汗出来了，我们的腰渐渐地习惯了劳作，又加上刚刚吃过饭，且有了第一次的经验，觉得第二车装得比第一车要快一些。可能是刘师傅在统筹运输，我们这回的工地比第一家要近，尽管如此，第二趟结束回到砖厂的时候也已是下午 4 点多了。

我们来不及喘气，又开始装第三车。等第三车送到建筑工地的时候，天已经黑了。工地高高的脚手架上已经亮起了灯，这一趟运砖我还把砖夹子落在砖厂的砖垛上了。我只好用手往下搬，手指彻底被磨破了。等我们把这车砖码好，返回砖厂的时候已经是晚上七八点钟了。

四

回到大窑上，我和宋克顾不得洗脸，便开始躺在床上“仰望天空”，思忖着搬砖这活我们到底能不能干下去。我们也和刘师傅打听过，正常跟汽车的两个人一天都是四趟活，可我们第一天只拉了三趟就已经瘫了。我们开始计划着今天的工钱，一车一人6元，我们拉了三趟车，每人挣18元钱；如果拉四趟，每人就能挣24元。如果能够完成这个任务，我们每个月的工资将会达到六七百元。那在当时可是相当高的工资。一想到那诱人的数字，我们的心情就立刻兴奋起来，赶紧跑到砖窑的火眼上淘米蒸饭去了。

夜里，户外的北风夹杂着清雪，小屋的门被风吹得呱嗒呱嗒响，被子和我们的黄大氅简直就是形同虚设。呼呼的老北风似乎也发现我们是刚来的新客，故意挑衅，就在我们刚要睡着的时候，门又被它直接推开了。好在窑上有一个烧窑的师傅，让我们感觉在荒山旷野之外并不孤单。

睡不着，唠嗑吧。宋克虽然小学没毕业，却也能背出一些诗文：“天将降大任于斯人也，必先苦其心志，劳其筋骨，饿其体肤，空乏其身，行拂乱其所为，所以动心忍性，曾益其所不能……”宋克的父亲识文断字，在那个年代念了高小。由于宋克从小失去了母亲，加上宋克的父亲后来沉迷赌博，使得家境变得异常困难。印象中宋克也曾有过快乐的童年。刚刚分田单干的时候，宋克家还分到了一匹红色的骡子，后来又变卖，买了一匹枣红马。我们就聊他小时候放马的故事。我们老家有一条赶牛道，赶牛道下面就是河滩地。宋克会骑马，每到太阳落山的时候，他都骑着高头大马，沿着赶牛道从坎下回到家里；尤其是骑马上坡的时候，更显得十分威武。宋克说，放马的时候还遇到了一位心仪的姑娘。那个姑娘放驴，他放马，如果不是他老爸阻拦，他也曾有过和她在一起过日子的朦胧想法。后来到了该成家的时候，家里的日子就有一些惨淡了。

我也给他讲述了一些我在学校读书的故事，以及在砖厂的一些打工奇遇和爱情故事。我说："你出来打工的目的一定要明确，你是想赚点钱，还是想讨老婆。那里女孩子多，她们大多数是因为不甘于在农村老家过一辈子守着田园的婚姻生活，才挨苦受累出来打工的。如果你会献殷勤，长得又帅，不愁没有女孩子喜欢你。在这个砖厂，去年结婚的就有好几对……"夜已经很深了，闹腾了一宿的老北风也有些疲倦了。

烧窑的师傅开始起来往火眼里添煤了，他一手拿着炉钩，一手拿着煤铲，熟练地把火眼的盖子拉开，顺手铲一铲煤送入火眼，然后看着那些煤炭在砖窑里燃烧、萃取、硬化、升华……烧窑师傅一边有节奏地添煤，一边哼着自己喜欢的小曲，他已经适应这种生活节奏了。

太累了，伴随着烧窑师傅似醉非醉的曲调，我和宋克也沉沉地进入了梦乡。

五

"嘟嘟嘟——"一阵急促的喇叭声把我们从梦中惊醒，我和宋克又开始了第二天的搬砖生活。

"横竖、横竖、横竖、横竖，一丁、两丁、三丁、四丁……"第二天依然重复着第一天的劳作，但是整体效率要比第一天好很多。第二天也是三车砖，我们却在晚上 6 点多就完成了。下班以后我们跑到董家沟董师傅家，他家开着一家小卖店，我们在那里买了一个电炉子、一瓶酱油、半斤猪头肉、两瓶啤酒……因为董师傅认识我们，所以可以挂账。我们觉得自己的工资和付出，需要一份与之相匹配的猪头肉。我们一边吃，一边回答着董师傅的问话，同时还说着关于砖厂和家乡的一些闲话。瞬间，我们便成了熟人。临走的时候，董师傅的爱人跟我们说："以后你们缺啥就过来吧。"

我和宋克在回去的路上，还一起讨论了装砖和码砖过程中一些可以改进的方法。我们回到窑洞上，烧了一壶开水，又到半成品那里找了一截电线，把电炉子接上，瞬间觉得我们栖息的小屋温暖了许多。

因为在空车返回的时候补了一觉，所以我和宋克觉得睡觉还早，于是决定围着砖厂周围走一走。厂部门口那边有一帮人都是承德包工头闫宝海带来的，他们承包砖厂的装窑、码窑和出窑这些成品活计。上一年这些活计基本都是我们敖汉的一帮人承包的。闫宝海是一个很有魄力的中年汉子。他看到我们两人过来，赶紧和我们打招呼，顺手从兜里抽出两根烟，发给我和宋克每人一根。砖厂里闲人很少，既然来了就是找活干的。因为从热河省那时候算，我们赤峰敖汉和他们承德也算是老乡，闫宝海还问我们跟车习不习惯，说如果不行就到他们那里干。

远处有几个装窑的还没有结束，一头毛驴在前面拉，一个汉子在后面推。春雪虽然还没有彻底融化，但是装窑的人几个来回，驾道里便留下一条泥泞的深沟，凭借人力根本不能够把干坯子从驾道里推出来。我看见一个老头儿牵着毛驴，手里拿着一根钢丝，一边照着毛驴的屁股使劲地抽，一边不停地喊着：“驾！驾！”他还不停地骂着驴：“真是个熊种！”终于，在人和驴的共同努力下，装窑的人慢慢地走出架道。他两手擎着车把，又怕翻车，又怕急刹车，担心砖坯子倒过来。下了坡以后，他们才开始加速把一车满满的干坯子推向大窑。而那个牵驴的老头儿早已摘下了车钩，到下一个驾道去了……

砖窑里有两个码窑的，算是技术工种，两只手上都带着汽车内胎做成的皮掌，以防手指磨破。这两个家伙手法相当熟练，装窑的人手法也很熟练，只见他们传、接、码，就像流水线作业，“吧噔、吧噔、吧噔”，几百块坯子瞬间上垛，紧接着就是下一车进来。码窑的师傅还不忘喊一声窑上烧窑的师傅：“提闸！”装窑的后面又过去几个洞口，有两个家伙在那里出砖，他们都戴着一副破烂的口罩。出一丁砖之后，他们就要歇一歇，把口罩摘下来，喘一口粗气，擤擤鼻子，又进行下一丁。出砖的活不仅累，还脏，而且对肺不好，但工资也是砖厂打工族里面最高的。

如果顺利的话，一个砖厂的一把火可持续好几年，前面装窑，后面出窑，出来的砖又被我们拉走……当然，如果砖卖不掉，我们就不往外拉，场地满了就不能出；前面不能出，后面就不能装。不出不装，中间的砖就会过火，出现一种过火砖，也叫“溜砖”，就是砖坯子经过长时间的煅烧而出现的变形砖。所以一把火具体持续多长时间，就要看这个砖厂厂长的本事了。

六

“咚！咚！咚！”“着火了，着火了！”一阵阵急促的敲门声把我和宋克从梦中吵醒。敲门的不是别人，正是烧窑的于师傅。窑上风呼呼地刮着，1000W 的电炉子在四面漏风的小屋里依旧无济于事。昨晚睡觉的时候已经很晚了，我靠近门口这一侧，宋克靠近另一侧。电炉子起初是放在地上的一个板凳上。睡觉的时候，我们俩每人一条的被子上面盖了一件黄大氅。宋克的右边还有一点空隙，他把电炉子放在他的身边。我说你千万不要弄失火。他说他睡觉有把握，没事。当时烧窑的于师傅在外面闻到屋里有烧焦的味道，知道屋里肯定是失火了。结果宋克的大衣下摆被烧掉了四分之一，所幸我和宋克两个人并没有发生伤亡。如果不是于师傅及时把我俩叫醒，恐怕后果难料。

我们小屋失火的事情惊动了承德的包工头闫宝海，他过来看看没有什么大碍，先是安慰了一下我俩，随后又说：“你俩今天应该是火烧旺运！”宋克早已把他的黄大氅弄到屋外，踩灭了明火，我也把电炉子重新挪到板凳上。屋内的“硝烟”早已散尽，宋克把他那件只有四分之三的黄大氅盖在被子上。“阿弥陀佛，善哉！善哉！”“火烧旺运，火烧旺运！”

“嘟嘟嘟——”司机刘师傅到了。我和宋克赶紧起床，开始了新一天的搬砖生活。这几天砖厂的砖卖得很快，除了我们这台车，杨家沟马家老板的几台车也在拉砖。刘师傅把车靠在砖窑跟前的新砖附近，由于场地平整，我们装车的速度也比前两天有了提升。

今天的运气真不错，我们送砖的目的地好像是一个叫“薛家”的地方，不是大工地，好像是厂长的关系户。卸完车，码好“丁”以后，那个老板还给了我们每人一盒“桂花”烟，可能给了司机刘师傅一盒“石林”,这也是我们第一次跟车有了“外捞”。我和宋克都非常高兴，好像当时一盒“桂花”烟值3元钱，相当于我俩每人卸八丁砖的价钱。返回的时候，我俩站在外车厢，披着黄大氅，只是宋克的黄大氅下摆少了四分之一，看起来就像是一条舞女的裙子。伴随着车轮的飞奔，我俩还吹起了口哨，唱起了歌：“我曾经问个不休，你何时跟我走？可你却总是笑我，一无所有……噢，你何时跟我走？”

那一天我们一共拉了四车货。其中有三车砖，返回来的时候，在一个电厂捎回了一车煤。算起来收入可观，每人24元钱。如果那盒“桂花”牌香烟也算钱的话，我们那天的收入就是27元钱。一个月如果每天都这样干的话，就是700多元钱，一年将会有七八千的收入。

我们又兴高采烈地跑到砖窑的火眼上蒸晚饭去了。快收工的时候，我和宋克还在锦州单洞批发市场买了一点干豆腐，米饭还特意加了点量，蒸饭的时间也稍微长了一点，这样会更有米的香味。我和宋克站在砖窑上一边等着米饭，一边看着窑下那些装窑的汉子，还有那头不知疲倦、继续挨着铁丝抽打的驴子。我们觉得自己干的活是砖厂里最好的工种，不但赚钱，还能有人送我们“桂花”牌香烟。一种少有的满足感袭上心头。

“二啊！”佟厂长什么时候跑到大窑上来了？我赶紧跑过去打招呼：“佟厂长今天值班啊？”老佟从嘴里把烟抽出来，用两个手指头夹着，用二拇指很潇洒地把烟灰弹在地上：“咋整的？你俩昨晚把屋子搞失火了？”人真是一种容易忘记痛苦的动物，要不是老佟的追问，我和宋克早就把这件事都忘到九霄云外去了。“千万注意啊，你俩一旦有个闪失，我这个厂长可要吃不了兜着走啊！”

老佟一边说，一边到山上半成品那边视察去了。我和宋克望着老佟“雅马哈”摩托车屁股里冒出的一股烟雾，闻着好闻的汽油味道，心里充满了无限遐想：我们啥时候也能整上一辆……

七

正月十五一过，天变得稍微暖和了一点儿，砖厂里的打工仔、打工妹就多了起来。尤其是半成品那边，仨一群、俩一伙的男男女女陆续在这里安营扎寨了。他们出来打工的目的大多只有一个，男孩想到外面混个老婆，女孩也尝试着在外面处个对象。我感觉这种方式要比农村直接见个面、订婚、结婚好得多，至少他们在一起生活工作，有了感情基础。因为地面上的积雪还没彻底融化，加上早晚的霜冻，半成品那边的伙计不是很累，他们大多干一些清理驾道的零活，每天只有 5 元钱左右的计时工钱。吃饭一般都是高粱米，有时候会把茄子或者土豆切成大块放到饭盒里，再放些食盐，然后拿到一个大锅里去蒸。每个人的伙食标准每天不能超过 5 元钱。做饭有一个专门的大师傅，其实就是把水烧开即可，全是“蒸饭”。大师傅除了做饭以外，也要去清理驾道。

又是一个春暖花开的午后，哥哥带着村里的几个女孩子和两个男孩子来到了厂里。男孩子里有一个聋哑人，名叫宋良，干活的时候不方便，我们要把他带到身边才会放心些。哥哥找到佟厂长商量，结果是哥哥、宋良和我们在一起跟车，其他人员都去了半成品那边。这样，原本两个人的活，就变成了四个人的活，原本两个人的钱，变成了四个人分。尽管哥哥和宋良是后来的，但是四个人干活总是比两个人速度要快。一个力气活，也没什么高科技，没几天，哥哥和宋良的装车速度也都上来了。

因为多了两个人，我们的计件工资明显减少了。杨家沟的马老板发现我们的车上人员富余，就开始和佟厂长商量："现在哪有一个车用四个人的？"佟厂长笑着说："我们计件，人多人少和我无关，俩人一天四趟活，四个人一天也是四趟活。"马老板负责砖厂的货物运输，家里养了四台车，两台大汽车和两台电动四轮车，需要装卸工。马老板个子不高，瘦瘦的，穿着一件夹克衫，从那个年代就开始抽"中华"。马老板跟城里的好多建筑商都熟悉，因此，老佟对马老板很客气。锦州那地方砖厂比较多，用哪家砖厂的砖都一样。经过协商，宋克决定到马老板那台车去。我们这台汽车就剩下我和哥哥，还有宋良三个人。

我们在砖厂搬砖那些年，锦州那个地方社会治安很乱，经常出现打群架的场面，双方人员都是一汽车一汽车的。走在马路上，经常听到的话就是："咋的？你棍啊？"

有一次我和哥哥还有宋良，一起往市里送砖。付砖的那个女的跟我们说："你们说说这是什么世道，我还没有戴几天的项链，昨天在大街上被几个人抓着就给抢走了。"我心想，当一个富人也不容易啊！

八

生活总是不按照你的个人意愿来出牌。每个人的想法都不一样，它最终呈现出来的样子，往往跟你所期待的结果不一致。刚开始的时候计划每个月可以干三十天，但没有把修车占用的时间算进去。车子和人一样，不停地努力奔跑，终究有一天会出现这样或者那样的毛病。

拉砖车最容易坏的还是弓片和轮胎，而修车的时间一般都是在雨过天晴之后，平时能将就就将就。如果在砖厂内部修车，像扒轮胎、换轮胎这些活，基本是我、哥哥，还有宋良三个人轮番上阵。有时候司机刘师傅也会给我们传授一些修车的经验，但经常一上午也未必能拧完几颗螺丝。我也许真的不适合修车，或者非常不愿意干这种看不见效果的简单劳动。当然也有例外，偶尔去修理厂的时候，那里有电动扳手，一插电，先是上劲，然后再是松劲，几颗螺丝瞬间搞定。修车工一个人就能把汽车轮胎修好，并且熟练地举起，然后猛地一掂，把轮胎平稳地放到车厢里。他们的熟练程度让我惊叹，我算是见识了真正的“牛人”。

还有一种工作是我们这些普通力工无论如何也无法完成的，比如水箱漏水。当时锦州市专门修理汽车水箱漏水的不多。有时候刘师傅拉着我们一起把车开到好远的地方，终于看到一个高高的广告牌上面写着“专修汽车水箱”。那些家伙专业得很，根本不用你动手。他们用专用的工具，先是把水箱里的水全部放掉，然后把水箱卸下来，放到一个水池里，看哪里出气泡，再查找哪个地方漏水。把水箱擦拭干净后，他们有专用的焊枪，轻轻地点几下，然后把水箱放到水池里检测。如果没有气泡，就算修好了。修理费用相当可观。可以说在那个年代，谁会修理汽车水箱，谁就可以发财了。

经过几个月的“军事化”训练，我们装卸砖的技术已经相当娴熟，尤其是装最后一把砖的时候，斜上方四十五度角，使劲往右边一靠，眼到手到，那动作就像一个优秀的篮球运动员投篮一样潇洒，然后把砖夹子往车上一扔，关车厢板，砸销子，上车，走人。

一晃“五一”劳动节就要到了。大概是在过节的前一天，营盘乡政府举办了“五一”劳动节庆功大会。佟厂长可能提前通知了刘师傅，说是那天装卸完一车砖以后，让我们直接到一个轴承厂的餐厅。多少年以后我才醒悟，估计当时我们也算是职工代表吧。然而，我们穿的衣服和人家正规工厂工人穿的衣服可是不一样的。人家的衣服很干净，其中可能还有一部分人是劳动模范。刘师傅被人邀请，已经和那些有身份的人坐在一起了。而我和哥哥还有宋良，在靠近门口的一张桌子前坐下。酒菜已经备好，有牛肉、猪手、扒鸡、啤酒等。

因为穿着狼狈，没有人跟我们坐在一起，也没有人安排我们到哪一张桌子落座。我看到周围桌子上摆放的菜品都是相同的，每张桌子的边上还放着成箱的啤酒。这是我有生以来见到过最丰盛的大餐。俗话说：“量小非君子。”我看看哥哥，哥哥看看我，我看看宋良，宋良也看看我，我们就像三只饿狼见到了猎物般，瞬间达成了共识。十个硬菜被三只“饿狼”用闪电的速度一扫而光，哥哥还没忘记用牙齿咬开啤酒瓶盖，喝了一瓶啤酒……

九

因为家庭的原因，1995 年我回老家种了几亩薄地，就没有到锦州砖厂去。那一年，宋克没有回家，春节是在马老板那边过的。春天种完地以后，趁着秧苗还没有出齐的时候，我又决定到距离老家比较近的白斯朗营子砖厂去搬砖，准备赚点零花钱和化肥钱。

我家村子门前有一个火车站叫莲花山火车站，从莲花山火车站上车，路过六道湾，然后就是小河沿火车站。白斯朗营子砖厂就在小河沿火车站的边上，下了火车步行几分钟就到了。当时白斯朗营子砖厂的厂长叫张明，他高高的个子，据说原来是修钟表的，有一些经济头脑，他的企业是一个典型的家族企业。为了便于管理，张明又聘用了白斯朗营子大队原书记丛富贵任副厂长，来协调厂部与村里之间的一些事。这个砖厂的规模和锦州那个砖厂相差甚远，但也为一部分青年解决了不少就业问题。

在白斯朗营子砖厂，我遇到了冷树忠。冷树忠身体棒，思维也比较活跃，我们是上下营子，原来在锦州砖厂的时候他在成品装过窑，而我那时候在半成品推车。一来二去，我们便成了好友。

一个地方有一个地方的规矩。初来乍到，我发现包括吃饭、干活的一些流程和原来不一样，在这里干活是管饭的。我比冷树忠大几岁，于是我便装起了傻子，一到吃饭的时候，就跑到厨房喊："冷树忠，是不是该吃饭了？"冷树忠也积极配合："可以吃饭了，大家照顾一下，让傻子先吃。"时间一长，砖厂都知道来了一个傻子。有一次天热，我没有去出砖，被老板娘训了一顿。结果，我就坡下驴，来了一个罢工，高温涨价。张明和老板娘一起找冷树忠商量。冷树忠说：“这么热的天，傻子能干点就不错了，你训他干啥？”在我们几个人的一起努力下，当时出一丁砖由四角五分涨到五角。记得当时在一起出窑的还有杨文生、冯广，我们为了一个共同的目标走到了一起。

要想改变生活条件，只能靠我们自己。食堂里管饭不管菜，吃菜也是个问题。为了解决吃菜的问题，我和冷树忠经常利用夜班出砖的空当，把砖厂菜园子里的茄子、辣椒、大头菜等据为己有。菜有了，没有荤怎么能行？经过几次的侦察，我终于发现厨房有一个油坛子。这是张明厂长的家宴必备，外人是搞不清楚的。油坛子里装的都是犒好的、肥瘦均匀的猪肉。开始的时候，冷树忠在前面掩护，我在后面下手，竟然得逞了几次。我们把这些犒好的肉块，弄到砖窑的火眼上爆炒茄子、辣椒。那诱人的清香，经常引来半成品那边小姑娘的半尺垂涎，味道实在美极了……

可好景不长，有一次竟然被老板娘抓了个正着，老板娘就去找冷树忠：“傻子干活挺好，经常偷油该咋办？”冷树忠说：“很正常，傻子整天给你们家干活，你又舍不得给他肉吃，他就自己想办法呗，这也不能叫偷。”老板娘哭笑不得，最后把油坛子换了一个地方，用一个大锁头锁了起来。

那一年，我种的几亩苞米长势喜人，如果不追肥，肯定减产。当时的情况是尿素极其紧缺，有钱也买不到。后来我和冷树忠找到了丛富贵的弟弟，从厂子里搞了几袋硝铵，因为砖厂当时有购买硝铵炸药的资格证。为了节省家庭开支，冷树忠还给我做担保，向砖厂的烧窑师傅借了几百元的利息钱。我还记得那年和冷树忠一起打牌，可以说打败天下无敌手，有一次还赢了一顿板鸭和啤酒。

“一场幽梦同谁近，千古情人独我痴。”将近三十年了，回想起那些搬砖的日子，我们苦过、累过、哭过、笑过，但我们从来没有放弃过。前几年，我回老家还碰到了冷树忠，他的儿子当兵去了，在部队里干得也不错。我还通过手机联系到了宋克，宋克目前已是厦门“阿嘉嘻手撕鸡”门店的老板。宋克在电话里说：“要不是我们当年一起去锦州搬砖，就没有今天的我啊。那些搬砖的日子，就像长征途中的一面旗帜，引领着我们不断前行……”

（2022 年 9 月于上海）

苦难是一种磨炼，也是一种修行。在我们的人生历程中，有许多的记忆都是在坎坷中产生的，它们往往是经典无比的。割苇子、捆苇子、码垛和运苇子，说起来是很简单的程序，只有你亲身投入了才能够体验其中的劳苦与艰辛。盘锦这段苇塘往事对于我来说，确实是一次巨大的考验和重要的人生经历。二十多年过去了，我还不忍心把它抛弃……

苇塘往事

那是二十多年前的往事了。1995 年的冬天似乎比往年来得早。那一年，为了还债，父亲把他心爱的镐辐车和一匹保揣驹的枣红色马卖给了村里的一个外姓人。那一年我们家也没有养猪和鸡。为了度过漫长的冬闲日子，父亲就和哥哥还有村里的几个壮丁一起去盘锦割苇子了。由于家庭变故，我还有一些琐事需要处理，所以到达盘锦苇塘的时间要比父亲他们晚几天。

盘锦这地方的日子明显要比我们老家富裕得多，每家每户除了能看到有很大的稻草垛以外，有的人家还在河泡子的周围扎起了栅栏，养起了螃蟹。有的地方已经结冰，有的地方在太阳的照晒下冒着热气，或远或近还能听到“轰隆隆”的打稻谷的声音。经过了两天的颠簸,我终于找到了父亲他们的驻地——辽宁省盘锦市盘山县胡家镇刘家村。

没费太多周折，我就找到了一个叫刘景阳的家。刘家有两个女儿，大女儿已经在本村出嫁，二姑爷就住在刘家，他们给老俩口生了一个胖胖的外孙子。可以看出，刘家在村里算是条件中等偏上的家庭。刘家的房子是老式的筒子屋，父亲他们就住在刘家的西屋，长长的大土炕上有几件简易的行李。我一看行李，就知道靠近炕头那个旧行李是父亲的。刘家人待我很好，刘叔帮我找来一双特制的苇靴，纯牛皮、高腰的，底子也很结实。刘叔还给我讲了很多苇塘里应该注意的事情。刘婶听说我没有带行李，就特意把自家的旧被子给我找来了一床。

冬天的天黑得早。晚上 7 点多，父亲他们回来了。我看到他们每人背了一捆苇子放到刘家的院里。这也是规矩，“塘客”在谁家住，就得供谁家一冬天的柴火。父亲他们的脸上都挂了一层灰,脚上新买的棉乌拉用绳子绑着一块毛驴车轱辘的外胎。苇子茬就像竹子茬，割苇子保护好脚是一件非常重要的事情。父亲看到我来了，脸上也露出了一些笑容：“你还真找到了。”我们这些“塘客”是早晚轮流做饭，晚饭是老板按人头预订的白面、豆油、土豆、白菜和大葱，至于猪肉就不要想了。大家看到我刚到刘家就有一双高腰的苇靴，还有一床被子，很是羡慕。父亲给我讲了一些苇塘里应该注意的细节，我便和大伙儿一起睡觉了。

夜已经很晚了，只剩下隔壁筒子屋稀里哗啦的麻将声，堂门进进出出的脚步声，输赢结算的窃窃私语声，还有人们的打鼾声……

好男不进苇荡，好驴不进磨坊。鸡叫过头遍，包工头就过来叫人了。我们的早饭很简单，咸菜、馒头。然后每人带好镰刀、草绳，绑好鞋子。谁做饭，谁还要用笼布包一些热乎馒头，外面用塑料布再包上几层，最后用一个破棉袄包扎好。父亲没忘记带上磨石，又嘱咐大家带些草绳或是打捆的架子等等。我们五六个人，悄悄地推开门，披着星光上路了。从塘铺到段上大约 20 里路，呼呼的北风刮在脸上，像用小刀割肉皮一样，火辣辣地疼。大约走了一个多小时的路，天有些亮了，我们也走到苇塘了。芦苇，在盘锦随处可见，水塘里、沟渠边到处都是。割苇子必须等到冬季上冻以后，只有这时候，人和车才能踏入这片湿地。作为一种重要的经济作物，苇子就像竹子一样，今年收割完，明年又长出来了。

“蒹葭苍苍，白露为霜，所谓伊人，在水一方。”辽河两岸浩瀚的苇海一望无际，宛如一片灰白色的海洋。没人知晓盘锦这片浩瀚的苇海形成的确切时间。清嘉庆、道光年间，这里还是一片辽阔的海滩，由于人烟稀少、资源丰富，相继有山东、河北的人“闯关东”来此落户。光绪年间，因盘山湾地理环境发生变化，为芦苇生长创造了条件，这里才慢慢连成一片苇海。盘锦这个地名的由来，也与一望无际的苇海有关。1950 年，东北轻工管理局为强化对盘山县和锦县（现凌海市）交界处的苇场管理，决定择两县首字将这里更名为“盘锦苇场”。

一切都准备就绪了。接下来的任务就是：我要和父亲还有我们同村几个壮汉，把眼前这片浩瀚的芦苇荡消灭干净，回家过年。承包苇塘的老板叫赵三，他的弟弟赵四是监工。我们来割苇子的时候，是借了苇塘老板的钱做路费来的。刚来的时候每人一双棉乌拉，还有生存必备的粮油，都是老板先垫付的，而所有的支出最后都要从我们割苇子的工钱里面扣除。苇塘老板要想多赚钱，必须确保两点：一是不能让我们这帮“塘客”跑了；二是饭要少吃，活要多干。老板的所有利润也都在这片芦苇塘里。苇塘里的“塘客”大多是敖汉人，因为我们那里的人穷、能干，距离盘锦又近。

割苇子技术要求高，会割庄稼的不一定会割苇子。因为收割芦苇是按重量上缴的，而芦苇的根部比较粗，但是压秤，割苇子必须贴根割。所以，割苇子要学会磨刀，不然你就会费很多力气。盘锦的冬天，气温在零下十几到二十度，空旷的苇塘中，冰水刺骨，朔风如刀。浩瀚的芦苇荡，都是一人多高的芦苇，一眼望不到边。每棵苇子差不多都是小拇指那么粗，硬硬的，没有点吃苦耐劳的精神是干不了的。此外，到苇塘很重要的一条规定就是杜绝烟火，禁止吸烟。当然也有偷偷带烟的，但必须在人们的监督下才敢吸。还有一条就是不要乱跑，否则会迷失方向。

天不怕，地不怕，就怕苇子把霜挂。我和父亲他们一样，都把大衣脱了，甩开了膀子，可是一猫腰，苇子上的霜雪就往下掉，弄得我们头上、脖子里、耳朵上全是。父亲在前面开路，我跟在父亲的后面，左腿向前一个弓字步，伸出左手把一片苇子压向左腿，那长柄镰刀同时伸了出去。一阵唰唰啦啦的响声之后，每个人的身旁就出现了一个近两平方米的空场，一大堆苇子躺在那里。割苇子也是有一定窍门的。芦苇的密度是不均匀的，有的地方密实，有的地方稀疏，而密实的地方就出活，一刀下去就能割掉一大片。

天渐渐地露出了鱼肚白，又过了一会儿，太阳也出来了，暖洋洋的。父亲在前面坐在苇铺子上开始磨刀了。我回过头来看了看我们的进度，齐刷刷的苇茬在雪地里好像诉说着大地的情话。我觉得这活我能干。

割苇子难，捆苇子更难。接下来，我和父亲还有几个伙计一直往前割，哥哥和另外一个伙计开始往回返着捆苇子了。捆扎芦苇也是一个技术活，捆芦苇有四道程序。首先，要把散放的芦苇抱到一堆,然后放到一个将近一米的三面是框的架子上，身高臂长力气大的人自然就有了优势。第二道程序是两个人各执拴在一条钢丝绳两头的一根木棒，然后交叉递给对方往下一压并骑在胯下，放在架子上四方形的松松的芦苇瞬间就被压成了一个紧紧的圆柱体。紧接着是第三道程序，两个人各拿起身边的一把苇绕子合在一起拧成绳子，缠绕着已经压成圆柱的芦苇捆两周。其中一个人手拿一个木拍子把苇捆的根部拍齐，另一个人拿着一根木棍，把绕子头从绕子底下别过来。这时两个人同时把胯下的木棒钢丝绳松开,绕子就把芦苇捆得结结实实，每捆苇子要捆两道绕子。

打完捆，接下来就是码垛。码垛要把分散在几百米的一捆捆苇子码成垛，每垛 30 捆。一捆苇子直径近 700 公分，3 米左右高，五六十斤重，扛在肩上要走几十米，如果风大便会踉踉跄跄，寸步难行。打捆和码垛最要命的，是要在遍布苇茬的地上行走，实际上是小跑。那尖尖的苇茬锋利且密集，稍不留意就会刺破鞋子把脚扎破。这回我才知道那些伙计为什么在棉乌拉的底下绑上小车带了。刘家借给我的苇靴太实用了，不但不扎脚，一冬天下来，至少省去了两双棉乌拉。

盘锦有世界面积最大的滨海芦苇湿地，还被誉为“世界重要湿地”“中国最美湿地”和“中国十大魅力湿地”。辽河两岸浩瀚的苇海一望无际，宛如灰白色的海洋。在这面积达 120

万亩的苇海中，鹤舞鸥鸣，珍稀鸟类比比皆是。割苇子的时候碰到鸟蛋是再平常不过的事情。天暖和的时候，河泡子里有游来游去的小鱼，无数的芦芽从地面上悄悄地探出头来。苇塘里还有野鸭子。野鸭子的窝很隐蔽，搭在苇子坑的深处，它们会用柴草把下的蛋盖起来，很有迷惑性。如果不是里面藏着几枚带有褐色斑点的蛋，人们很难判断那是它们的窝。

午饭就在苇塘里吃了。打捆的老哥从早晨出发的地方把带来的饭拿过来，一边走一边吆喝："吃饭了！"人们先是把棉袄打开，再把塑料布打开，饭虽然不热，至少没有冻成冰块。水是不用带的，苇塘里的冰。苇塘里的雪都能用来解渴。吃过午饭，父亲有时候会在苇垛上打个盹儿。其他几个伙计有的到远处看看，有的在唠嗑，有的在磨刀。我也和他们靠在一起，听他们讲述山南海北的打工故事……

下午继续着上午的工作，我们还是一起往前割，割过一段以后，两个力气大的往回打捆。太阳要落山的时候，我们开始往回返。走到苇塘的尽头，每人要割好 30 多斤的苇子用草绳捆好，再走大约 20 里的土路，才能拖着疲惫的身躯返回刘家。晚饭依旧是白菜汤，难得有一顿小荤。

翌日凌晨两点多钟，大家又被包工头叫醒，周而复始。大家起床以后，有时候不吃饭便顶着星星上路了，如果碰到阴天，几乎伸手不见五指，只能摸索着前进了。大家几乎都武装到了牙齿，用棉帽遮住整张脸，有的人还扎上了绑腿。一趟趟 20 多里的土路，一个个寒冷的拂晓，在浩瀚无垠的苇海里，每割掉一棵芦苇都是一个考验。第一天，第二天，第三天……由于我没有棉帽子，我的耳朵冻了一层又一层；由于长时间攥镰刀，加上冰冻，我的手已经扭曲得变形，掰不回来了。在这一场炼狱般的奋斗中，有两个伙计实在坚持不了，半夜逃跑了……

割苇子需要的是耐力，耐下心来不挑不捡地割，耐下心来忍受脚下黏糊糊的泥土，耐下心来忍受像刀子一样割在手上的风。我曾把这次割苇子的人生经历比作一场人生的长征，也是一场历经苦难辉煌的悟道。经过五十天的艰苦奋斗，一望无际的芦苇荡终于在我们的脚下变成了一望无际的雪地。那三十捆一堆的苇垛像一座座碉堡立在白白的雪地或冰面上。父亲和我还有另外两个兄弟，就像完成了一项看似不可能完成的“伟大事业”。

运输不是我们的事情了，但我们也要等待着老板把我们的苇子拉走过数才行。由于苇塘里潮湿，用汽车往外拉会陷进去，从苇塘里往坝上运输的工具就只有马车。这些马车也都是老板雇佣的。每辆马车要配备一个车老板和装卸工，这个车老板一定要有娴熟驾驭技术和捆车技术，要把车上的芦苇以最快的速度结结实实地捆在车上。而装卸工也要有一定的技巧和力量，才能把一捆捆沉重高大的苇捆装到车上。在雪地上，在寒风中，几十辆马车排成一排，车老板们一手高举马鞭，一手拽着缰绳，一声令下之后便飞快地向最近的苇垛冲去。嘶鸣的马、飞驰的车、挥动马鞭的车老板、紧跟其后的装卸工，那扬起的雪和苇叶遮天蔽日，那吆喝牲口的声音震耳欲聋，现场就像是一个古战场重新复活一样宏大壮观。

一垛垛芦苇被运走了，大地被一片皑皑的白雪覆盖。资料统计，20 世纪五六十年代，芦苇收割期需 30000 名劳力和 2000 辆马车；1998 年，盘锦五大苇场外来雇工人数达到 50000 人。这该是一场多大规模的“战役”啊！

苦难是一种磨炼，也是一种修行。在我们的人生历程中，有许多的记忆都是在坎坷中产生的，它们往往是经典无比的。割苇子、捆苇子、码垛和运苇子，说起来是很简单的程序，只有你亲身投入了才能够体验其中的劳苦与艰辛。盘锦这段苇塘往事对于我来说，确实是一次巨大的考验和重要的人生经历。二十多年过去了，我还不忍心把它抛弃……

（2021 年 10 月）

1995年冬天，我从辽宁盘锦割苇子回来的路上，在锦州汽运站转车的时候买了一本路遥的《平凡的世界》，看完这本书之后，我义无反顾地来到了北疆大雁北城。二十多年过去了，路遥的《平凡的世界》就像我人生道路上的一盏矿灯，点燃了我希望的生命之火，激励我不断前行……

我的平凡的世界

一

1996年前后，我的人生跌到了最低谷。在经历了几天几夜的逃票和颠簸，列车终于在一个叫作“大雁”的煤城小镇停了下来。此时是农历乙亥年正月初六的凌晨4点左右。我穿着一件黄色仿制的军大衣，背着一个简单的牛仔包，缓缓地走下站台。我先是长长地舒了一口气，然后摸摸兜里仅有的一元纸币，仰头看了看天空，天空灰蒙蒙的。遥远的矿山偶尔传来几声犬吠，空气里弥漫着一股煤炭烧焦的味道。

大雁镇位于东北地区西部、内蒙古东北部，是呼伦贝尔市鄂温克族自治旗管辖的一座草原煤城，为全国重点镇、呼伦贝尔市特列镇。大雁，蒙古名叫嘎拉图或嘎拉屯，意为大雁栖息的地方。因为煤炭是大雁镇经济的主体，这里的人们习惯上把大雁镇称为大雁矿区。1970年2月，一队赳赳人马开进这片“只闻大雁叫，不见炊烟起”的茫茫雪原，这其中就有我的三姨夫。我三姨夫的名字叫张金富，因为长一脸麻子，外号“张麻子”。我三姨温柔贤惠，烧菜、缝纫都是一把好手。妈妈说，我三姨是她们姐妹中长得最好看的，与我三姨夫结婚最主要的原因，就是因为我三姨夫是国家工人，我姥爷当时稀里糊涂地答应了。前些年，我三姨从矿区带着几个孩子回赤峰老家，和我妈她们唠嗑的时候，我听说他们在矿区买了楼房，日子也还不错。

“呜——呜——”列车在旷野里呼啸，不一会儿，几位旅客从站台上吵吵嚷嚷地走下车来，两个跑“三马子”（摩的）的戴着皮帽子、手闷子，绑着羊皮护膝，在站台外吆喝。

“师傅您好，大雁这几年有新盖的楼吗？”我开始和司机搭讪了。“有啊，32栋呀。”我掏出最后一个“铜板”，站在32栋小区门前的大马路旁。这时候，太阳也出来了，偶尔还会听到几个孩童放鞭炮的声音。“淡定，淡定啊！”我开始搜寻着路边经过的每一位行人。我的运气还不算太坏，不一会儿，从远处走过来一个衣着干净、戴着翻领棉帽子、大约50岁的男人。“师傅您好，我想打听一个人，原籍是内蒙古赤峰的，来大雁比较早，姓张，叫张金富，外号‘张麻子’，原来在二矿工作，后来好像调到了教育处……”“跟我走吧，我是救护大队的，我们处长就是你们赤峰的。”这位同志把我带到了救护大队一楼的门卫处。“你在这里等着吧，我们处长一会儿就过来了。”大约一袋烟的工夫，门卫的工作人员故意放大了声音：“我们处长来了，你们赤峰的老乡！”救护大队的处长叫王海树，内蒙古赤峰人，据说后来转到了赤峰市平庄矿务局。我把情况和他一说，他马上安排：“哦，张麻子。小刘啊，你开车把他送到7单元2栋402。”送我的司机正是刚才那位衣着干净、戴着翻领棉帽子的男人。

我到了三姨家以后，三姨、三姨夫还有表哥、表弟都很高兴。可没过两天，我便发现三姨家的楼房还有一部分欠款没有还清。三姨夫退休后的工资还不到1000元钱，表哥、三姨都没有工作，表哥和我同岁，都是26岁，也没有结婚。大表弟在建筑公司刨地槽，二表弟也没有工作，情况比我想象中要糟糕得多。我急着叫三姨夫给我找份工作。后来三姨夫找了他亲侄子国志，国志又找到了他的表弟田平，田平又找到了“任百万”，此人承包了三矿木材厂。后来，我和田平一起到“任百万”的木材厂去上班了。上班那天是正月初九，也就是到矿区三天后，我就找到工作了。三姨在卧室房间里又安了一张床，我在煤城的吃住问题也解决了。

上班前，三姨都是把饭做好放到饭盒里，吃一份，带一份。木材厂在三矿，上班坐通勤小火车，7点半左右到岗。木材厂的工作很简单，两个年龄大的负责把木头锯好，还有两个人在木头垛上量尺寸锯木头。两个人锯，两个人扛，两个人破，周而复始，基本上六七个人，七八个人也可以。我和田平负责把木头运到木匠坊，两个锯木头的人负责把木头放到我和田平的肩上，我们尽管扛。“任百万”有一台红色小轿车，有时候来，有时候不来。中午吃饭的时候把饭盒放在火炉上一热，我们就可以山南海北地侃了。我最感兴趣的是他们讲的一些有关林区伐木的故事。他们说我们的木头都是“任百万”从大兴安岭林区运过来的。据说那时候“任百万”有一百万存款，所以人送外号“任百万”。

我们抬的木头粗细不等，粗的有一搂多粗，能破板，有两分板、四分板；根据井下需求和订单，细的截成井下的坑木。这些木头从林区上火车的时候，要根据地形来搭跳，有的时候搭两节跳，有的时候搭三节跳；抬杠子的时候有四人杠、六人杠、八人杠。抬木头的时候，动作要步调一致，杠子头领号，其他抬木头的要接号：

领号：弯腰挂呀！接号：嘿哟！嘿哟！

领号：撑腰起呀！接号：嘿哟！嘿哟！

领号：齐步走啊！接号：嘿哟！嘿哟！

领号：脚下留神呀！接号：嘿哟！嘿哟！

领号：上大岭呀！接号：嘿哟！嘿哟！

领号：加油上啊！接号：嘿哟！嘿哟！

…………

二

葳蕤亿万年的植物及其堆积物在地壳变迁中被埋在地下，经过复杂的生物化学、地球化学、物理化学作用后转变成了煤。从植物死亡、堆积、埋藏到转变成煤，要经过一系列的演变过程，这个过程称为“成煤作用”。温度在成煤过程中起着很大的作用，高温作用的时间越长，煤的变质程度越高。煤在变质过程中所进行的化学反应是多种多样的，包括脱水、脱羧、脱甲烷、脱氧和缩聚等。

“矿工、窑工、煤黑子”这些曾经“可望而不可及”的字眼很快就在我身上变成了现实。三姨家对门有一个贾嫂，单位人叫她田姐，她和我三姨很好，知道我三姨家里有困难，有时会送一些东西过来。田姐说：“如果嫌木材厂工资低，我们小井正在回撤，现在也缺人，一个月能赚到六七百元钱，要干的话我到班上给你问一下。”就这样，我在木材厂工作 17 天以后，成为一名真正的矿工了。我当时的想法就是“有人干我就干”，根本没有选择的余地。三姨、三姨夫、表哥、表弟都暗暗地为我鼓劲，给我讲了许多井下的注意事项。第一天下井，三姨夫特意给我找了一双靴子、一身新劳动布的工作服、一副新手套，还特意给我用豆油煎了白面大饼。我早早地就到通勤小火车站点等待了……

通勤小火车站点陆陆续续地有人过来了，他们的衣服都是黑黑的，脸就像没有洗过一样，打着哈欠，有的干脆坐在地上，倚着暖气片睡着了。偶尔也有几个穿着比较讲究一点的，他们大概在矿上干别的事吧。

第一天上的是白班，也叫头班，工时是从上午 8 点到下午 4 点。通勤小火车上打牌的、抽烟的、聊天的、吹牛的都有，气氛很热烈。三矿是通勤小火车的终点，井架高高的，老远就能看见运输皮带在运输原煤，像落叶一样簌簌地飘落在地上。我所在的单位叫雁兴井，隶属于第三煤矿（当时隶属煤炭处），算是矿区里比较正规的。下车以后，田姐带我见了一下韩井长，韩井长名叫韩有金，50 岁的年纪，山东人，人不错，很直爽。我很快就通过了他的面试。田姐又把我领到李战友的班里，李战友是从一矿病退过来的老班长，也是赤峰人。从那时候起，我逐渐认识了矿灯、自救器、灯房子、绞车机、煤矸石、回撤、掘进、给棚子、扒大窑、打眼、放炮、翻车、打铃、劈岔子、回风巷、瓦斯、风筒等专业词汇……

铁皮房里面的冷风飕飕地刮着，几乎和露天没什么两样。工友们也都习惯了，有的骂几句过过嘴瘾。天花板上有一排钉子，钉子上挂着工友们的工作服。工友们一边喊“到”，一边换着衣服。有的伙计的靴子开了花，有的露了底，有的穿着毡袜子，有的用破布包着脚。破烂的工作服表面结了一层白白的冰霜，这是出汗以后迅速冷冻的结果。这些伙计嘴里一边嘶哈着，一边用手揉搓着衣服，一咬牙，一瞪眼，全部换好了。“今天还是到井下回撤，尤其是‘640’拉门那里比较吃劲，一定要注意安全。”班前会结束了，工友们有的飞快地往井下跑，因为井下暖和；有的飞奔到灯房子里去拿灯；有的去领火药和雷管；有的扛着镐头拿着扳手；还有的拿锯和大板铁锹，大板锹有小簸箕那么大；还有的磨磨蹭蹭，偷偷摸摸地往靴子里塞上几根烟的……

班长指派一名叫管银福的老工人带我。老管轻易不说话，说起话来一般人难以接受。“瞅我干啥，还不抓紧到灯房子领灯去！你穿这么干净，到这地方来干啥？”老管瞅瞅我，我瞅瞅老管。他是一个极其埋汰的家伙，和一般人合不来。老管从家里来的时候就穿着一身破烂的衣服，刚下通勤小火车的时候就到灯房子把矿灯领了，衣服根本不用换，省时省力！

矿工入井要凭灯牌到矿灯房窗口领灯，地面一个牌，井下一个人。矿灯的照明部分由灯头壳和安装在灯头壳内的反射器、灯泡、灯面玻璃、灯头圈等零部件组成。班长领着我到灯房子办理了灯牌，领了矿灯。小煤窑灯房子和绞车房连在一起。开绞车的和管矿灯的一般都是女工。矿工在井下连续工作 8 小时，矿灯回地面后要及时充电，否则下一班无法工作。灯房子里很暖和，一些负责通风的、瓦斯检查的辅助人员也经常光顾这里。灯房子这里的煤一般都是地面翻车的顺带搬过来的，煤火旺旺的。这些伙计一边帮着拿煤生炉子，一边陪着女工唠嗑，这是一件十分惬意的事情。灯房子里充电的声音吱吱作响，老远就闻着一股浓浓的硫酸味道。在交接班的过程当中，绞车工也很忙碌，要不停地往地面带货。井下严禁带明火，不允许抽烟……灯房子给我发灯的是王姐。我学着班长的样子，把储蓄电池用裤腰带穿上背在身后，拧了拧灯头，试试光圈，然后把灯头插在安全帽前面的铁片上，准备和老管一起下井了……

三

胸闷、缺氧、压气、窒息、棚梁渗水、脚下打滑……几百米的地层深处没有尽头，远，就是看上去很近的那种深邃。地面上有花、有草、有女人，井下没有。两根铁轨的中间是一根很粗的钢丝绳，两米宽的巷道中间是不能走人的，因为随时有绞车拉着钢丝绳在运行。吹风机嗡嗡地吹着，进风筒和回风筒并列着，1.7 米的棚子已被压力压得还有 1.5 米左右。石头台阶很滑，我紧跟着老管，磕磕绊绊地走向煤层的深处……三班的工人开始顺着风筒往上升，有些认识老管的人还不时地打着招呼：“老管呀，又来新人了。”老管一边回头瞅我，一边嘟囔着：“白费！”可能叫老管说中了，由于井下缺氧，加上不熟悉环境，我还没干活就大汗淋漓了，刚才又摔了几跤，也被老管看见了……

“640”拉门的地方到了。“640”就是距离地表水平面 640 米的标号。我们井是斜井，到地面的距离差不多有 1000 米。

“640”有一个停车场，并排有两排铁道，一排是下车道，一排是上车道。上车道与下车道中间有一个道岔子，可以左右掰，用于车辆往返。其构造和火车道一样，两头都有钩头，钩头上有一个链子。铁路边上有一个粗粗的铁销子，把链子一套，销子往里一插，就可以提货了。因为井下的铁道不像地面的火车道那么标准，拐弯的时候得用人推着点，地面开绞车的司机如果配合不好，还容易掉道或出现安全事故。当然，有经验的老司机一般都知道你要干什么，开绞车的时候会很慢。停车场煤壁的边上有个躲避所，躲避所里有一个小红灯：“一停、二上、三下……”井下和地面的联络方式只有靠打点。躲避所的人摁住灯把子，长按一声，就是停车。提货的时候按灯要慢一点，一长一短，看着货车一点一点地进入主道了，可以急促一点“哒哒，哒哒”。从地面带货往下送是三下点，下面一定要有接车的，不然就要“放箭”。

“后面的机灵点啊，往后撤！”顶头的赵海生已经在前面喊号了。我们这班开始撤支木和梁子了。停车场的木头材质都比较好，多少年不过性。赵海生用钢丝绳把支架的根部拴住，20 多米处有一个小绞车，一摁，一停，一摁，一停，太急容易把钢丝绳弄断。棚顶的水很大也很吃劲，逐渐地，木头开始松动了，顶板嘎嘎作响。“轰！”停车场前面的煤顶冒下来了！“后面的往后撤！”赵海生一边喊，一边开动绞车往外拉，拉晚了，木头就会被埋到里面了。“按，停，按，停……”绞车不停地使着闷劲，一根又黑又粗 2.5 米长的木头被拽到了停车场比较安全的地方。

“来吧。”老管瞅瞅我，我又瞅瞅老管。我们的任务就是把这根木头沿着刚才下来的巷道往地面扛。重不怕，关键是滑！

滑也不怕,在前面的人必须得跪着走！木头用淋头水长期浇着，又加上煤矸石混合在一起，就像刷了一层油。棚子的高度不到 1.7 米，台阶上有水有泥，人如果不跪着走，或是猫着腰，重心会全部落到后面那个人的身上，那个人就受不了。越是往上走，越是要注意安全，不然 2.5 米长的木头就会顺着井筒往下滑，容易“放箭”伤人。我和老管走走停停，停停走走。停了几次之后，老管先是不停地叹息，然后冲着我问：“你家也是赤峰的？”“你怎么知道？”“昨天班长就说了，说咱们班要来一个新人，赤峰的。李战友，咱们班长也是赤峰的，刚才开绞车那个赵海生也是赤峰的。”交谈中，我知道了老管曾经当过兵，老管也知道我是一个“大学漏子”。他说：“干点啥都比这强，这里不是人干的活，都累跑了！”

我和老管第二次下井的时候，赵海生已经把四根木头拽好了。最后一趟是我、老管和赵海生我们三个人，相对轻松点，但也到了体力的极限,因为我已经有 8 个多小时没有吃东西了。我从下井第一天就和大多数矿工一样，中午不带饭。赵海生在前面一个躲避所里停下来，那里有一个风口。“歇一会儿！”赵海生一边喊，一边从靴子筒里翻出两根烟扔给老管一根，反过来又问我，“抽着吧？”我赶紧摆摆手：“井下不是不让带烟吗？再说也没有火呀。”赵海生把矿灯摘下来，拿出放炮的雷管线，用嘴咬掉两头的胶皮，露出一根细细的铜丝，再把矿灯的正负两极连起来，瞬间，炮线变得通红。赵海生赶紧把烟放到炮线上嘬起来，烟点着了，炮线也扔了。赵海生把点着的烟又递给老管，老管也很熟练地叼起来，大口地吸着……老管对赵海生说：“陆相华也是咱们老乡，大学漏子，田姐和他姨家是对门。”“没事，好好干，有没有对象呢？慢慢搞一个城镇户口……”赵海生说。

每根木头是5元钱，一天两个人最多能扛4根！当我和老管扛着第4根木头向上爬行的时候，井口处已经有一些窑工在砰砰地打开风门，我们老远就发现一群窑哥的灯光在晃动了。老管说：“二班（下午4点到夜里零点）的下来了。”一批矿工刚撤下来，一批又顶上去，在黝黑的巷道里，我们擦肩而过，彼此用矿灯打招呼，永远保持一种向前的姿势……

四

一盏矿灯是我活着的状态，无论是头戴，抑或肩搭、手拎，都在一点点稀释我的光亮和血液。在漆黑冰凉的井下巷道里泅水前行，前面依然是无尽的黑暗。远方传来的一盏灯的微光，在水面上轻轻闪动着。紧接着，第二盏、第三盏都亮起来了，灯光交织在一起，像一双双矿工的眼睛在眨动。那一盏盏矿灯宛若绚丽的生命之舞，常常让我禁不住热泪盈眶。该倒三班了，倒三班是煤矿最难上的班了。晚上10点多人们刚要睡觉的时候出发，然后坐通勤小火车到矿上是晚上11点多，到井下接班的时间就是零点，要一直干到第二天的早上8点升井。坐通勤小火车到家的时间一般都是上午10点多。三姨怕我坚持不住，早早地把我房间的灯关了，说一会儿叫我；三姨夫和表哥、表弟把电视的声音也调得低低的。

北风呼呼地刮着，雪花夹杂着煤尘吹打着人们的脸，通勤小火车站点里没有灯亮，运销公司的火车冒着黑烟，轰隆轰隆地呼啸而过……陆陆续续地有窑工过来了，有的打着哈欠，有的在骂娘，有好几个家伙还睡过站了……

班长有事请假了，赵海生没来，李继福顶头。李继福是山东人，能干，他还有一个哥哥在三矿。我跟着李继福还有老管一起下井了。“老管，你老婆最近回来没有？”李继福一边走，一边和老管开着玩笑。老管笑了笑：“回不回与你有啥关系？”“晚上回家要先咳嗽一声，免得撞上了别的老爷们儿！”后面有几个家伙“哄”地笑了。老管的老婆长期在牙克石上班，两个人是在部队认识的。老管家住楼房，日子虽然不错，但和老婆长期两地分居。我听着他们的故事，好像身子也轻松了许多。今天井下的条件还不错，上一班剩下了半窑的大块煤。今天的任务就是把这半窑的大块煤带到地面，然后把铁道撤掉。我和老管用手把大块煤往车里搬，“咣当咣当”地把矿车砸得前后蹦高，加上窑里没有铁道就用一根木头垫着，刚使劲推，结果车掉道了。李继福喊：“咋的啦？车掉道了？”李继福叫老管上废巷里找几块破板子，我和李继福一起背靠着矿车，脚蹬在煤壁喊道：“一二，一二……”矿车的轱辘离地了。“老管，快，往轱辘底下垫木头！”“轰隆隆、轰隆隆”，黑乎乎的矿车又启动了。

不一会儿，李继福晃晃悠悠地过来了。“妈的，有颗螺丝弄不下来！”由于年久水泡，铁道的螺丝早已生锈，有的甚至转轴。李继福找来一颗铁道钉，用铁丝绑着。“叮当，叮当”，一颗夹板的螺丝，李继福用斧子几下子就给切断了。回车巷道有一个 8 米长的弯行铁轨，由于弧度太大，往地面带怕刮了风机。“老管，你知道他们二班是谁的班吗？”李继福问。“葛树青！”不知道李继福怎么就知道上一班的煤壁废洞里有雷管和火药，我和老管都躲得远远的。“轰！”铁轨一分为二，有点铁道游击队的感觉。带铁道必须用重车，不然前面两个轱辘会往上翘。李继福叫老管和我把三辆矿车连起来，然后又把几根铁轨用8号铅丝拧紧。

此时大约是凌晨4点多，人正是犯困的时候。李继福按了一下长铃，意思是“要提货”了。地面的绞车也松了一下钢丝绳，意思是“知道了”。“哒——哒，”一长一短，意思是“启车要慢一点”。“哒——哒”“哒——”刚要提车，李继福又按了“停”。他跑过来把保险绳挂上，又打了两下慢点，三辆矿车带着两根铁轨正式进入了直巷。“哒——”李继福又打了一个“停”，他让我在下面等着接车，他和老管上去卸铁道。“老管，走！”李继福带着老管蹬在矿车前面的钩头上，把矿灯拧灭（不关灯被上面检查的发现是要挨罚的）。我打了两下慢点“哒——哒”，三辆矿车带着铁道又加上两个人一起升井了，这种现象在井下属于严重违章。大约一个多小时过去了，李继福、老管都没有下来，我一个人在下面接车又没有经验，三辆矿车一起放，结果在停车场弯道的地方掉道了。我想了很多办法都无济于事。原本可以早早下班的，一直等到白班的人马下来接班了还没有弄好。白班的班长是高占东，一看三辆车掉道了，忍不住大骂：“这他妈又是李继福干的，一下挂仨车，能不掉道吗？！”

高占东叫几个人找来几根木头，又是用背靠，又是打铃，终于把矿车推进了轨道。我也拖着疲惫的身躯，摇摇晃晃地升井了。红彤彤的太阳照在地面，照得身上暖暖的。冰冷的寒冬已悄然离去，随着春天的到来，天气逐渐变暖，雪也开始融化，隐约可以看到一些婆婆丁的影子。灯房子那面的一些女工也都化好妆，往通勤小火车站点走去。我回望了一下井口两旁的警示标语：高高兴兴上班，平平安安回家。

五

“赵海生？”“到！”“管银福？”“到！”“李继福？”“李继福？”“谁知道李继福这几天干啥去了？”“猪羔子？”“到！”又是一个三班，班长李战友一边点名，一边询问着李继福的去向。“再说一下，今天来的人比较少，铁道就不用撤了，主要是扒大窑。赵海生一会儿去领火药、雷管，放炮的时候注意点，别整冒烟；老管和新来的，你俩每人带一把大板锹；‘猪羔子’留在地面翻车。另外，升井的时候，千万别蹬车，刚才值班井长说，昨天晚上蹬车有碰着的。”

远方忽然出现一盏灯的微光，在水面上轻轻闪动着。紧接着，第二盏、第三盏……都亮起来了。我知道这是二班的窑工开始升井了。井下的时光过得飞快，不一会儿就有一班人马下来了。

赵海生忙着打眼，老管在那儿拴着雷管的炮线，我到停车场去推矿车。10多分钟，赵海生大喊一声：“往后撤！”我、老管和赵海生都跑到了停车场上面的躲避所，赵海生把雷管炮线对准放炮器正负极。“轰！”一股浓浓的辣味硫磺浓烟喷薄而出，回风巷里的风机呼呼地吹着。赵海生摘下了“防毒口罩”，从靴子里摸出两根烟来，扔给了老管一根，依旧用矿灯把烟点着。“老管，这两天咋没看到李继福呢？”“可别说了，昨天李继福和陆相华我们一起撤铁道，李继福寻思早点儿回家，我俩蹬车上去的，没成想在风门子那里刮了一下，三辆矿车一起上去的，差点儿没整残废了。昨晚12点多，煤炭处特意来车拉他到医院去了。我下来得早，喊他没听见！”“怪不得班长今天开班前会不让蹬车呢！”“干活！”赵海生在前面，我和老管紧随其后。

我拧下安全帽上的矿灯，从未散尽的硝烟中向大窑望去：窑口山壁陡峭，乱石森兀，黑影幢幢。赵海生先是听听煤窑哪里有掉渣的声音,然后用锚头竿子把一些不安全的煤块挑下来，又从巷道里找来两根小铁道铺到大窑里。装车的时候耳朵一定要好使，听到煤顶有掉渣的声音抓紧跑。在煤矿里，所有的事故都是因为违章，但是完全不违章又不能干活。时间一长我也有一些经验了。举灯照头顶，岩层坚硬光坦，教人放心。老管把破棉袄脱了，只穿了一件秋衣。大板锹抡圆了臂膀，矿车轰轰作响，渴了就到停车场的煤壁旁喝几口纯天然矿泉水，饿了紧紧腰带。两车一钩，两车一钩，我和老管你来我往，赵海生也显得非常勤奋，从窑洞里往外挑大块。一车 3.5 元，我和老管一共推了 20 车，我们每个人能赚到 20 多元，我第一次一天赚这么多钱。

升井的时候，我们都没有蹬车，而是把工具放到车上。由于大块煤比较多，“猪羔子”在地面翻车也很顺利。地面翻车的钱算计时工，我们早早就升井了。“猪羔子”真名叫朱兴盛，四川人，老婆跑了，但是和老丈人的关系还可以。由于他年龄大，又瘦小，一般井下人都管他叫“猪羔子”，让他干点辅助活。我把老管和赵海生的灯一并送到灯房子，赵海生还领着我们一起到三矿浴池里去洗了个澡。大矿的条件要比我们小煤窑好得多，他们有更衣室、烘干室，采煤队有采煤机，他们的工资也比我们高很多。虽然不是一个单位，所有的矿上浴池，矿工去洗澡都是免费的，赵海生和那里的人也都熟悉。

从井下提升到地面，矿工们最喜欢的不是阳光，不是女人，而是赶快脱掉黑色浸泡的时光，脱掉那身疲惫、沉重。赵海生在耳朵上夹一根烟，然后再点燃一根，麻溜儿地进入冒着蒸汽的水池里。腿伸直，手放松，头枕池台，微闭双眼，享受。让温暖慢慢渗透每个毛孔，像水母的吻，慢慢享受。这时，人会以百米跨栏的速度进入幻觉。赵海生第一根烟吸完，又对上第二根。他的第二根烟只剩下烟屁股的时候，又有一群矿工升井了。这些家伙彻底把水搅黑了。第一次洗完澡坐上小火车，我在车上呼呼地睡着了……

六

井下的炮声又一次炸响黑色的亘古，硬壁的骨骼碎片迅速堆满采面。攉煤的男人前腿弓，后腿绷，像赛龙舟的划船手，一直往前划，唯恐被后面的船追赶。铁锹划动，泼出的是水，溜槽里磕碰出了声响。我拼命往前划，溜槽再挺进。两岸的铁柱，排着纵深。第一批攉煤的矿工换下来了，我们肩扛铁锹撤离采面，另一批划船者继续攉煤……

我们矿井的条件相对算好的，有的窑工跟我讲，一些私人小煤窑，井下设施简陋，基本上没有什么通风设备。他们因为简陋就简裱风筒，即在井筒一侧半墙上开一个槽，用薄板石将其盖好，再抹一层黄泥将其密闭；井口上面垒一风墩连接风道，井下风道要尽量接近作业面，这样上下就可形成风的回路，实现自然通风。工人们每天下井进入作业面，第一步工作就是试验窑灯是否能够点着，如能正常点着说明通风良好，否则风压太小不可作业。小煤窑采用这样的通风方法，只能解决巷道里的通风问题，工作面一般是不通风的，里面又窄又矮、温度很高，刨工师傅都是脱光衣服干活。刨工师傅搜好根、拉好槽，最后自下而上用楔子、撬棍、大锤一块一块将炭剥离下来，每一块都有上百斤重。背炭的人脊背衬上“垫背”，搁一至两块大炭，再用绳子绑好，绳子两头的交会处扭个绳结压在膀子上即可。千万不能打死结，不然，上窑梯时前面滚下东西，一时解不开疙瘩，脱不开身子，那是十分危险的。

在三姨家待久了，我对她家的情况也就越来越了解了。三姨说：“表哥原本在一矿食堂当管理员，一帮同学没事总请他吃饭，后来，他就把食堂的油给人家，再后来被开除了。”现在自己没事做，大人也着急。还有三姨家的老三，一小撮人整天忙着办票买小客，又没钱，后来老三他们一伙人当中有一个叫“大文子”的，不知什么原因被抓起来了。三姨在火车道北有一块地，为了减轻家庭负担，春天来了，她准备种土豆。有时我下班后和三姨一起去种土豆，有时也和她一起到粮店里去赊粮。三姨家的日子越来越不好过了，加上我的存在，更是雪上加霜。上三班虽然辛苦，但我觉得还是有一些富裕的时间，可以让生活变得更加绚丽多彩。我开始搜索表哥家能够看到的所有书籍和报纸，甚至从三姨对门田姐家找来一些吹塑纸，刻出了“自尊、自信、自立、自强”八个字，贴在自己的床边。

下班空闲的日子，我还尝试着写一些新闻通讯类的稿件，然后交给井长。有一天，韩井长还特意把我叫过去，给我写了一封信，叫我到煤炭处北山井去找一个叫张石柱的书记，他对新闻界比较熟悉。我拿着韩井长的信找到了张书记，张书记又给我写了一封信，叫我到《大雁矿工报》去找张永杰和李雅洁两位记者；还给了我几张煤炭处的政工办政审盖章的便笺纸。我第一次去报社投稿的情景至今仍难以忘怀。那天出奇的冷，我一个人站在马路上等公交车，一直等了两个多小时，竟然不知道有“招手停”可以坐。从那以后，《大雁矿工报》每周两期报纸，几乎每期都有我的新闻稿件。大雁电视台也开始经常播放我的通讯，从此，我成了矿山上的“名人”。在报社这帮朋友的鼓励和支持下，我的人生亮堂了许多，也正是这份信任使我有勇气把写作坚持下去，直至今天。

春去春又回，花落花又开。大雁这块神奇的土地，古代曾是北方游牧民族的摇篮，许多游牧民族在这里度过了各自的青春时代，如胡、东匈奴、鲜卑、突厥、回纥、契丹、女真、锡伯、达斡尔、鄂温克……大雁山环水绕，景色秀美，海拉尔河犹如一条彩带，飘散在大雁矿区的北部。河两岸水草肥美，赢得水鸟盘旋娇啼。飞往南方的大雁又携春而来，在此栖息，养儿育女。大雁的星光照亮了我的精神家园，我笔尖上的火苗也经常闪烁诗情，特别是在最寒冷的日子里，大雁这座煤城给了我许多温暖……

50多天的井口回撤，我们所在的小煤窑开始进入放假等待阶段，因为新井口的文件有一些还没有批下来。我那时候第一个月的工资也开了，每月给三姨家交300元钱伙食费还略有剩余。我和三姨说好，就搬到一矿宿舍吃食堂去了。而这时候小井又开始了“五一”和“五四”歌舞比赛，我被抽调到地面去唱歌。那时田姐升为工会主席，主抓这一块，记得当时还请了一个四中的音乐老师做指导。全井的年轻人，还有不少漂亮女生都变成了文艺青年。有一些女生主动和我搭讪，并和我一起探讨新闻写作的事情，也有的关心我在一矿里的生活情况，甚至有人问我啥时候从井下调到地面。我也开始尝试买几件新衣服。我算不上最好的男高音，也谈不上最坏。我在煤矿学的第一首歌曲就是《咱们工人有力量》：

咱们工人有力量，嘿，咱们工人有力量
每天每日工作忙，嘿，每天每日工作忙
盖成了高楼大厦，修起了铁路煤矿
改造得世界变呀变了样
发动了机器轰隆隆响
举起了铁锤响叮当
造成了犁锄好生产
造成了枪炮送前方
哎嗨哎嗨嗨呀
咱们的脸上放红光
咱们的汗珠往下淌
…………

七

煤炭工人原始，是因为他们离不开亿万年前留下的煤层，那是他们耕作的土地；煤炭工人粗放，是因为社会的巨大需求不允许他们精雕细琢；煤炭工人任劳任怨，是因为他们是这个世界上为数不多的固守简单生活的人。地层深处的煤，原本是地上的森林、草木，在可怕的造山运动中，它们被埋没了。漫长的地质年代，痛苦的天然煤化，不熄的生命之火在地心聚集、运转……不该沉沦的，一定会被历史重新开掘！井下掘进是矿上公认的苦、脏、累的活，掘进工是井下先行兵，刨岩、打眼、装药、点炮、出渣、撬顶等都是掘进工的基础工作。掘进工作面就是为回采工作面做准备时，首先开采一条巷道。

时间过得真快，“迎五一歌咏比赛”的名次也已揭晓，我们所在的小煤窑名列第四。等我又回到矿上的时候，新开的井口已经开始掘进了。我们所在的煤窑掘进的棚子全是一梁二柱，柱子和梁子两头砍鸭嘴，棚子净高 1.7 米。由于新开井口，我们原班人马有些变化，赵海生仍旧是顶头（组长），老管还在，我去唱歌时增加了一个窦勇。掘进拼的是力气，一镐下去，上亿年的岩石只能迸出几点金星，上一班留下的一般都是平茬儿。每进一米是 100 元钱。相对来说，我们小组的人员比较弱，其他小组 3 个人给一架棚子，我们 4 个人还给不上一架。我从来没有干过掘进，不会装药，不会打眼，不会封帮，不会封顶，不会砍鸭嘴。一个班 8 个小时过得飞快，我不免成了挨骂的对象，尤其是窦勇：“你知道吗？你在不在都一样，我们还要分钱给你，你明天不要来了！”本来井下人就瞧不起地面那些唱歌没事的人，冷嘲热讽、埋怨打架的现象时有发生，被骂也忍了，但我从来没有放弃过……

井下的坑木，是矿工的手臂，擎起了沉默亿年的煤层，裸露的脊梁闪耀着青铜的光莹；英姿飒爽的风镐，凝结着热血与灵魂的豪迈雄风。为了支撑井下的煤层，大批的坑木被运往井下；为了支撑生命，大批的煤矸石被运往地面。每一寸掘进都是力与力的较量，每一分铜板后面都充满着泪水与汗水，斜下方 30 度角，前进，前进，前进……

“轰！”“快撤！”前面冒顶了，掘进进入了采空区。人是跑出来了，但工具被埋到里面了。“看看吧，看看吧，这回可咋整！”老管开始埋怨了，“我说一个药就行，你非得放两个。”赵海生说：“没事，陆相华你上去一趟，找一下班长，就说下面冒顶了，顺便找两把大板锹下来；老管和窦勇你俩也上去，找一把锯，用矿车往下下木头。长短都行，不要太长。快！”我带着两把大板锹和班长一起下来。“注意啊，看点顶！”李战友手里拎着矿灯，老远就开始喊。不大一会儿，我们就来到了掌子面。李战友把风筒又往里面扯了扯，看看窑洞两米多高的煤顶，说：“搭木头垛吧！”我开始往巷道两旁清货，李战友和赵海生一边看着顶，一边算计着木料。又过了一会儿，窦勇和老管把木材放下来了。搭木垛是掘进过采空区的一个技术活。两横、两竖，要搭成很多个“井”字，顶一定要封实，同时还要注意采空区的瓦斯不要超高。临到下班的时候，总算把顶封好了。

过了采空区，又遇到淋头水。煤矿巷道掘进的时候，一定要注意地质条件的变化、岩石硬度，以防透水和瓦斯涌出。干水巷，必须有水泵把地下水抽到地面。那时候我和朱学海一组，还有两个小伙子，叫什么名字我忘记了。第一次干水巷，我没有水衣、水裤，掘进面又冷又湿，一会儿的工夫，全身都淋透了。朱学海个子大，能干，活好。他先是摁了电钮，把水抽干，然后打眼。四个角四个眼，有时候条件不好，中间多打一个。每个眼里的火药也不多，为了避免火药进水，用塑料袋包着往里闯，有时用半个药，有时甚至更少。地面上留下一个人，在下井之前就把木头锯好了。等朱学海放完炮，我和另外一个人开始往矿车上装货，出一车货之后，地面的木头也下好了。朱学海拿镐把四个角刨好，然后又用钎子凿出腿子粗细的腿窝子，一梁二腿，三根木头，加上封帮、封顶，等忙完了 8 个小时就过去了。一个多月过去了，掘进主巷道开始拉门了。我被分到了水巷里继续掘进，而赵海生他们已经开始干平巷的掘进了。

黑瀑布从我们手上飞泻而去，高筒靴踏起一阵黑风。弯月，挂在广袤的夜空；群星，闪烁在矿工的头顶。一道道乌亮的风景，吸引着一双双深邃的眼睛。一种前所未有的激情，在黑暗的日子里蓬勃而出……

八

“我们用智慧的头脑和勤劳的双手托起一座繁荣的煤城，我们用钢铁的意志和不懈的拼搏挖掘出普罗米修斯的火种，一种力量在体内亢奋，一种高度越过珠峰。抖一身雄劲的血性，牵手那片浑厚无极的褐色精灵，顶一盏智慧的矿灯，拓亮出乌金的无穷无尽的热能，让煤炭的双翼飞旋在五千年的岁月之中。”这就是咱矿工的本领，这就是咱矿工的血性！木头排成整齐的队伍，向黑暗尽头挺进生命和汗水。风镐与岩层接吻，交织着生命的图腾，人与大板锹和矿车共舞，舞出了璀璨的生命，把血液融进了历史的长河，让生命鲜活在时代的巅峰。

终于要回采了，小煤窑回采的主要方式是炮采，也就是打眼放炮、装车、推车。拼体力和耐力的时候到了！这时候我又和赵海生、老管他们分在一个掌子面了。每到上班的时候，赵海生都是领足了火药、雷管，我们带好镐头、大板锹，程序比较简单。窦勇比较狡猾，每次下井都是飞快地往下跑，去抢车，因为矿车有轻有重。我和老管也没有兴趣，总计三辆矿车，总有人推重的。在井下推空车要比推重车累得多，因为在铺铁路的时候一般都有一个倾斜度。我们三个推车的把车推到掌子面。这时候，我们都把头盔反扣过来放在屁股底下，把矿灯拧灭，在没放炮之前，可以美美地睡上一觉。“嘭！”一声沉闷的响声，随后就是一股浓浓的火药味儿顺着大窑吹了出来，俨然就是硝烟弥漫的战场。赵海生把风筒顺到大窑门口吹了几分钟。“兄弟们，起来出货。”空车只有一个，谁赶上谁先推，赶不上的可以继续睡觉，因为其他的车都在巷道外面的岔子口。

“咣当咣当。”刚开始炸下来的煤炭都是大块，三下五除二就能装一车。煤是有层次的。赵海生在大窑里用镐头把大块煤沿着煤层轻轻一刨，煤块很容易就破裂了。如果不懂，费力不说，一些碎屑还会崩进眼睛。小煤窑推重车基本都是放飞车，要随时准备一个刹车板。一辆矿车里面装的是七分煤。放飞车的时候要手疾眼快，遇到拐弯处还要往里或往外搂着点。万一遇上安检的、检查的一定要及时刹车。刹车的方式很简单，就是手里拿着一根木头，往矿车轱辘与矿车的接触面一塞，使劲往下一按，矿车就像被驯服的野马，老老实实停下了。没有点经验还真不行。

有一次，我放飞车刹车板一下子没塞住，急中生智，用脚往矿车轱辘上使劲一蹬，身子向后一倾，矿车居然也停下来了。如果发现前面有人，一定要大喊，并且把自己的矿灯连续晃动，叫前面的人进行躲避。那些日子，我觉得过得很充实，每个班一个人一般要推 10 车货，天就亮了。

几百米处有一个储煤仓，一个储煤仓一般装 60 吨煤。储煤仓下面有一个出口，叫出煤嘴，出煤嘴的下面有一条很宽很厚的皮带，下面一打点，煤就被拉到地面，一直运输到地面的高高的井架上流下来。不放仓的时候，出煤嘴是关着的。

每天坐通勤小火车上班的时候，都会看到高高的井架上的滑轮转动，并且有原煤在往下流，那肯定是井下的人在出煤。我们小煤窑因为靠着“三矿”的缘故，原煤直接用皮带传到地面，而其他煤窑一般是用绞车直接运到地面。储煤仓有一个把滚笼，计车数的小家伙，你把矿车往里一推，他把滚笼一转，一车煤就卸完了。又一转，矿车又正过来了；往后使劲一拽，矿车又出来了。返空车的时候，要快速地返到岔子口，不然后面的车进来，前面的车又出不去就麻烦啦。往回返空车的时候，比的是真功夫！有时候，矿车轱辘不转轴，没有力气是推不动的。矿车推到掌子面附近还有一个岔道停车口，等掌子面那重车出来，我再进去，一辆接着一辆，周而复始。掌子面的大块装完了，开始装一些碎货。这时候，要开始抡大板锹了。一般都是一个人装一车，有的时候顶头的会帮忙一起装。如果大窑里的煤放少了，顶头小组长还要准备放二茬儿炮。

进窑装货时耳朵要好使，如果大窑里面有嘎嘎的声响，一定要撤出来。顶头小组长在这方面有着足够的经验，你别看他在边上蹲着没事做，其实他在给你看顶。刚放的窑，煤壁放下了以后还是比较安全的。窑工们干起活来一般都像毛驴一样，“轰隆隆，轰隆隆”，一车接着一车。井下工人一般都是计件工资，每推一车煤是 3.5 元，一天 24 小时，没有白天黑夜，不分东南西北。一班人下来，又一班人顶上。直至有一天“轰隆”一声冒顶了，有的时候是白沙，有的时候甚至有青草，从地面上来看，那就是塌陷区。这时要把窑洞门口的铁支架往后移动，把销子用斧子砸好，靠牢，又一个大窑开始了，直至后退到门口，然后通风瓦检的辅助工人过来用泥糊上，打上围栏，上面写着“禁止入内”！

九

绝美的风景多在奇险的山川，绝壮的音乐多是悲凉的韵调。矿工是画家，用自己的双手画出这个时代的绚丽多姿；矿工是诗人，用风钻在深深的地层中书写崭新的诗篇。闪光的乌金上没有刻上矿工的名字，印上矿工的私章，但那诗篇却发表在千家万户的炉膛！通勤小火车依旧周而复始，井架上的天轮依旧转个不停，井口上的红灯依然闪烁……沉睡的年代久远悠长，那是煤的呼唤吗？那是煤的倾诉吗？那是煤的吟唱吗？是谁在撩拨我的心弦，是谁在浸淫我的胸腔？我在地球母亲的宫腔里涅槃，我在炼狱般的岩层中成长，我在大板锹的旋律中舞蹈，我在传送带的胸膛上吟唱。

“赵海生？”“到！”“管银福？”“到！”“李继福？”“到！”“猪羔子？”“猪羔子？”“猪羔子，没来？”“陆相华，你今天在地面翻车。”

夏天的下午4点班（二班），风和日丽，原野空旷，让我在地面翻车，很奢侈啊！有好久没有看见草原上这么美好的夕阳了，站在高高的井架上，听着远处运销公司皮带装煤的嗡嗡声，附近的甜菜地里偶尔还可以看见几个老农在辛勤劳作。通勤的绿色小火车停在铁轨上等待着，喘着粗气。远处的河泡子边上还有几头奶牛、羊群和马匹，云卷云舒，日出日落。我先是用锹把到井架上清理一下煤台，然后又帮忙下一车井下水巷用的坑木，接下来，就等着井下出货了。水巷掘进岩石很硬，出货很慢，一般都是在后半班。等我把煤台清好，夕阳已经西下了，一种想家的感觉油然而生。是啊，我离家已经有半年多了。“悠悠天宇旷，切切故乡情。”我在高高的井架上一边敲着矿车，一边唱费翔的《故乡的云》、董文华的《大海，故乡》、迟志强的《四季流浪》、陈星的《离家的孩子》……

天色越来越黑了，我把铁锹往煤台上一扔，抱起一大块乌黑发亮的褐煤，径直往灯房子走去。灯房子的王姐，还有开绞车的小张正在洗脸、化妆。王姐一边梳头一边说：“小陆唱歌挺好听啊！”我的脸忽地红了起来，原来我在煤台上乱号也有人在听啊。“谢谢王姐，这阵子有点想家，瞎唱！”矿山是男人的世界，也是女人的世界。灯房子和绞车房挨着，这些地方虽然是女人的世界，但也从来不缺少男人。地面上的一些辅助工，有事没事都往这儿跑。自从我第一天下井，就认识了王姐，每次领灯王姐都是给我挑一盏最亮的。

“矿山的女人，山沟沟里的花……”绞车工小张是技校毕业的，听到王姐和我说话，也赶紧从绞车房跑过来，“哎，陆相华，你整天给井上写稿子，能挣多少钱啊！”小张这个人我好像在哪里见过，对，一矿宿舍食堂啊！“你不是张雪玲吗？你怎么跑到这儿来了？”“上班啊！”我这才正眼看了看小张，干干净净的工作服十分得体，高高的个子，还有一双会说话的眼睛。“你平时不是穿裙子的吗？”我磕磕巴巴地说。“那是下班啊！”小张，名叫张雪玲，她是在一矿食堂里吃饭最拉风的一个。有一次她向我自我介绍：“我叫张雪玲，你叫什么啊？”我报了一下名字，又看了一眼这位漂亮的女生，根本没有勇气继续往下唠。“你很牛啊，我好几次跟你说话，你都不理我。”小张怼了我一把。“哦，哦，你好像上班下班不是一个人啊？”

“小张你俩别吵吵了，过来吃饭吧。”“吃饭，我上班从来不带饭的。”王姐在炉子上用铁锹头把饭盒拿下来，放在一个木头箱子上。“快来吧，我今天带的排骨炖豆角，两个馒头，小陆给你一个。”“我带的是白面饼，蒜薹炒鸡蛋。”张雪玲一边说，一边撕开一张白面饼，把一大块递给了我，自己只是象征地留下一小块，“我减肥，这些就够了。昨天我妈从扎兰木德过来特意给我做的。”“我不饿。”王姐说：“客气啥，矿山人都一样，你们班长李战友每次过来不用让，就上我们饭盒里找饭吃。”不知道多少段坎坎坷坷的路途上，矿山女工就这样以母性的姿态皈依乌金的灵魂，以温柔的心态抵达矿山的心脏。在没有星辰的夜晚，她们就是最明的月亮，在没有阳光的井巷，她们就是最暖的太阳！在每一个风风雨雨的日子里，她们会扯起一片爱的风帆，掬一捧冷泪把日子洗得荡气回肠……

“哒，哒！”绞车的铃声响了，井下水巷的朱学海他们该出货了。小张赶紧过去，用她那灵巧的手，狠狠地握住绞车的闸把，绞车也发出“轰轰”的沉闷声。我也赶紧擦一擦嘴巴，跑到高高的井架上卸货去了。这个班很顺利，只上了五车货。我熟练地用大板锹把矿车门打开，站到车里面左右开弓，一车货不到两分钟就卸完了。“当当当，三下点。”天轮滚动，矿车又缓缓地回到运输巷道。这时候，月亮已经沉睡了，星星也疲倦地眨着眼睛。通勤小火车在站台上“呼呼”地冒着黑烟，远处又有一些灯光向这边走来，三班的人马开始重复着我们的故事……

十

时光飞逝，岁月如梭。来到大雁煤城有一年多了，这一年多的时间里，我有了城镇户口，成了矿上的一名正式工人，住宿的地方也从一矿搬到了二矿的过渡住宅，一个人住一个房间，有厨房，有了“家”的感觉。

有一次，单位同事老林把我请到他们家里，喝了一点儿酒以后，说要给我介绍一个嘎拉屯的姑娘，人长得不错年龄也相当，让我倒班的时候见一下。后来就在老林家里，女孩和妈妈一起来了。我们第一次见面，彼此都不反感，大约两个月的时间，就开始谈婚论嫁了。女孩没有城镇户口，说以后慢慢落；人家对我也没啥要求，就看一个人，暂时住在过渡住宅就行。矿区里很多新成家的人有不少也是这么操作的。我在结婚之前，向他们家提出一起回趟老家见一下我的父母，他们家也同意了。那时候从外地领回一个姑娘来，是村子里一个不小的新闻。当时父亲在天津打工，没有赶回家，我在村子里请了一些亲朋好友，借了几千元钱，回到矿山给那个女孩买了几身衣服，做了两床被，又请了单位的领导和几个工友吃了一顿酒席，从此，也算是在矿山安家了。

那一阵子，煤窑的条件不一样，有掘进，有回采，掘进的主巷道仍然有水，回采人员也基本稳定。由于有一段时间没有上班，我成了单位里多余的人，和班长的关系处得很不好。煤窑里又没有洗澡的地方，一个班下来非常狼狈。生活上更是入不敷出、捉襟见肘，吃了上顿没有下顿，这导致我们的夫妻关系非常紧张。那是在一个二班下班的半夜子时，我和往日一样拖着疲惫的身躯回到我的过渡住宅。房间的门锁着，我赶紧跑到厨房，没人；我开始喊她的名字，也没有回音……“嘭！”门被我一脚就踹开了，房间里空空的，化妆台上的化妆品不见了，女人所有的衣服不见了，录音机不见了，被子和枕头也少了一套，桌子上有一个纸条：“我们结婚一个月了，我走了……”

之前井下的许多传说与故事，以及所有小说、剧本里的故事如天书般在我的身上印证了。丢钱不怕，关键是丢人！老家的亲戚怎么看？对窑洞里的工友怎么解释？对左邻右舍又该说什么？我没有挺到天亮，就跑到她的父母家询问情况，他们说：“不知道啊！”

第二天，我早早地就上班了。巷道棚子上的淋水，“滴答滴答”地敲打着我的帽盔，窑衣早已湿透了。800米井下深处，我紧紧跟随一盏灯钻入洞穴，走过一道坎，又跨过一道石门，终于抵达黑暗的尽头。采面，是挡在我前面的黑暗。我抡圆了大镐，啃下一层黑，扒下一层黑，前面还是黑。我把一生的时间，分成8小时呈现；我把紧绷的身躯，又重新舒展，再次拉满了弓弦……井下的风呼呼地撕咬着带刺的瓦斯和煤尘，井下煤溜子沉闷地喘着粗气。那段日子，矿灯是我亲近的朋友，我喜欢挖煤，我喜欢把自己关在黑黑的小屋发呆。每天上班的时候，我也若无其事地面带笑容，像什么事情都没发生过一样。然而生活并不按照你自己导演的剧本演绎，有一天到灯房子去取灯，王姐跟我说：“小陆，你媳妇上班了？”我说：“上了，在二矿对面的一个小吃部。”“哦，人有了家是不一样，这些日子精神也比以前好多了。”王姐一边给我找灯，一边和我说着话。

“怪了，前几天他们不都说小陆媳妇跑了吗？”我戴上矿灯正往外走，听王姐在背后说了这么一句话，就像是别人在我受伤的心尖上用锋利的小刀又轻轻地挑了一下……我没有和任何人说过这件事，别人是怎么知道的呢？

“半壁残窑一盏灯，屋漏偏逢连天雨。”那是一个大雨瓢泼的夜晚，班长李战友叫我在地面上翻车。如果天气好，在地面翻车是一个非常惬意的差事；而下雨天翻车，煤台又远，岔道又多，绞车一拉百分之九十都要掉道。那晚暴雨倾盆，水流如注。井下水巷的一车岩石上来了，我打点把矿车带到井架的上面停下来，把岔子掰开，又跑到井口，摁了三下慢点：“哒——哒——哒——”矿车还是没有按照我的意思顺过去，而是“哐当”一声掉道了。我又摁了两下点，绞车又猛地往上一提，翻车了。我赶紧从煤台上跑下来，打了一下“停”。我跑上跑下，不知摔了多少跤，浑身上下全是泥。而这时候井下连续打点要车，我凭借一己之力是无论如何也没法把矿车弄上去的。岩石加上雨还有泪水混在矿车里，一个凸了头的尖锹铲下去，就像铲在牛皮上一样又弹回来了。用铁锹铲、用手扒都无济于事。“哒——哒——哒——”井下不停地要车，天也快亮了，四周没有一个人来帮我……

班长李战友上来了：“你他妈还能不能干了？井下还有三车货，你陆相华今天给不上棚子，我让你包糊（埋单）！”我愤怒了，把所有的力气都发在了李战友的身上。“老子不干了！我让你包糊！我让你包糊！”一拳过去，班长的矿灯被我砸得粉碎，他的安全帽也被我打到老远，我顺手一把又将班长的头发揪住：“你他妈的敢骂我妈，我骂你八辈子祖宗！老子不干了！”我还没出气，又跑到煤台上去找矿车销子，等我从煤台上跑下来的时候，班长李战友已经跑得无影无踪了。我又跑到井长的办公室，照着井长办公室的窗玻璃，“哐，哐，哐”。

“老子不干了！！”

十一

一片岁月的枫叶用生命的体征诘问大地，一种仰望的飞翔让乌金的魂灵震撼上苍，多少年奋战煤海练就了火眼金睛，多少载搏风击雨练就了坚实的翅膀，不管前进的路上有多少无情的风，不管远航的海域有多少冲天的浪，多少煤炭汉子在地心深处开掘着意志的富矿，在黑色的世界里编织着绚丽的梦想，用创造的魅力，刷新着与时俱进的信仰。满目的煤、满目的情、满目的泪、满目的伤，氤氲在这褐色的世界，拔高着生命的高度，发散着灵魂的芬芳。幽深的巷道铭记着我奋进的轨迹，轰鸣的风钻掘起我青春的长浪，一根根又黑又粗的木头擎起安全的大伞，一颗颗闪亮的汗珠聚起百炼成钢的凝重，在一个血性岁月里生长……

我没等到正常下班的时间，就找到一个运销公司拉煤的司机，说自己在井下工作时被砸伤了，问他是否能帮忙把我拉到二矿过渡住宅的等车点。司机看我可怜，赶紧把我送到门口。我冰冷的心似乎又找到了温暖。老婆跑了，工作没了，我的路又在何方?

我几乎不知道自己是怎么回到过渡住宅的，我一直在思考着下一步该怎么走。“与其到其他地方找活干，莫如留下，因为这样的事情，在其他地方也会发生。”我一个人对着自己说话。那么，事情到了这种地步，又怎么才能留下呢？我翻了翻所有的积蓄，还有最后的 800 元钱，我决定赌一把。是的，我要赌一把！

第二天一早，雨停了，太阳还没有出来。我找出了一身干净的衣裳，把那仅有的800元揣在兜里，早早地来到通勤小火车站点去“上班”了。这段路是熟悉的、亲切的，一股浓浓的煤矸石掺杂着雨后青草的味道。小火车上的窑工，有的仍旧在打牌，有的仍旧讲着矿山上的荤素故事，有的依旧吸着没有过滤嘴的香烟……小火车还没有到达终点，我老远就看到井长的办公室门前有车子停下来，门口好像还有副井长和三班刚刚升井的班长，大家在一起肯定是谈论着昨天晚上发生的事情。毫无疑问，我已成为矿山的“新闻人物”。

通勤小火车已经停下来了，我的腿上好像是绑了一块硬邦邦的煤矸石，心脏也怦怦地跳个不停。近了，近了，井口越来越近了。很多人都把目光转向了我，我像是一个犯了法的罪人，木木地朝着这个方向走来。大家顿时不说话了，还有几个怕事的赶紧回到了自己的房间……

井长叫韩有金，50岁左右，山东人，他看了看我，也不知道说什么好。还是我先说话了：“韩井长您好，我昨天晚上干架了，把您的办公室给砸了，今天特意给您道个歉。”“我知道了，你想说什么吗？”“我是想说几句，能不能给我一个机会，把咱们井上的班长以上干部集中起来，我在会上说几句。”“行，你先到我办公室来吧！”“田杰，你一会儿把三班的班长叫过来，还有今天早上一班的班长、副班长，都叫过来开会。”田杰，就是我姨妈家对门的田姐，我到小煤窑上班就是通过田姐介绍的，我捅了这么大娄子，最对不起的就是田姐了。

井上的人很快就叫齐了，小小的办公室里座无虚席，气氛很紧张，大家都一言不发。井长看着大家，大家看着井长，井长又用余光看着我："你他妈的还反了你，我干井长这么多年，还没有一个人敢砸我的场子。想说话可以，先把昨晚砸坏的矿灯和玻璃赔偿了再说。一盏矿灯 500 元，四块玻璃 200 元，先交上再说话。"老大毕竟是老大，很显然，这句话也是杀鸡给猴看的！我从兜里掏出了 800 元钱放到井长的办公桌上。要知道，那个年代一个"煤黑子"上班是不会带多少钱的。韩井长的脸色变得青一块紫一块的，他见这一招没有镇住我，又说："你、你、你他妈的小陆，真以为我缺你这 800 元钱吗？那你说说吧。"韩井长尴尬地喝了一口水。

"昨天晚上打架的事情可能大家都知道了，无论原因如何，我都对不住大家！"我一边说一边站起来给大家深深地鞠了一个躬，"我要说一下，我们这个班的情况：我们班长李战友是从别的矿上退休过来的，局里有明文规定，不允许安排退休人员继续在局里就业。当然，如果他的能力确实强，我们也是欢迎的，但是，他每天上班晚来下班早走，使得我们班的纪律十分散漫，在三个班里每个月的掘进进尺，原煤产量都排在最后，发生的工伤事故也比其他班多。下班以后他还经常跑摩的赚外快，一来上班就睡觉……""你想怎么样？"我也豁出去了："接下来，我想当这个班的班长，怎么干呢？我刚才放在您办公桌上面的不是 700 元钱，而是 800 元，这也是我仅有的一点儿积蓄，权作是一个月的押金。我想当一个月的班长，确保这个月原煤产量拿第一，掘进进尺拿第一，安全确保无事故。如果上述三点做不到，我一分钱的工资不要，立马走人！"

井长办公室鸦雀无声，井长的脸色也涨得通红："你今天晚上继续上班吧，也不要有压力，至于你们班班长的事情我会考虑，但是我也要和几个副井长商量一下，今天不能答复你。”

十二

乌金的声音激越着古埙编钟的音响，一首耐读的抒情诗消解了迷茫和彷徨，一幅绚丽的水彩画辉映乌金的七彩霞光。倾听风镐与铁锹动情的合唱，那是经过眼泪与火焰迸溅出来的九万里长天的朵朵星光。在矿灯照亮的地方，矿工靠肩头汲取奋发向上的力量。沉积亿年的煤田，已不再寂寞，皮带的律动弹奏着激动人心的煤韵，传承着一种古老幽深的意象。矿灯照亮的地方，是海陆交替充满悲壮的地方，是乌金绽放欢乐的地方，是汗水湿透脊背的地方。我用汗水播种乌金的希望，沿着无路之路在荆棘中沥胆前行，乘着无舟之舟在煤海里劈风斩浪……

那是一个下三班的早晨，红彤彤的太阳照耀着窑工的脸，小鸟在原野里唱着欢快的歌。我跟着赵海生、老管，还有几个兄弟一起升井了。忽然井口办公室那里有人喊：“相华，你过来一下。”喊我的人是田姐，“老大在办公室叫你！”我望了望办公室，井长的车子已停在显眼的位置上了，这也是井上唯一一台“轿子”，据说是因为我们井的效益好，煤炭处专门奖励的，因为我所在的井是正科级单位，按理说不享受专车待遇。井长的办公室里有副井长，有田姐，田姐那时候已是工会主席了。还有两个副井长，一个是煤炭处任命的；一个是原来的班长，叫葛树青，是井长任命的。韩有金井长问了我一下最近的工作情况。我说：“除了正常上班，就是帮助井上写一些新闻报道。”韩井长突然问：“如果给你一个班能不能带？”我的脸忽地红了，浑身的血液也在沸腾，我一时不知道该怎么回答：“应该可以吧？”“能还是不能，坚定一点！”“能！”

“这样啊，你来我们井上也差不多两年了。你有才华，也很勤奋，这些都是咱们井上有目共睹的，从今天晚上开始，你到葛树青那个班当班长。小葛（葛树青），你安排一下。”紧接着，韩井长又给我讲了许多做人和做事的道理，还提醒我要以事业为重，不要把钱看得太重要。

我的压力并没有得到缓解，因为葛树青那个班有很多出了名的愣头青，有的还跟葛树青干过架，有的曾经是社会的混子，更主要的是那些人我都不熟悉。我做着最坏的打算，想着最好的安排。晚上二班，也就是下午4点到半夜12点，葛树青副井长和他带班的时候一样，开始点名，然后又和大家做了交代：“从今天晚上开始，咱们班由陆相华来带，大家一会儿下去一是注意安全，二是有事和陆相华商量，尽量配合工作。”说着，葛树青就离开了。我因为对人员不熟悉，所以也不好分配，只好说：“昨天大家在哪头干，今天还是按照昨天的干，有啥想法一会儿留下来单独谈。”大家看看我，我看看大家，好像他们的积极性不是很高，但是大部分人也还是下井了。当我从灯房子里取灯回来准备下井的时候，发现我们班的铁皮屋里还有灯亮。我一开门，果然有一个小子连工作服都没有换。

“你叫啥名啊？咋不下井啊？”“我叫王老五，来抽根烟！你把李战友打了，我也听说了。”“咋的？要干架啊？”“嘿嘿，不是，你可能不清楚，我在葛树青这个班从来不干活。外面有个叫王成的你可能知道，那是我大哥，我是老五。”王成是大雁矿区有名的混子，尽管不认识但听说过，去过几次“南山”（拘留所）。据说雁中市场的鱼只有王成能卖，别人要过去卖鱼，情面好一点的把鱼全部没收，情面不好的可以动刀。据说有一个邱老五就是因为这个，脸上留下了一道疤。“你啥意思？”“我一般都是上班的时候来报个到，月底过来领一下工资，原来葛树青当班长的时候就是这样。”我接过王老五的香烟，猛地嘬了几口：“这种事我还没遇到过，我也不敢答应你，但是我问你几个问题，你必须如实跟我说。”“那行，你说！”“你给我说出咱们班的人员都是干什么的，而且给我写出来，包括每个人的脾气性格。我保证你今天可以不下井，不敢保证你明天！”

从王老五那里，我知道了谁能顶头当小组长，有组织能力；谁能干掘进，给棚子给得好；谁能干回采，打眼放炮整得好；谁能推大车，板锹抡得好；谁力气小，能登钩、打点、翻绞龙；谁能在地面翻车……王老五说：“写我就不写了，你写得比我好，嘿嘿。”我把王老五说的全部记在一个笔记本上，并且给王老五念了一遍。他说：“对，就这么一回事。那我回去了？”“你今天可以回去，但是千万要等葛井长睡觉以后偷摸走。从明天开始，你必须给我穿上工作服下井，你干不干活我不管，但有一样，千万不要让我看见你没干活。我进来你就开始抄家伙干活，你不干活，我是没法给你记工的。”

十三

“矿灯的光芒，延伸着太阳；矿工的理想，向着地心无限的延长。矿灯走过长巷，走过掌子面，走进矿工心灵最隐秘的地方，照亮了意志，照亮了信仰，发散着辉煌，点亮了不朽的火焰，倾吐着幽幽的清香。信念扎根在煤的沃壤，魂灵在碳的心里激荡，这就是美丽，这就是辉煌，这就是我眼中煤的形象。我在你的眼前流连忘返，你在我的心中潺潺流淌，滋养了砖窑、钢炉和千千万万人的生活，靓丽了万里河山的无限风光。矿区那一盏盏流动着的矿灯，灿若天上点点星光，给大地带来静谧，给煤炭人带来吉祥……”

井架上的探照灯很刺眼，能穿透冰封土地和寒冷心境。第二天我基本上就可以胸有成竹地安排工作了。然而到最后，又有一个叫丁元发的家伙没下井。我从王老五那里了解到他是干掘进的，棚子给得好，现在干水巷，既累又脏还不赚钱，相对采煤来说太吃亏。丁元发跟我说：“原来回采那头的掘进是我们干的，由于马红武他们给葛树青送了礼，结果到了回采的时候，我们好好的掌子面愣是给撬过去了。我昨天就想跟你说。”我说：“这种情况我们原来那个班也发生过。井下的计件工资还是一年前定的，分配不合理的事情我早就想改一下了。”“老丁这样，我听说你喜欢干掘进，棚子给得好，还从不休班。大家养家糊口，出来混都不容易，现在干水巷哪个班都有困难。从今天开始，我保证你在我这个班的工资拿第一，否则你可以调班。我做不到这一点，我陆相华就不是人。”“话都说到这个分儿上了，我相信你！”老丁拉着我的手，眼泪都要掉出来了，非要给我50元钱，我说什么也没要：“你只管把活干好！”

看着弟兄们都下井了，我也戴上矿灯进了掌子面，先是到了回采的大窑。马红武正在打眼，看我进来了，赶紧把我拉到一边，从兜里掏出100元钱给我，说让照顾一下。“钱我不能收，你只管把活干好，以后呢，王老五就放到你们这头，你们带一带，我也帮一帮，干点儿总比不干强。”我又跑到溜子头，看见王老五和看溜子那个小家伙聊得正欢。这个小家伙的父亲在一矿出工伤去世了，他刚满 18 岁就安排到井下，井上特意安排干些辅助工作。“王老五，我让你去干回采，你怎么跑到这里来了？明天再随便溜达我割你工啊！”王老五看见我过来，赶紧跑到了回采面。推大车三个人和我原来的工种一样，他们三个还是比较按部就班的，早早地把车推回来等着装货了。因为没下雨，地面留下一个翻车的，储煤仓还有一个翻滚笼的，所有的人员都安排好了，我对班里的人员也逐渐熟悉了。一般都是两人负责掘进面，一人负责回采面；有时候是一人负责掘进面，两人负责回采面；一个班十来个人，一个井几十人。

日复一日，年复一年；周而复始，昼夜轮回。车掉道了，我过去帮助背一下；出煤的跟不上，我就进去帮助装一下。王老五看着我总到他们掌子面帮着装煤，也有些不好意思，一点一点也就熟悉业务了，尽管干的没有别人卖力，总还是下井了。有一次，他还请我到他家喝酒：“咱们井上没有一个人能整动我下井抡大板锹的，也就你陆相华，我就服你。”

月底了，井长把我叫过去：“你们班这个月的总体水平非常好，掘进第一，原煤产量第一，也没有出现安全事故，这一点值得表扬。但是也有问题，听说你的报工表和别的班不一样，采煤的工资原来比掘进的高很多，你们班采煤的反而比掘进的工资低呢？”我把井下的情况跟井长反映了一下：“如果不这样，工人们怨声载道，这个问题改不过来，大家的积极性都没有了。再说干水巷的人太遭罪了，回采那面还有溜子，如果工资再比不过回采，更说不过去啊！”“那也不行，必须有一个制度。从下个月开始，我们井下的计件工资基本按照你定的这个做。

我刚才已经写了一份材料放到财务那边去了，一会儿开会再通知一下。但是，你自作主张修改工资一事必须受到惩罚，这个月扣你1000元的工资，年底表现好再返还给你。你看可以不？”我改工资表这件事在小煤窑里引起了不小的震动。

“安全是煤矿的重中之重。”有一次上三班，也就是半夜零点到第二天早上8点。井长通知下班的时候，必须带两车煤上去。由于冬季地面取暖需要用煤，而平时都是走储煤仓，直接用皮带运输到三矿的。快要下班了，大家先是把工具扔到矿车上，看到没有超高，才可以打两下点往上运货的。现在这些窑工们也和我混熟了，有的想要蹬车，那样可以轻快不少。蹬车升井，原来李继福就干过，结果被风门子刮了，受工伤到现在还没有上班。有一个叫张永宽的，活干得好，平时和我关系也不错，他看看我的脸色，已准备蹬车了。我一急，实在是没有什么好办法了：“谁敢蹬车！”800多米长的巷道，我和大家什么也不说，呼呼地往上走。大约在距离地面200多米的地方，我们的矿车被风机给刮翻了，那次如果有人蹬车，百分之百被刮成重伤。可惜，不到一个月，张永宽在家里喝酒，突发脑溢血死了。几个月过去了，张永宽的老婆来了，井长叫人给她送一车煤过去……

十四

当天边的第一抹朝霞缓缓洒向矿区的土地，井口煤台上的麻雀开始欢喜跳跃，“叽叽喳喳”喊来了矿山的黎明。矿工家烟囱里袅袅的炊烟升腾起来,夹杂着甜蜜的饭香和幸福的滋味。在类似这样的夜里，我笔尖上的炉火正旺，辉映着岁月根部那些和我一起挖煤的同辈和晚辈，他们排成黝黑的钢铁队伍，每天擎着一轮太阳，向岁月的高度一步步迈进。最丰富的愿望在矿灯之上闪亮，最古老的祝福在矿灯心中生长。一盏盏经风历雨的矿灯把五彩的日子留给太阳，一部部血汗凝聚的乌金大书荡气回肠。挖煤是我的兄弟，写作是我的情人。从1998年开始，我除了每月有几篇新闻稿能够被电视台和报社采用以外，我的散文也陆续发表了。

“黑夜给了我黑色的眼睛，我却用它去寻找光明。”我是一个农民的儿子，父母为了供我们兄弟念书，把家里的车马卖掉了，把田地也转包给了别人，还欠下了很多外债。年迈的父亲为了还债四处打工。在经历了三次高考落榜以后，我终于禁不住母亲那愁楚的目光，“在一个鸡鸣舞鼓的时刻，我背上了流浪的行囊，带上了母亲的心愿，带上自己的希望，告别了家乡的山山水水和养育我的父老乡亲，踏上了去往他乡的行程：从锦州的砖厂到盘锦的芦苇荡，从北京的建筑工地到天津的锅炉房……为了生计，我当过乞丐，扒过车；为了寻找希望，我逛过人力市场……”这是我在《明月千里寄相思》中对我过往的真实写照。当时，我非常羡慕身边的大学生，因为他们考上了大学，有了工作，起点比我高，基础比我好，一种生存的危机感始终困扰着我。我要学习，学习，不断地用知识来武装自己和充实自己。我的寝室里除了一张床、一个碗、一套行李、一张桌子、一把椅子、一个电饭锅以外，唯独属于我的就是我的生命啊！

我的第一篇散文《路标》在《大雁矿工报》上发表以后，更激发了我的写作兴趣。记得我的散文《约一轮圆月，唱中学时空》在《大雁矿工报》青少年特刊上发表以后，有不少读者反映这篇文章的题目定得挺好，特别是那个“约”字。没人知道这个题目是我憋了三天才“憋”出来的。曾经有不少文友问我写作的诀窍，我说：“假如你付出的和我一样多，那么你收获的一定比我大。”当时工业处团委书记张卫泽同志曾以《陆相华印象》对我进行了专访，文中提到我第一次送稿子的情景。我不承认自己有什么才华，我在高中的时候是读理科的。我的文章只是我的一段段心路历程，在报社编辑的指导和帮助下才得以变成铅字。我的散文《路标》《星星点灯》《因为梦着我的梦》《河水弯弯》《花开花落》《明月千里寄相思》《九月九的酒》《往事如歌》《母亲的脚步》……实际上都是我走过的路，走的时候很苦，回味起来很甜，每天写作到晚上十一二点，也是常有的事情。

“火把虽然下垂，火舌却一直向上燃烧。”人，无论在什么位置，无论多么贫寒，只要一颗火热的心在，只要能热爱生活，上帝对他就是平等的。作为一名劳动者，不要把不幸当作负担，要做生活的主人，毕竟生命只有一次。其间包含着青春的激情、痛苦和失误，包含着劳动的汗水、人生的辛酸和对这个冷暖世界的复杂体验。我感谢我所生活的这个充满戏剧性的时代，也感谢与我生活在同一时代的人们。所有这一切历史构成，都给我提供了一种人生的契机，使我意外地有可能如愿从事自己钟爱的文学事业，将自己的心灵和人世间无数的心灵沟通。

1999 年年底，我所在的小煤窑被并入了第三煤矿，我也从井下调到地面，专门从事文职工作，然而我的工资却只有在井下的一半。2000 年我买断工龄来到了上海，也就是在那一年年底，我所在矿区的第二煤矿发生了重大瓦斯爆炸事故。值得欣慰的是，我在煤矿收获了完美的爱情，现在有一位温柔贤惠的妻子，我的女儿也已就读上海交通大学。

中国当代著名作家路遥在《平凡的世界》的后记中这样写道："我庆幸降生在这个伟大且值得自豪的国度。它深厚的历史文化，辽阔的疆土和占地球的五分之一的人口，使得其间任何人的劳动都能得到广大的支持。无论我们曾经历了多少痛苦和磨难，且还将要面对多少严峻考验；无论我们处于何种位置何种境地，我们都为能服务于伟大的祖国和如此众多的同胞而心甘情愿地献出自己毕生的精力和才智。我们只能永远把艰辛的劳动看作是生命的必要，即使没有收获的指望，也心平气静地继续耕种。"1995 年冬天，我从辽宁盘锦割苇子回来的路上，在锦州汽运站转车的时候买了一本路遥的《平凡的世界》，看完这本书之后，我义无反顾地来到了北疆大雁北城。二十多年过去了，路遥的《平凡的世界》就像我人生道路上的一盏矿灯，点燃了我希望的生命之火，激励我不断前行……

（2020 年 5 月于上海）

岳母娘曾召兰一生生了七个孩子，她相夫教子，孝敬公婆，为人随和。岳母娘对每个姑娘、姑爷都一样，我已经有五六年的时间没有看望她了，她每次打电话都关心我的身体，还特意嘱咐我家老五，有事让着我一点……

岳母娘和她的七个孩子

岳母也是娘，我的父母过世多年，岳父也早就不在了，我的双亲里面只剩下耄耋之年的岳母娘。岳母娘名叫曾召兰，属龙，今年 83 岁。岳母娘从小没进过一天学堂，目不识丁，但有着豁达的胸襟、仁慈的个性，从不与人争高论低，在左邻右舍、亲朋好友中，有着很好的口碑。

一

爱妻姓张，排行老五。岳母娘嫁到张家之前，家境并不富裕，算是朴素人家。而张家住在乡直，日子相对富裕。俗话说，“三十年才能熬出一个村头。”下大队的姑娘能够嫁到乡直，是农村姑娘做梦都在想的事情。岳母娘的父亲，也就是爱妻的姥爷，曾带着姑娘曾召兰到张家相过门户。那时候的张家小伙，也就是我后来的岳父，工作是给乡里开汽车。20世纪六七十年代，一个乡也就两三个开汽车的司机，那是一个让许多人都羡慕的职业。相过门户之后，岳母娘的父亲老曾头便开始和女儿商量婚事。

岳母娘当时也和老曾头有过争论："爹啊，老张家可是大户人家，我怕是伺候不了人家啊！""你说啥？这门亲事就这么定了，如果你反对，我明天就死！"当爹的都说到这分儿上了，曾召兰根本不敢违背，只有从命。

岳母娘曾召兰嫁入张家以后，便开始了她相夫教子的生活。岳母娘的婆婆是那个年代比较有文化、有思想的老太太，暂且就叫张老太。张老太生了两个儿子，老大就是我的岳父，老二就是叔岳父。岳父学开车，成了乡里有名的汽车司机；叔岳父学医，后来自办中医诊所。这在当时，乃至现在，都不算是落后的职业。

岳母娘曾召兰在孝敬公婆的同时，为张家生了七个孩子。大姐、二哥、三姐、四姐、老五、老六、老七。

二

因为叔岳父学过中医，当时乡直医院有一个名额，大姐出嫁前进了乡医院做护士，主要是做X光透视。由于大姐端庄秀丽，勤劳能干，在医院里的口碑不错，赢得了乡直医院院长儿子的青睐。但可能是因为年龄小，对感情比较懵懂，错过了一次机会。听妻说，因为院长的儿子是城镇户口，如果两个人能够结合，大姐的命运将得到改变。最终，因为自己没有城镇户口，大姐离开了医院，赋闲回家。因为大姐曾在医院工作，气质显得超凡脱俗，追求的人也不少。

正好当时有一个和岳父学开车的年轻人，名叫“郑二”。郑二很会来事，经常跟岳父“张师傅，张师傅”地叫着。郑二看到大姐长得漂亮，也经常对大姐献殷勤，最后还托媒人提亲。大姐当时如果能够和郑二结合，日子肯定也差不到哪里去。当时岳父对郑二并不反感，主意还需要大姐自己拿。因为大姐很务实，说“郑二有点嘴大”，结果也就无疾而终。

最后，大姐选择的人生伴侣姓秦，名继坤。老秦，我的大姐夫，年轻时候大眼睛、双眼皮，说话办事干净利落。因为岳母娘家有七个孩子，大姐夫跟大姐还没结婚前来岳父家，一般都要准备两挎兜的糖，少了不够分，小姨子多，一个个地总要：“大姐夫，还有没有糖了？”大姐夫就从兜里往外掏：“有！”老秦家在农村养奶牛，当时的日子并不困难。

俗话说：“嫁鸡随鸡，嫁狗随狗。”大姐刚结婚的时候，就开始和老秦一起上山放牛。放牛回来还要给牛挤奶，孝敬公婆，当时家里还有两个小姑子需要照顾。也许是大姐曾经在医院里当过护士吧，对于干这些活并不外行。虽然苦点累点，但因为当时养得起奶牛的人家都比较富裕，老秦家不缺钱花。两人每天起早贪黑，日子就这样行进着……

三

大姐出嫁以后的这些年，岳父平时的工作就是给乡里拉煤，给供销社拉东西。因为岳父开车技术好，不管哪个单位拉东西，都愿意用他的车。也许是近水楼台先得月吧，张师傅拉什么，家里就有什么：张师傅家不缺汽油、张师傅家不缺钢丝绳、张师傅家不缺扳子、钳子、锤子、斧子、菜刀、盘子、碗……妻说，那些年岳父给供销社拉年货，偶尔有糖果、冻梨拿回家中，尤其是冬天用花篓筐往家里弄冻梨，让她回味至今。

当然，也有艰难的时候。有几年的冬天，岳父被乡里派到林区去拉木头，一去就是几个月，吃住在外面。因为走盘山道，路窄，还有积雪，开车司机很危险，稍有不慎，就会翻车。岳母娘带着一帮娃就像老母鸡带着一群小鸡，没有个依靠，每天都是提心吊胆。岳父是那些司机里的佼佼者，遇到路不好走的时候都去找他。因此，每一年春节岳父放假的时间都是最晚的。中间偶尔会有人捎信回来，要么就是给张师傅带些东西过去，要么就是张师傅往家里捎些东西回来，又或是给家里报个平安。一提到张师傅，岳母娘和一家人都提心吊胆，生怕有什么意外。总之还好，岳母娘每次听到的消息都是平安无事。

俗话说："老子英雄儿好汉。"大姐出嫁以后，二哥也到了谈婚论嫁的年龄。受岳父的影响，二哥也开得一手好车。据说二哥相对象的时候，就是自己开着父亲的汽车去的，穿着一身干净的劳动服，简直太帅了。因为对头亲家本就认识，又加上二哥会开汽车，亲事很快就定下来了。妻说："当时给二哥介绍对象的人太多了。"二哥的对象当时没有工作，他岳父老周头是乡里的一名老教师，二哥的小舅子周永杰也是教师，还有一个妻妹叫周丽。老周头退休工资高，和岳父也投缘。二哥结了婚之后，两家走动频繁，老周头经常到岳父家喝酒，就像回自己家一样。岳母娘带着这些孩子们也不厌其烦地伺候着，关系处得相当融洽。

四

因为岳父在外面开车，和粮店的关系比较熟悉，他们家的日子还是比较富裕的。岳父还经常通过关系往家里拉一些薄糠、麦麸子之类。妻说：“别看我们家人口多，从来就没有挨饿的时候。”20世纪70年代，岳母娘家每年都能杀一口二三百斤的肥猪。他们家房前屋后种满了黄瓜、豆角、西红柿。因为岳母娘不是城镇户口，他们家还有几亩薄地，岳父经常带着这些孩子们去地里拔草，把家里家外打理得板板正正。

秋天是收获的季节。妻说：“有一年小麦收获了，我爸搞了一台康麦因进行收割，那一年我们家吃上了白面。”妻还说，“虽然人口多，那些年我们家的谷子都能存到一两千斤。”

二哥小的时候就体弱多病，又不愿意读书。因为看电视剧看多了，别人上课，他就背着书包逃课，到外面沟边去模仿电视剧里的动作。也就是在二哥十五六岁的时候，脑袋突然不好使，全身瘫痪。妻家在齐齐哈尔富裕县红星乡，要想治疗这种病，当地小医院是根本没有办法的，必须到齐齐哈尔市医院。为了保住这个命根子，岳母和岳父开始商量筹款，最后商定把家中的小米全部卖掉，又从乡里的榨油坊带了10斤大桶的豆油准备求助于齐市的亲戚帮忙找个好医院、好医生。妻说：“我爸我妈可谓是破釜沉舟。”就在这时候，妻的奶奶张老太说话了：“你们这么整，日子不过了？”岳母娘也是过门以来第一次顶嘴：“不过了！”

那一年是1976年。岳父岳母扶着他的宝贝儿子，带上钱，带着油，把“生”的赌注都压在了去往齐齐哈尔的列车上。妻说：“在我们远房亲戚的帮助下，二哥后来在齐市医院进行了脑穿刺，开始是昏迷不醒，接着能说饿了，最后能够下地行走，也真是创造了生命的奇迹。”妻说，那一年他们从齐齐哈尔回来的时候正赶上毛主席逝世，从齐齐哈尔带回来了冰糖葫芦……

五

妻的奶奶张老太是一个小脚老太，头上盘着一个干净利落的发髻，手里拿着一个半米以上的烟袋，思想前卫，不干活，整天出去串门子。临出去前总是不忘跟老张头儿说一句：“老头子，今天中午煮苞米大馇子！”老张头儿便温顺地答应着不敢违抗。前面提过了，她一生最大的功绩就是安排好了两个儿子的工作，大儿子（我岳父）开车，二儿子学医。两个儿子的工作，在那个时代是她炫耀的资本，也确实值得炫耀，比起现在供儿子上大学还能光宗耀祖。

老张头儿去世以后，张老太对两个儿媳更是百般刁难。妻说：“我奶刁到什么程度？我妈这边马上准备做饭，她突然串门子，而且趁你不注意，专门到你熟悉的人家去。等她回来后，不是说饭凉了，就是说你不孝顺，反正是以各种理由刁难。你如果和她解释，她就说你不孝顺。那时候，我们家距离乡政府也近，我奶闲着没事就到乡政府告状，说我爸我妈不孝顺，有时候还找人写材料。”我问：“你爸你妈咋办？”“那能咋办？她竟然趁着我们不知道偷着去，你能挡得住吗？”

妻说：“乡政府的人和我爸都认识，也知道我爸我妈孝顺，每次我奶去乡政府，都被那里的人给打发回来了。去的次数多了，人家乡政府的人说，‘张师傅老妈又来了’，把我爸我妈气得不行，我妈的病都是那时候气的。那时候就我不怕，我和我奶对着干，问她我妈哪里不孝顺了。我奶知道我厉害，有时候白我一眼，说我厉害，赶明儿个嫁人没人要。我说没人要我就不嫁。我奶不吱声了。”

张老太去世之前，就把自己该准备的东西都准备齐了，棺材是最好的，衣服也是找人做的最好的，棺材里面还像皇上一样铺了一块黄布，准备得非常隆重。妻还说，那个年代，她奶去世时兜里揣着500多元钱。她们家的姐妹都随她奶，长得好看，而且还厉害。

六

“大孙子，大孙子，爷爷奶奶的命根子。”二哥结婚不久便给张家生了一个儿子，取名海超。因为张家男孩奇缺，张海超的诞生，给张家带来了无穷的快乐，海超就是张氏家族的宝贝。二嫂除了负责喂奶以外，几乎所有事情都让别人负责。张家添丁以后，三姐也到了谈婚论嫁的年龄。

二哥结婚那些年，也就是大姐张淑清他们养奶牛那些年，三姐经常到大姐家去帮忙放牛挤奶。在放牛的日子里，三姐认识了一个放牛娃，与他情深意笃。大姐和大姐夫没啥意见，通过一定的渠道把这件事通报给了岳父。可能是因为那个放牛娃家里太穷吧，要么就是岳父太保守，反正这门亲事后来不了了之。后来岳父又托媒人在下面大队给三姐找了一个尚姓人家。时间不长，三姐就出嫁了。妻说：“三姐最有人情味，每次回来从不空手，总给我们买点儿东西。”

三姐结婚不久后生了一个男孩，妻说：“三姐人长得好看，干净利落，衣服总是洗得发白，屋里屋外收拾得特别有样儿，小孩尿布都是一天一洗。”

不知是因为家庭环境复杂，还是别的什么原因，三姐嫁人以后，一直有一种解不开的情结，用现在的话来说，就是抑郁症，有点类似内蒙古大草原“诺恩吉雅”的故事。终于有一天，三姐把自己收拾干净，把院子打扫完，还给孩子喂完了奶水，便投河自尽了。最后人们在村子的桥头旁发现了一些衣物，还有一封遗书。妻说：“下边大队来人报信，我爸、我妈、二哥，差不多有一个四轮车的人赶了过去！我们到的时候，三姐已经被打捞上岸，用一块布盖着……”

一晃三十多年过去了，三姐家的孩子现在已经长大，在齐齐哈尔市打过工，也在天津开过饭店。前些年我们回内蒙古的时候聚过一次，很白净的小孩。妻说：“这小孩模样长得和他妈一样一样的。”那小孩总是缠着妻说：“五姨、五姨，你给我讲讲我小时候的故事。”

七

有了三姐的前车之鉴，四姐的婚姻父母没有过多干涉。四姐结婚前曾经在县城里学裁剪，婚后嫁到了富裕县的种畜场。种畜场虽然不是县城，但也不算农村，当年经济比较活跃。妻说：“四姐出嫁的时候很风光，费家也有实力。在那个年代四姐夫就有一个‘212’（吉普车），家里还有拖拉机青铜耙。日子过得红红火火。”妻还说：“四姐夫那时候开着‘212’到我们家来很是气派，爸就找四姐夫要钥匙，开着四姐夫的‘212’兜一圈，然后说这车真好！四姐夫他们一来，我爸就开始给他们张罗着找麻将。”

日子平静地度过，忽然有一个政策说吃商品粮的可以接班。张氏家族七个孩子中一男六女，让儿子接班再正常不过了。据说当时岳父还不到退休的年龄，后来托了一些关系，让二哥顺理成章地进了大修队。妻说：“我爸退休以后，经常到机管站门口去，那里有修鞋的、下棋的、钉马掌的，干啥的都有，最主要的是二哥他们上班的大修厂也在那边。”

岳父退下来变得很清闲，没事就到市场去买点儿吃的，惦记着哪个姑娘回来了。妻说：“我爸有一次到离我家几里的地方去钓鱼，还在那边搭了一个窝棚，带上米面和油盐，住在那里了。我妈问他，咋的啦，不过了？我爸说，不是，他就是喜欢这种感觉，没别的意思。有一次，正赶上下大雨，我和文（老六）就去找他，发现河边的水已经漫过了坝堰，路不好走，我们弄了满身的泥巴，终于找到我爸了。我爸的小窝棚里湿漉漉的，根本不能住人。水桶里的水早已用完，做饭的时候，起火用煤油炉子，钓上来的鱼就用老哈河里的水煮……我们帮忙把他的东西收拾好，一起回家了。”

平日里，岳父还喜欢侍弄园子，他们还在园子里扣上了大棚，他们家的菜总是别人家先吃到嘴。由于自己家的东西多，姑娘也多，院里院外都弄得严严实实的。那时候没有手机，谁家的车子坏了，没油了，谁家缺个农具了，都要求助于张师傅。妻说：“有时候半夜或者起早就有人来找我爸。我们家黑色的大铁门被人敲得咣咣响。来人不是找我爸去修车，就是借钢丝绳，我们的心被敲得怦怦的……”

八

妻排行老五，我和她是后来在矿区认识的。妻说她小的时候喜欢运动，因为家门口是土路，下雨后的车辙被太阳一晒，不但不平整，还很坚硬，有一次，趁着大人不注意，一下子跑拽了，至今她的右胳膊还有毛病，平时一般人看不出来。妻说她们家挨着学校，她平时喜欢打篮球，很想参加学校的运动会，只是父母因为她从小摔了跤，不让她参加。妻说读初中的时候她喜欢和男生干架，有一次还把一个男生的嘴打豁了，老师让他们几人到前门去站着，她不服气地说："站着就站着！"

妻说她原来在娘家的时候帮助家里卖菜，卖水果，卖麻花。然后，用自己做生意的钱买了一块布，找四姐做了一件三开领的上衣，那时候很时髦。学校的老师特意找她帮忙也做了一件。

妻还说她读书的时候家里不太管学习，但自己喜欢上语文课。她还经常给我背诵《从百草园到三味书屋》："不必说碧绿的菜畦，光滑的石井栏，高大的皂荚树，紫红的桑椹；也不必说鸣蝉在树叶里长吟，肥胖的黄蜂伏在菜花上，轻捷的叫天子（云雀）忽然从草间直窜向云霄里去了。单是周围的短短的泥墙根一带，就有无限趣味。油蛉在这里低唱，蟋蟀们在这里弹琴。翻开断砖来，有时会遇见蜈蚣；还有斑蝥，倘若用手指按住它的脊梁，便会'拍'的一声，从后窍喷出一阵烟雾。何首乌藤和木莲藤缠绕着，木莲有莲房一般的果实，何首乌有臃肿的根。有人说，何首乌根是有像人形的，吃了便可以成仙，我于是常常拔它起来，牵连不断地拔起来，也曾因此弄坏了泥墙，却从来没有见过有一块根像人样……”

妻还能背诵《草原》《卖炭翁》，大段大段地给我背诵。她有时候还能够背诵我写的文章，背完之后，哈哈一笑。

六妹的老公是呼伦贝尔大雁矿区的一位土建工人，他们结婚的时候在矿区举行的婚礼。他们的公爹是一位退休教师，家风淳朴，日子过得也不错。

九

岳父从单位退下来以后，身体一直不好，打不起精神，最后去医院确诊为尿毒症。现在尿毒症还可以透析，当时得了尿毒症，基本就是没治。岳父有事没事自己用炉子熬点中药。再后来，岳父临终的时候，他在牙克石的弟弟过来看他，哥儿俩握着双手痛哭，讲述他们小时候的故事。妻说：“我爸去世的时候，村里的周大爷、李叔他们都来了，站在我爸的灵棚里哭。那时候我家养了一只大狗，平时有动静就叫，它知道家里出事了，来了那么多人，摇着尾巴，一声也不叫唤。有一次，我看到大狗也流下了眼泪……”

岳父去世以后，二哥上班的大修厂也经营不下去了，他们家把乡直的大平房卖掉去了乡下。而此时大姐、大姐夫一家的公婆也相继去世，他们家也把老宅卖掉了，搬到大庆卖水果，过上了“城里人”的生活。岳母娘的老姑娘（我的小姨子）通过大姐的关系，也来到了大庆，和母亲一起在大庆租了一间房子。整个家族就像是一盘散沙，随着家庭的变故和时代的变迁而各奔东西了。此时的老五（我的妻子）与前任丈夫离婚了，也来大庆和老太太她们住在一起。

妻说，那个时候在老妹她们的帮助下，老妈帮忙带孩子，她去新村美容美发学院学了理发。而就在此时，老妹又通过考试，进入了公务员的编制。其间，老妹在大庆处了一个对象，也就是在这时候，大姐家的晓蕾长大了，到大庆的中央商城上班；大姐夫也开始到电影院给别人放电影。

老妹结婚了，当时的婚礼非常隆重，新郎官是从俄罗斯留学回来的大学生，婆家的社会地位也很显赫。就这样，岳母娘的七个孩子，除了老五离婚以外，其他全部成家了。又过了不久，老五学习美发也已毕业。因为大庆开店的成本相对较高，老五又带着孩子来到了老六所在的大雁矿区。老五在大雁矿区开店的时候，季节已经到了深秋，后来便认识了我，我也曾在《相识在晚秋》一文中记录了我们相识相爱的那段美好时光。

而此时的岳母娘又回到乡下，去和他的儿子儿媳居住了。

十

矿区六妹家的小孩有五六岁、老五家的小孩也有七八岁，需要有专人来照顾，于是六妹把岳母娘接到了自己家里。由于矿区发展不景气，老五的理发店生意也入不敷出。

2000 年，我在矿区买断了工龄和老五一起来到了上海。就是我们在上海的这几年，四姐、四姐夫他们因为种畜场生意不好，也来到大雁矿区。六妹当时先开了一个小卖部，后来又开了一家粮店。岳母娘跟着六妹在粮店里照看，六妹负责卖粮、送粮。四姐、四姐夫他们开了一个摩托车修理部。四姐还在街里开了一家裁剪店，大家为了生计都各自忙碌着。岳母娘穿插其中，不是看家，就是帮忙做饭，反正一天不轻巧，总跟着忙碌着。

突然有一天，二哥打电话说二嫂的肝癌已经到了晚期，家里没人照顾，需要岳母娘回去。岳母娘就像是一名刚毅的战士，平常时候看得出来、关键时刻站得出来、危难关头豁得出来，哪里有需要她就到哪里，哪里有困难她就服务到哪里。我们家小孩出生的时候，她还来上海照顾了几个月。

那一年正是四川地震，妻和孩子一起回到了齐齐哈尔的农村去二哥家看望二嫂。二哥他们那里我去过一次，低矮的房子，全是泥土路，每一户的院子都不是很大。二哥家那些年的日子，是一年不如一年。妻回来说，二嫂那人才刚强呢，不打针不吃药，疼了用枕头垫着，坐在炕上和一帮人打麻将，面对生死非常乐观，她说："我知道我没几天活头了，就等你们回来呢，四川地震没病还死了那么多人，别说咱们有病了。还花啥钱啊，你们回来二嫂就高兴了，不然以后你二哥和海超他们这日子咋过啊？"

岳母娘帮着屋里屋外忙碌着，陪着儿媳妇度过临终的每一个日日夜夜……

十一

岳母娘走到哪里，哪里就是家。二嫂走了，岳母娘又回到了大雁矿区。没过几天，二哥把老家的房子卖掉，也来矿区了。每年暑假，这些姑娘们拖孩带崽都往这里跑。二哥来到大雁矿区以后开始帮六妹家送粮，二哥的儿子海超开始给别人开大车。

这里说一下二哥，二哥在大修队的时候也辉煌过一阵。二哥跟我说，那时候单位组织旅游，到黑龙江五大连池，吃手把肉，他当时不吃羊肉，同事们说这手把肉你要是不吃，这次旅游就白来了。从那以后，他也开始吃羊肉了。我和二哥的关系不错。有一次别人欠我200元房租，收回来之后，我直接给老五了，他把我说了一顿："那钱你还给老五干啥？自己零花钱也得留点儿。"二哥这样一说，我还挺不好意思。他还跟我说起小时候撸兔子、粘鸟等好多故事……

二哥从小做过穿刺，临来大雁矿区之前，还得过一次肾肿瘤，良性，开了一次刀；后来又得了一次肿瘤，来到上海长海医院、瑞金医院治疗。虽然是良性肿瘤，但是长的位置不对，肿瘤正好挨着一个动脉血管，医生不敢手术。在医院治疗也没有什么效果，便回家了。回到家，二哥仍然帮六妹家送粮，也不向六妹要工钱。没事就跑到六妹粮店隔壁的麻将馆，输了，麻将馆老板娘就找六妹埋单。二哥的毛病主要是低血糖，血糖一低就得喝高糖进行补充，不然马上休克，还要叫救护车。二哥那时候和我的岳母娘住在一起，岳母娘看到儿子这种情况有时候也黯然落泪。

这样的日子没有坚持两年。有一次二哥的儿子海超瞒着奶奶说二哥要回老家治疗，说那里有大病报销。岳母娘也将信将疑。又过些日子，海超回来了。岳母娘问："你爸呢？"海超说："没了。"岳母娘仰天长叹，泪落如雨："我知道就回不来了！"

二哥生病期间，海超还处了一个对象，后来也结婚了。二哥虽然没看到孙子，但好在看到了儿媳妇……

十二

二哥去世以后，六妹的粮店准备转让了。这时候，大姐家的姑娘已经出嫁，大姐、大姐夫在大庆靠着放电影也存不下钱。于是，六妹就把自己的粮店转给了大姐和大姐夫。而六妹听说养狐狸赚钱，六妹夫也从矿上办了退休，一家人在矿区的东山办起了狐狸养殖场。收入好的时候，每年能赚二三十万，差的时候也有十几万。而今，受到市场行情影响，六妹家又做起了别的生意。

大姐夫老秦和大姐开始经营六妹转让的粮店，他们改变了原有的经营思路，不卖伪劣和价格低的粮油，改卖正品、高端的粮食，价格也相对较高。再加上老秦专人送粮，联系客户，他们吃住在粮店里，成本又降下来一些。老秦干净利落，大姐干活有模有样。老秦做过生意，善于见啥人说啥话，生意很快就好起来了。老秦接手粮店的时候，岳母娘就开始自己租房子住了。每年暑假，这些大部队回家，先是在岳母娘那里集合，吃过晚饭后，就开始到老秦的粮店门口集合。岳母娘的身体依旧健朗，兜里揣上香烟，穿上姑娘们买的新衣服，精神十足。

这样的日子继续了两年。这期间，海超带着媳妇在海拉尔经营着一家象牙雕刻小店，也有了孩子，生活过得不错。

有一年冬天，老秦说是天气太冷，腿疼得受不了，以为是风湿，吃了一些不疼不痒的中药，后来也没见有什么效果。再后来，他浑身鼓包，长了不少瘤子，今天到医院割一个，明天到医院割一个。终于，老秦的粮店开不下去了。老秦带着开粮店的钱回到了老家齐齐哈尔，和女儿一起干起了收粮卖粮的生意。这期间，老秦还是赚了一些钱。然而，肿瘤这东西毕竟不是好玩意儿，后来，老秦的肿瘤开始扩散，住进了老家的医院。

老秦为人实在，有一次借了我500元钱，还我的时候还带了点儿利息。我说本金给我已经很好了，那点儿利息说什么我也没要。老秦和二哥一样，都没活过60岁，便早早地离开了这个世界。他去世以后，大姐就住在姑娘家了。

十三

近两年，岳母娘说自己有时候糊涂一阵，明白一阵，已经不能自己照顾自己了。而这时候四姐、四姐夫一家也离开了大雁矿区，投靠自己的姑娘去了。四姐家的姑娘毕业后被分配到了鄂尔多斯，四姐他们也跟着姑娘在鄂尔多斯买了房。距离岳母娘最近的只有六妹，六妹让老太太上她家去住，老太太不去。于是大家商量，说给老太太雇一个保姆。岳母娘一听说要雇保姆，说什么也不同意:“我雇那玩意儿呢，万一丢东西怎么办？”岳母娘这下可把姑娘们难住了。

经过几轮商议，几个姑娘决定轮流伺候。像我们在上海距离老家太远的，每年也要回去伺候一个月；离得近的，少则三个月，多则半年。开始老太太住在大雁矿区，后来住到牙克石的高层电梯房，再后来又到大庆，不管老太太到哪里，伺候自己的都是自己的姑娘，或者孙子、孙媳妇。

暑假又到了，岳母娘家今年的聚集地在大庆，也就是他们当年散伙的那个地方。我家的老五，带着我的女儿已经先期抵达；孙子、孙媳妇，带领着老太太的重孙子，在前几天抵达；

鄂尔多斯的四姐、四姐夫、四姐的女儿冬冬，还有冬冬家的小孩，一行四人已于近日抵达；大雁矿区的六妹带着女儿已于近日抵达，还有在外学习的老五家的儿子，也于近日抵达。大姐现在已经60岁开外，如果身体无恙，也将于近期抵达。

昭昭日月，悠悠兰香。岳母娘曾召兰一生生了七个孩子，她相夫教子，孝敬公婆，为人随和。岳母娘对每个姑娘、姑爷都一样，我已经有五六年的时间没有看望她了，她每次打电话都关心我的身体，还特意嘱咐我家老五，有事让着我一点。岳母娘送走了她的父母，送走了她的公婆，送走了她的老伴，送走了她的三女儿，送走了她的儿媳，送走了她的儿子，送走了她的大姑爷，她已经到了风烛残年。就让上天福佑她长命百岁，岁岁平安吧。

（2022年7月于上海）

肆

第四部分

父母留恋的老屋、土地中挣扎的乡邻、漂泊在外的游子，无论坚守或逃离都是抹不掉的记忆、难以割舍的乡愁。漂泊在外，故乡才是根。

五大爷是村子里不多的“老私塾油子”，我小的时候，他经常在我们家里写对联，还认真地教我们写毛笔字。还有一些“之乎者也”的四六句子也能出口成章。他在教人写字的同时，也教我们怎样做人做事。

我的五大爷

人的一生，说长不长，说短也不短。茫茫人海，芸芸众生，各有各的角色，各有各的活法，各有各的人生。持浓烈人生哲学的，应该是积极进取的人生态度；但执着于恬淡生活之人，也不能因此说是消极颓废。奋斗者可敬，进取者可钦。但是，从容而不急切，自如而不窘迫，审慎而不浮躁，恬淡而不凡庸，未尝不是另一种积极。人生在沉浮之间，才能将如来生命的本然萃取而出。

五大爷的人生显然属于后者。

五大爷的大名叫陆书生，由于我们家族的成分是地主，“文化大革命”期间怕株连，就把中间的字改掉了，改名叫陆振生。也正因为如此，我的父亲，还有五大爷的几个叔伯弟弟，也顺着我的五大爷，把中间的字号也都改为“振”字。比如我的父亲叫陆振玉，我的七大爷叫陆振荣，我的八大爷叫陆振铎，我的九大爷叫陆振堂。除了我的母亲目前还在人生的道路上一步一步地蹒跚，我的五大爷算是我们陆氏家族中最长寿的男性。他今年 88 岁。

五大爷的一生是很有才华的。听父亲说，他在那个年代就开始当老师，后来又通过考试进了银行。然而，由于生不逢时，他最终还是务了农。五大爷敢于面对一切生活，他从没有放弃自己的人生。既然务农，他也踏踏实实地在家种地。别人耕种，他也耕种；别人锄地，他也锄地；别人施肥，他也施肥。他说：“即使你不懂但只要跟着别人干，最终也差不到哪里去。”有一次，我和五大爷在一起收割小麦。时值正午，太阳火辣辣的，我们从家里带的水很难维持到太阳落山。就是在这种情况下，五大爷竟然看看水桶，奢侈地把水倒在脑袋上一些。我有些不解，他说：“这样防止中暑！”

五大爷是村子里不多的“老私塾油子”，我小的时候，他经常在我们家里写对联，还认真地教我们写毛笔字。还有一些“之乎者也”的四六句子也能出口成章。他在教人写字的同时，也教我们怎样做人做事。

五大爷一生中没有子女。他和我父亲还有我的七大爷是亲哥们儿，所以我们家的三兄弟就像五大爷的亲儿子一样。我们小的时候惹了祸，五大爷家就成了最好的避难所。五大爷没有儿女。由于六大爷和七大爷去世比较早，家族成员商量，将六大爷家的女儿还有七大爷家的儿子过继给五大爷，五大爷才有了儿女。后来五大爷家的姐姐出嫁，儿子又在前几年过世，五大爷就开始跟着孙子过日子。

去年 8 月份，我从上海回老家。刚吃过午饭，就想着要去看望他。我刚到五大爷家的外门口，就看到一个老人趴在地上，边上有根拐杖。正午的太阳照在这个老人的头上，他浑身都是土。当时，我还以为这人是要饭的，可仔细一看，这不是我的五大爷吗？我连忙把他抱起来，问怎么回事。原来是他中午在大门口乘凉，不知不觉，太阳就转到了跟前，刚要往起站时忽然晕倒！五大爷说："黑呀（哎呀），咱爷俩儿真是有缘啊，上万里的路，你赶到家救了我一命。这回我活到 90 岁应该没问题了。"

我扶着他尝试着一步一步地往屋里挪，从大门口到屋门口不足 20 米的路程，我们俩整整走了将近 1 个小时。刚走到屋门口的时候，天空骤然下起了大暴雨。这时候，五大爷的孙媳妇也赶了回来，五大爷的心情逐渐恢复平静。

我们家的东面有一条大沟，五大爷家在沟的那一边。我的父亲是三年前去世的，记得我父亲要去世的时候，五大爷每天都是从沟边的一条小路过来看望他。我们都很担心他，后来才发现五大爷在小路上放了一些人们扔掉的有颜色的破烂衣服。他正是看着这些东西走来走去的。五大爷说："自从你爸去世，加上你们那个房子一卖，我就不过去了。这几年我几乎就不出屋了。"

在我的记忆里，五大爷一直是一个很能说的人。我从来没有看他赌过钱，哪怕是一角钱的输赢。五大爷是一个很爱干净的人，五娘去世以后，他自己拆洗旧棉被，自己缝补，反复使用！五大爷是一个有素养、有礼貌、有文化的人。他从不讨人嫌。

今年 8 月份，我从上海回老家度假，由于时间仓促，我只在家里待了几日。其间我到五大爷家看望他，看他气色还不错，我给了五大爷 200 元钱，五大爷收下了。他让我再待一会儿，由于家里有人，我便告辞了。

也就是在我回上海刚刚两个礼拜的时候，哥哥打电话说："五大爷这几天不吃东西了。"哥哥还说，"由于怕麻烦家人，五大爷最后不吃不喝也不说话。"就是在今天 2013 年 8 月 23 日早上 5 点多，我收到哥哥的短信：五大爷于昨天早上 9 点钟去世了。

我沉思了一会儿，给哥哥回复了：沉痛哀悼！

（2013 年 8 月 23 日于上海徐家汇）

我在祭拜完太爷、太奶、爷爷、奶奶、大爷、大娘的坟头之后，又看到了一个新坟，那就是我放羊的哥哥。他去世的时候还不到60岁。我走到了他的坟头，拿起一沓厚厚的烧纸，用火柴点燃，纸钱瞬间在空中飞舞。那燃烧的火苗就像是放羊哥哥在向我招手，似有似无，似醉非醉……

放羊的哥哥在山坡

我的脑海里经常会出现这样一幅画面：一个人赶着一群羊，从八家火车道南的山坡上，顺着赶牛道飞奔而下，冬日的暖阳照在那个人的脸上，黑里面透着红，红里面透着黑，就像是一个似冻非冻的苹果，让人喜欢。人和羊一路狂奔，那个人的帽子歪戴着，皮袄也敞开了怀。路过村庄的时候，羊群里不停地发出"咩咩"的呼唤，各家羊圈里的羔羊听见"妈妈"的叫声，也跟着"咩咩"地叫个不停。此时的村庄几乎沸腾了。那个人并没有停下脚步，羊也没有停下脚步，而是直奔下坎北端的大溜。放羊人和他放的羊都很清楚，虽然"家"里有嗷嗷待哺的"婴儿"，但此时还不是回家的时候。因为太阳还没有落山，放羊人要把羊赶到北边很远的大溜去喝水。那时，北边的大溜是八家村和上下几个营子人畜的唯一水源。羊在山坡上吃了一天的柴草落叶，喝足了水，再从坎下返回村庄的时候，西边的太阳已全部落山，连火烧云也不见了。

他站在北台子的中央，俨然一位威武的士官，在指挥他的千军万马，看着各家各户的羊回到“家”中，他也像完成了一项光荣的使命，一边打着啪啪响的鞭子，一边哼着小曲，兴高采烈地转回家中。此时家中的女人早已把烧酒备好。那个放羊的人就是我的亲叔伯哥哥，他的名字叫陆相林，外号叫“黑小”。

黑小是我七大爷的儿子，除了黑和个子矮以外，还有一双大眼睛，因此，黑小还是一个帅哥，有桂琴姐作证。桂琴姐是黑小的亲妹妹，长得和黑小是一个模子，大眼睛双眼皮，人长得好看，还能说会道。七大爷去世的时候，黑小还小，桂琴姐更小，后来七娘带着两个孩子走道（改嫁）了，走到了河北老刘家。再后来，七娘托人叫父亲把黑小接回来。因为父亲和七大爷是亲爹亲妈亲哥儿俩，家族里的侄子辈都管我父亲叫十叔，也叫老叔。在我们老家那里，老叔就是小叔的意思。和父亲一个爹、两个妈的亲兄弟还有一个五大爷，五大爷原名叫陆书生，后来改名叫陆振生。五大爷一生共娶了三个老婆，但一个后也没留下。

父亲说，黑小是在一个夜黑风高的夜晚，趁着七娘的后老伴不在家的时候被带回来的。父亲把黑小带回来以后，放在我五大爷家，让他给我五大爷当儿子。而此前我六大爷也已早去世，留下一个女儿叫陆相春，也过继给了我五大爷。就这样，我五大爷一生当中虽然没有儿女，却也落了个“儿女双全”。

听母亲说，自从黑小过继给我五大爷以后，他就和相春姐一起抬水、捡柴、放猪、种庄稼。我还记得黑小在生产队里给社员记过工分，也赶过大车，放过羊。后来分田单干，生产队的羊分给了各家各户，黑小就开始给村子里各户放羊。而此时的相春姐早已嫁到内蒙古哈拉道口的波罗和硕，给张文元我二姑夫做了儿媳。记得当年八家村最出名的羊倌有三个：一个是孙宝文，一个刘云功，一个是陆相林，也就是黑小。我还记得当时孙宝文的外号叫“豆包”，刘云功的外号叫“干粮”。叫豆包这个外号，可能是因为他的脸有点鼓，也可能上山放羊时带过豆包；而干粮的外号，肯定是他上山放羊时带过干粮，当时特指苞米面干粮。三个羊倌可以“独立山头”，也可以“单混结合”，还可以“混放”。

独立山头就是每个羊倌带着自己放的羊到自己的那个山头。尽管那时候没有手机，他们可以在太阳要下山的时候遥相呼应。比如：干粮喊：“黑小，明天上哪里啊？”黑小就在这个山头喊：“还是王八盖子山！”干粮又开始喊豆包：“明天黑小还是王八盖子山！”豆包：“整点好草都让黑小那群羊给出（吃）了，狗杂种的！”黑小听着豆包在骂他，于是又喊：“豆包哎，你那小姨子订婚了没呢？没订婚给我介绍介绍吧。”豆包说：“你等着吧……”干粮又喊：“黑小带着火呢吗？抽着啊！”他们抽烟、骂人、放羊，天天如此。赶上天气好，心情好，他们还会唱山歌，荤的素的都有。比如《小放牛》：

天上桫椤什么人儿栽
地上的黄河什么人儿开
什么人把守三关口
什么人出家没有回来
那个咿呀咳呀嘿

天上的桫椤王母娘娘栽
地上的黄河老龙王开
杨六郎把守三关口
韩湘子出家就没有回来
那个咿呀咳呀嘿

“单混结合”就是人混羊不混。一般是在太阳快要下山的时候，几个羊倌凑到一起抽根烟，或者支一把火暖暖身子，交流一下“工作经验”，谁家的羊要下羊羔，谁家的羊不吃草，同时也能释放一天的孤独和寂寞。如果时间宽裕，几人还可以讨论一下村子里的家长里短。一袋烟的工夫，各看着各的，每个羊群都要有个度，尽管靠近，千万不要插伙。接下来，按照顺序各自赶羊下山了。

“混放”要求羊倌资深、关系可靠，万一两群羊放在一起分不开，被另外一家拐走，东家会找羊倌包胡（包赔损失），所以放羊的人眼睛一定要毒。黑小多年来练就了一双火眼金睛。只要他放过的羊，跑到哪里他都认识。几百只羊，他都给它们起了名字，什么“猫猫腰”“大耳朵”“黑头”“花脸”等。有一年春季，为了让这群羊吃上肥美的水草，黑小把这群羊赶到八份地坎下去放，时间一长，他和八份地那边的羊倌也混得挺熟。再后来，开始混放，一个羊倌可以在家里干活，直到太阳要落山的时候，才下来分羊。放羊人可以轮换，今天你放一天，明天我放一天。有一次，黑小这群羊中有一个羔子没有分好，跑到八份地那些羊群里了。黑小也没太在意，第二天就问那个羊倌，那个羊倌说没有啊，你看看不？结果什么也没找到。

黑小肯定咽不下这口气，他心里暗暗发狠，有事没事就到八份地羊群看一看。等到了剪羊毛的季节，黑小又到八份地羊群里寻找那只迷途的羔羊。说时迟那时快，黑小当着邻村羊倌的面，把那只羔羊拽走了。那个羊倌虽然也假装支吾了几声，心里却不得不佩服黑小的眼力。丢失了两个多月的羔羊，又剪了毛，竟然被黑小一眼就认出来了。如果那时候有互联网的话，我一定要给黑小双击一个“666”。

老家那边沟多坎多，头道沟、二道沟、三道沟、兔子圈沟、三秧子大沟，上坎、下坎、二磴坎，有沟就有坡，有坡就有坎，除了沟沟坎坎以外，其他的地方早被人种上了庄稼，真正能够放羊的地方也不多。到了夏季，老哈河里有鱼。那年我也就七八岁吧，只记得黑小属猴，比我大 14 岁，那一年他还没有结婚。他说到附近山坡放羊时带上我，还说要给我摸鱼吃。我们家西面的那道沟叫大西沟，过了大西沟，再过几个沟，那边的空场相对大一点，因为大沟的坎上有几个坟头，是种田的人们给人家预留的坟地。那天下午，黑小把羊赶到那里，叫我在那里帮他看一会儿，说不要让羊吃庄稼就行；他去摸鱼，一会儿就回来。我被迫地接受了这个放羊的任务。

我非常不适合放羊，也不知道羊群里什么是头羊，羊群见了我还非常欺生，就是不听我的话，一会儿这几只羊往东，一会儿那几只羊往西。我摸起几个土块扔过去打到羊身上，厚厚的羊毛起到了防震的作用，根本无济于事。我喊、骂、哭都没有，眼看着有几只羊上了山坡，而另外几只又下了山坡。我越是想着把它们圈到一起，它们越是分开。有几只羊还调皮地跑到坟头上去吃草。我亲眼看到一个坟头的边上有一个洞，露着棺材板。记得那天我还没穿袜子，坟边有好多蒺藜秧，一跑起来，蒺藜秧总往脚背上挂，反正那天下午我是惨透了……

终于等到太阳快要落山了，黑小回来了，老远就喊。羊群听到他主人的声音，都很听话地聚拢在一起。他叫我先回家，他把羊圈好后，再到我家叫我去吃鱼。父母在家等了我一个下午，直到我回家后，才知道我跟黑小放羊去了。不一会儿，黑小真的找我来了。五大爷和五娘在家里早已把鱼煎好，清一色的鲫鱼瓜子。可能是因为我放羊有功吧，他们使劲让我吃，我就使劲地吃。因为鱼吃得太多，那天夜里我就开始呕吐，一顿吃伤了，直至多少年后都不想再吃鱼。

我上小学的时候，黑小也订婚了。记得黑小订婚的时候，女方送给他一支钢笔，那时候也算是很高级的礼物了。这支钢笔成了黑小的心爱之物，他有事没事就拿出来炫耀。而我那时候应该是上小学三年级，老师说要买钢笔学写钢笔字。我把这件事告诉了父母，但买一支钢笔需要不少钱，母亲一下子就想到了黑小的那支钢笔，于是叫我把黑小那支订婚钢笔要来。我说："那是不是得给人家点儿钱啊？""给钱？给钱谁要他那个东西，我看你俩挺好的，你去说说看，不行再说。"黑小从一个柜子里掏出自己心爱的钢笔，看了又看，脸上突然泛起了红润，又朝我羞涩地笑了一下："这支笔有纪念意义！"他依依不舍地给了我之后，又补充道，"你可得好好念书啊，不然你都对不起这支笔！"

可能还是因为这支笔的关系，只要不忙，我就跟着黑小到山坡上一起放过几次羊。因为上一次摸鱼的事，他知道我不是放羊的料子。他和我在一起不是研究怎么读书，而是认真地说他的羊，哪只羊要打栏（发情）了，哪只羊该下羔子了，他都了如指掌。他还能在一些沟沟坎坎的硬土地上看出牛羊走过的痕迹，而我却对这些事情一窍不通。我寻思，羊又不会说话，他是怎么知道的呢？有一次我亲眼看到他在一个冬天的午后，从山坡上背着一只别人家的羊羔下山了。羊羔是用他穿着的皮袄贴身包着的。他告诉我，如果羊在山上下羔子，得先找干净的沙土干搓，把身上搓干，然后用皮袄包好，免得冻死。人们养羊的目的就是为了生羔子，可千万别给人家糟蹋了。

黑小的儿子叫继东，也继承了他的基因。有一次黑小带着继东到我们家拜年，我们那里的羊倌春节一般有一个不成文的规定，头破五是不放羊的。黑小管我父母叫老叔、老婶，而继东管我父母叫老爷爷、老奶奶，我们两家之间有一个三秧子大沟的距离。在沟嘴的拐弯处有一个光溜地，黑小对他的儿子继东说："看了吗？这就是你老奶奶的脚印。"

黑小放羊也有马失前蹄的时候。有一年秋天，我在上初中，回家以后听父亲说："你黑小哥不放羊了。""咋的了？"为了让村子里的羊能够吃到肥美的水草，黑小和几个羊倌插伙，把羊群赶到了很远的大溜以北。因为路远，来回要花费好多时间，几个羊倌决定从家里带着米面粮油，在那边搭上窝棚，和羊一起住在那儿。谁料，上游下起了大雨，水漫金山，大溜里的水已经漫过水草，草场的地表迅速成了稀泥。俗话说："泥菩萨过河，自身难保。"人和羊被围困中央。黑小眼睁睁地看着他放的几百只羊在稀泥里一动不动，而且水势一时半会儿还没有退却的意思。完了，完了，几乎是全军覆没了。他肯定吓坏了，这么多羊如果全军覆没，自己小命搭进去也是包赔不起的。幸好黑小会水（会游泳），他赶紧跑回村庄，把这件事情告诉了村子里的所有人，大家赶紧过去救羊。

绵羊一身羊毛，又加上泥水，不救就是等死。人们开始想办法奋力抢救，父亲也加入了抢救之列。我们家四只羊损失了四分之一，好像有一只羔羊死在那片绿油油的土地上。村民们认为那是一次意外，并没有让黑小包胡，放羊钱肯定没有了。黑小可能真是被吓坏了，他从此金盆洗手，不再给村里放羊了。

又过了好多年，黑小的儿子大了。为了给儿子娶媳妇，黑小决定东山再起，自己给自己放羊。有一年除夕的前一天，黑小把我留在他家吃饭。那时候，我可能读高中了。他一边喝酒一边说："来，走一个。"我笑着看他，猜他到底想说什么。他说，"咱们家族人口不少，如果查手指骨节，是不是咱俩比较近？"我说："是，是，是。哈哈！""我虽然没念过书，但我也有个小九九,就是无论如何不能叫我儿子继东打光棍子。你说对不对？"我说："对，对，对。哈哈！""你别看我放羊，百十两行，不如放牛羊；冬天找阳坡，夏天找阴凉。你说对不对？"我说："对，对，对。哈哈！""以后你们考上大学，可别忘了你这个放羊的大哥。你说对不对？"我说："对，对，对。哈哈！"

几年过去了，夫妻双方独生子女的可以要二胎，黑小又有了一个女儿叫继凤。继凤出生后，我五娘去世了。因为黑小是我七大爷的儿子，后来过继给我五大爷的。听母亲说，五娘临终前嘱咐黑小，送盘缠的时候可千万不要喊娘，要喊妈，因为她知道自己一辈子没生养，不想被人嘲笑！五娘去世的时候，黑小确实按照五娘的意思喊着："妈呀，西南大路……"

我不但不会放羊，念书也未能如愿。高考落榜以后，我在家里种了一年薄地。而那时候自己没车，没驴，又没钱，根本找不到插伙的人。在没有办法的情况下，我找到了黑小。我知道他喜欢吃面条，就给他弄了点荞面条、鸡蛋卤子。我和他没有喝白酒，而是从供销社赊了两瓶啤酒。他一边喝酒一边说：“咱们家族人口不少，如果查手指骨节，是不是咱俩比较近？”我说：“是，是，是。哈哈！”他还说：“非得考学，干啥不是一辈子。你说对不对？”我说：“是，是，是。哈哈！”“就你那点儿地，我抽空就给你种了。这点儿事，咱们哥们儿能让你掉地上吗？”我说：“喝，喝，喝。哈哈！”

后来，我不种地了，先后去了砖厂、矿区和老家那边的亲戚也是聚少离多了。只是听说黑小的儿子已经结婚，黑小也有了孙女和孙子。黑小在他们老院子的后面，和石昌荣我表大爷协商弄了一块地，盖了一个小四合院，和儿子分家另过了。五大爷依旧跟他住在一起。除了放羊，我记得黑小还会杀猪、宰羊、劁猪，干净利落，手到擒来。因为有这些手艺，所以他依旧是村子里的红人，这家请那家叫，而且顿顿有酒。他有一个很漂亮的劁猪刀子，五大爷怕他喝酒闹事，就把刀子藏到了一个墙缝里。我还记得有一年他看到我穿着一件干净的劳动布工作服，非要让我给他，说这类衣服我穿不合适。我不肯，他又要和我换，我一下子想起当年他给过我一支钢笔的事，就把那件干净的劳动布工作服给了他。他依旧请我喝酒：“咱们家族人口不少，如果查手指骨节，是不是咱俩比较近？”我说：“是，是，是。哈哈！”

几经周折，我来到了上海，并且在上海居住了多年。那时候父母还在我这里住，有一次我的亲哥哥打电话叫我和父母一起回老家看看，还说羊倌陆相林大哥得了癌症，好像够呛了，能回来看看最好！

那年春天老家的风很大，我从上海赶回老家，来到黑小他们的小院，看到一群人在院里给厢房上盖，黑小也参与其中。他用一根棍子支着自己的胸口，一副不服输的架势。虽然风沙很大，我依旧看出他的脸色不是黑里透红，也不是红里透黑，而是苍白无血。人们知道他有病，不让他干活，可他不肯。他看到我站在他的身后，朝我笑了笑，我的眼泪瞬间流了出来。我给了他 2000 元钱，说了几句安慰的话，就匆匆返回上海了。

在村子公路口东约一千米，然后往西南方向一千米左右的山坡上，就是我们家族的墓地。有一年清明时节，我来到了那个山坡，墓地的周围长满了山杏树。含苞欲放的杏花在朝霞的映衬下，就像一朵朵云霞，又像是一群白羊仙子。我看着先辈们的“家园”在山坡上有序地排列着，他们仿佛在窃窃私语，又好像已酣然入梦。我在祭拜完太爷、太奶、爷爷、奶奶、大爷、大娘的坟头之后，又看到了一个新坟，那就是我放羊的哥哥。他去世的时候还不到 60 岁。我走到了他的坟头，拿起一沓厚厚的烧纸，用火柴点燃，纸钱瞬间在空中飞舞。那燃烧的火苗就像是放羊哥哥在向我招手，似有似无，似醉非醉……

（2023 年 2 月于上海）

对于一个漂泊的游子来说，故乡就像一坛增嘉园的小米酒，那浓浓的酒香在经历了千年的文化积淀之后，微微地飘进了我的鼻翼。那种香气从家乡老哈河畔翻山越岭、迢迢遥遥地吹来，蜿蜒在大河小河的两岸。满河满谷飘荡着米酒的清醇，那是丰收的香味儿，那是故乡人们好年景的写照，那是我们乡愁的记忆……

故乡的增嘉园

我的故乡在内蒙古的赤峰，增嘉园位于赤峰市红山区文中镇南大营子村，距赤峰市区 22 千米，赤凌公路贯穿于园区。沿赤峰市区入 306 国道，经文钟镇、南大营子村到新营子左转前行 2 千米，一座巨大的曾子塑像便映入眼帘。

增嘉园的“增”是曾了的“曾”。曾，是 个受人敬仰的姓氏，根据考证,传自距今四千一百八十多年前中兴夏室的贤君少康;追本溯源，是上古圣君夏禹的姒姓后裔，当然，更是最为光彩的黄帝子孙。因为，治水有功的夏禹，是“五帝”之一的颛顼高阳氏的裔孙，而颛顼高阳氏则是黄帝轩辕氏的嫡孙。这样一步步推溯上去，后世的曾姓人当然也是具有最高贵血统的黄帝子孙了。曾氏自古以来就是名门大姓，有一连串光荣历史，头一位浮上大家脑海的就是人人都衷心敬仰的曾子。

从增嘉园的名字来看，增嘉园的董事长曾庆国肯定继承了曾子的“孝恕忠信”的儒家理念。

经过近十年的风雨洗礼，曾庆国将一个默默无闻的小店发展成为赤峰乃至全国的首饰知名品牌，拥有连锁店 21 家，独领赤峰首饰销售领域半壁江山。他也因此被选为内蒙古首饰协会副会长，成为行业领军人物。

增嘉园的“嘉”喻指齐家的“家”。曾庆国认为，一个企业要想做大，必须有“身修而后家齐，家齐而后国治，国治而后天下平”的思想和情怀。2010 年，曾建国创建了内蒙古增嘉园有机农业公司，从而实现了从“增”到“嘉”的跨越。

曾子庙是增嘉园的灵魂。2014 年，曾庆国和兄弟曾庆军，在增嘉园投巨资重建了曾子庙，即赤峰文庙。曾子庙的落成，填补了以赤峰为中心百万平方千米没有文庙的历史空白，也成为远近闻名的青少年爱国主义教育基地。

曾子庙园林综合占地 1000 余亩，总建筑面积 3000 多平方米。曾子庙由五圣殿、曾子学堂、曾氏宗祠、曾子铜像文化广场、曾子庙牌楼、曾子孝文化路 24 孝雕像、曾子文化墙、曾子文化园林、曾子私塾、曾子庙服务中心等 10 部分组成。曾子像高 6.6 米，由底座和曾子铜像身塑像组成。曾子铜像文化广场占地 8 亩，四周苍松翠柏，曾子铜像矗立当中，曾子铜像与曾子庙处于一个平面上，遥相呼应。经过曾子铜像文化广场，走进五圣大殿，这里主要供奉中国古代五大圣人，即孔子、颜回、曾子、子思、孟子。沿着曾子文化墙走进曾子文化路，曾子路全长 8.8 千米，起端于曾子庙牌楼，经龙泽湖、花海迷宫、农家院、曾子文化广场、增嘉园有机农业基地、百岁停车场、木兰马场，环绕穿行名企林、名人林、大事记林、纪念林、家族林、曾氏林等部分。

田园综合体是近几年乡村发展代表创新突破的思维模式，其目的就是通过旅游助力农业发展、促进三产融合的一种可持续性的发展模式。2017 年 2 月 5 日，田园综合体作为乡村新型产业发展的亮点措施被写进中央一号文件。作为赤峰市农业产业化重点龙头企业，增嘉园积极响应国家生态发展战略，在农业基础建设上加大投入，宜林则林、宜耕则耕，对旱坡地进行改造，对水土流失严重区域生态治理，栽植果树 30 万株，封育山杏林 2000 亩，植树造林 20 万亩，十年间累计向土地投入资金近 2 亿元，可有效带动周边上千个种植户和养殖户增加收入，实现乡村振兴。如今，增嘉园已形成了集种植、养殖、加工、采摘、餐饮、旅游、观光、度假、养老于一体的现代休闲有机农业园区，其所覆盖的农户彻底与贫困告别。

增嘉园的“米”是有着八千年历史的黍粟。赤峰是我的故乡，也是世界小米的故乡。2003 年，考古工作人员在内蒙古赤峰市敖汉旗境内的兴隆洼遗址发现了 1500 余粒碳化黍粟的标本，其中黍占 90%，粟占 10%。经有关专家鉴定，这些碳化黍粟距今约八千年，比中欧地区发现的谷子早二千七百年，是中国北方旱作农业的重要实证。与此同时，通过对敖汉地区古人类遗骨标本的检测分析，专家认定距今约八千年前，敖汉地区古人类的食物来源中粟和黍占到 60%~80%，表明当时粟和黍已成为人们的主要食物来源。专家由此推断，赤峰敖汉旗兴隆洼地区是黍、粟两种谷物和中国北方地区旱作农业的起源地，也是横跨欧亚大陆旱作农业的发源地。2012 年，敖汉旱作农业系统被联合国粮农组织批准为全球重要农业文化遗产，敖汉旗成为粮农组织确定的全球重要农业遗产保护试点。2013

年，敖汉旱作农业系统被农业部列为第一批中国重要农业文化遗产。

增嘉园的小米产于内蒙古赤峰市高原海拔 800 米以上的丘陵地带，日照时间充足，昼夜温差大，靠天然雨水滋养，采取传统上古伏羲种植习俗种植，选用非转基因种子，不施化肥，不洒农药，无添加剂，富含蛋白质、维生素 B2、烟酸、钙、铁等元素。

增嘉园小米酒的“水”是贵州茅台镇的“水”。贵州茅台镇是中古酱香型酒原产地保护区，是世界著名三大蒸馏酒产地之一。贵州省茅台镇被誉为“世界酱香型酒之乡”，是中国国酒之都。茅台镇赤水河水水源优良，透明无味，富含多种矿物质，是十分理想的酿酒用水，赤水河被誉为“中国白酒的母亲河”。增嘉园有机小米与贵州茅台的经典合作，可谓是一个商界的传奇。相隔 2500 千米，把内蒙古高原的优质小米与云贵高原的赤水河水紧密结合，利用茅台镇特殊的酿酒环境，辅以古代酿酒工艺，诞生了中国首款酱香型小米酒。增嘉园小米酒秉承传承古法酿酒工艺，经 2 次投料、9 次蒸煮、8 次发酵、7 次取酒，再经红陶罐长期窖藏而出。增嘉园小米酒每瓶蕴含 80 万粒小米精华，具有营养丰富、酱香突出、酒体醇厚、回味悠长、空杯留香持久等特点。

酒香万里，飘香万家。增嘉园一幢幢酒窖既能储存米酒，又能艺术化地给古朴的山野平添一道亮丽的风景。据不完全统计，目前全国白酒生产厂家已达一万家，而做酱香型小米酒的只有增嘉园，增嘉园酱香型 53 度小米酒更是酒中之王。浓度 53 度左右是酒精和水缔合最牢固的浓度，加之酱香型酒的贮存期较长，游离的酒分子少，酱香型白酒浓度稳定，这在国内外所有蒸馏酒中也是独一无二的。随着人们生活水平的提高，增嘉园小米酒醇香优雅，是团圆、聚会、宴请、送礼、收藏的最佳选择。

“借问酒家何处有，牧童遥指杏花村。”酒是诗人心灵的催化剂，借着酒力，咏着唐诗，你便走进了千亩的杏花林。增嘉园的杏花，因春而发，春尽而逝，既有绚丽灿烂的无限风光，也有凋零空寂的凄楚悲怆。

“道白非真白，言红不若红，请君红白外，别眼看天工。”每当初春，冰雪融化，大地复苏，杏树开始爆青了。当杏花露出它那害羞的脸庞时，远看杏树就红云朵朵了。近看杏花有四瓣或五瓣，杏枝挺拔，亭亭玉立，争奇斗艳，迎风招展，各种姿态千奇百怪，美不胜收，沁人心脾。每当初夏，万物结果，大地春回。花开始落了，一片片花瓣旋转着从空中飘落，像一只只蝴蝶在飞舞。杏树开始结果了，果肉暗黄色，味甜，多汁，具缝合线和柔毛，淡黄色至黄红色。每到周末或是放假时节，喜欢采摘的城里人，你叫上我，我叫上你，开着车，带上帐篷，领着小孩，纷纷来到郊外的杏花园。孩童在林中嬉戏，大人们也可以在杏林里拍照、捉迷藏。女人们甜甜的笑声、大山朗润的歌声，还有潺潺的流水声，在山谷里回荡，仿佛惊落了银河洒下的星子，又仿佛在诉说着一个又一个童年的梦。

故乡的增嘉园，是一个圆梦的园。曾庆国说，他的创业梦想源于一个梦境：梦中父母所在村庄干涸的河道里突然狂涛怒卷、洪水逆流，危及他出生的老屋。父母留恋的老屋、土地中挣扎的乡邻、漂泊在外的游子，无论坚守或逃离都是抹不掉的记忆、难以割舍的乡愁。漂泊在外，故乡才是根。对于一个漂泊的游子来说，故乡就像一坛增嘉园的小米酒，那浓浓的酒香在经历了千年的文化积淀之后，微微地飘进了我的鼻翼。那种香气从家乡老哈河畔翻山越岭、迢迢遥遥地吹来，蜿蜒在大河小河的两岸。满河满谷飘荡着米酒的清醇，那是丰收的香味儿，那是故乡人们好年景的写照，那是我们乡愁的记忆……

（2020 年 7 月于上海）

一个人再不可一世或者英明伟大，总有一些东西摈弃不掉，如影随形。一些人和事物消失了，还有一些正在诞生和改变……即使是微小的琐事或是卑微的人物，也能够给我以最深刻的触动，正如三秧子和二十五。

三秧子和二十五

人对故乡的记忆和印象往往会聚焦到一两个卑微的人物身上。比如鲁迅先生在他的小说《故乡》《祝福》《孔乙己》中塑造了闰土、祥林嫂和孔乙己三个栩栩如生的人物形象，他们都是生活在社会最底层的小人物。生我的那个村庄在内蒙古赤峰市敖汉旗古鲁板蒿镇八家村。因为父亲在家族里排行老十，所以他比其他几位长兄成家要晚。父亲结婚的时候和五大爷家住对面屋。直到哥哥 7 岁、我 4 岁、弟弟刚出生的时候，父亲才在村子西北角弄了一块房基地，盖起了新房。自从父亲有了自己的房子，我们才有了真正意义上的家。

我们家的西面有一条大沟，东面也有一条大沟。后来东面又增加了宋家和平家两户。平家的外墙和东大沟的距离，勉强能通过一辆车。因此，在我生活过的那个村庄，这两条大沟成了我每天都熟视无睹的景物。

打记事的时候起，东大沟靠近北部往西拐弯的朝阳处就住着一户人家，这户人家只有一个人。他的院子和房子都不大，屋子里的高度勉强超过一个人，房子的后面、左面、右面都不用打墙，而是直接借用原有的黄黏土，前面留有一个门和一扇窗户。屋里有一根柱子支着房顶，不是两间，也不像一间。屋里有灶火、火炕以及简单的柴米油盐。屋子的外形有点像陕北的窑洞，只是形状是方的。屋顶是一个车轱辘圆，窗户外也有一个约 20 平方米的小院。这种房子在我们老家叫地窨子。这家地窨子的主人大名我不记得，只记得姓冯，排行老三，外号“三秧子”。我们老家沟壑众多，每一条沟大多有一个名字。因为三秧子在这里居住，人们就管这条大沟叫“三秧子大沟”。

三秧子的个头儿应该有一米七五到一米八，他猫着腰，拄着拐杖，走起路来很慢；穿着很干净。那时候我们年龄小，既不敢当面叫他三秧子，也不知道怎么称呼他，只听得大人们都这么叫。我们小时候在大沟头碰到三秧子总是绕着跑，因为他就一个人，总觉得怪怪的。而你越是绕着他跑，他就越是假装拉开架势追；他越是追，我们越是跑……甚至谁家有刚出生的小孩，晚上哭，大人会说“别哭了，一会儿三秧子来了”，就如同说一句“狼来了”，会立竿见影，小孩马上停止哭泣。其实，三秧子是一个很有身份的人，他几乎很少串门子，也很少有什么绯闻。

听母亲说，三秧子年轻时喜欢“摆秧子（显摆、臭美）”。那个年代没有什么雪花膏、香皂之类，可能是因为三秧子用辣椒水洗脸，他被辣瞎了一只眼睛，也正是因为一只眼瞎而没有讨到老婆。我还听母亲说三秧子虽然是个单身，年轻时候还是喜欢赶时髦的。在那个没有缝纫机的年代，母亲用白漂布给父亲亲手缝制了一件衬衣，父亲穿出去很拉风，受到了他们那个年代男士的追捧。三秧子眼馋，非让我母亲也给他做一件，或者是用一件当时半时髦的衣服和我父亲换。母亲都没有答应，因为在母亲的心目中，只有父亲才能够享受到她千针万线和千丝万缕的待遇。母亲说她最终还是没有拗过三秧子。为了穿上和父亲一样的白衬衣，他决定用 20 元钱“购买”父亲穿过的那件白衬衣，并且说父亲如果还想穿，让我母亲再给他做一件。

在经过我母亲允许的情况下，父亲收了三秧子的 20 元钱。三秧子最终在炎炎的夏日穿上了一件白衬衣，赶上了一把时髦。母亲说，自己后来花了 10 元钱买了白漂布，给父亲又重新做了一件，等于从三秧子的手里赚了 10 元钱。在那个年代，这应该说是一个很高的利润。

三秧子是五保户，他不干活就可以分到口粮，自己还养了两只鸭。他虽然单身，可是侄子不少。记得小时候，他有一个侄子叫冯老六，趁着他不在家，从窗户钻进去，偷他家的咸鸭蛋。冯老六比我们大好多，是个孩子王，他进去偷咸鸭蛋的时候，还叫我们在外面站岗。我们发现三秧子从远处回来，就赶紧站在“三秧子大沟”旁边打着口哨：“回来了，回来了……”而我们这些外姓人是很少去三秧子家的，更不要说去他家偷咸鸭蛋了。

三秧子什么时候去世的，我不得而知，可能是我们在外读书那些年的时候吧。人们在忙乱的生活中，偶知身边的家人或是要好的朋友去世，虽有悲痛，很快就节哀顺变了。谁还会在如此快的生活节奏之中去关注一个无所事事、与己无关的人呢？

自从三秧子去世以后，他的地窨子很快就被大沟里的沙子吞没了，附近老人去世留下的一些破烂衣服以及死去的阿猫阿狗也都往三秧子大沟里扔。随着时间和风雨的侵蚀，这些东西又逐渐变成了一种肥料。后来村里有人在三秧子大沟栽了树。俗话说：“沟有多深，树就有多深。”三秧子大沟的树因为不缺少水分，果然长势很好。再后来，三秧子门前出现一条小路，人们为了方便，过来过去就不绕沟嘴了，而是直接从三秧子门前的小路穿过。也就是父亲要去世那几天，我五大爷每天都从三秧子大沟过来看父亲。那时候，五大爷也有 80 多了。我们总是劝他，千万不要从大沟走了，万一摔坏了咋办？五大爷说：“哼哼，你们年轻人不太清楚咋回事，我的右眼不好，从沟边走万一掉沟里更危险。三秧子大沟的小道有斜坡，你没看有很多花花绿绿的破衣服吗？那都是我弄的，我都做着记号呢，我是码着这些衣服过来的。”

如今父亲、母亲、五大爷都去世了，三秧子大沟成了我老家的一个符号。最近十来年，三秧子大沟附近居住的老人有不少都已作古。前些年我也回过老家一次，三秧子大沟的北面成了烟房，再北面已成了万亩良田。我自己也已到了天命之年，村里的娃早已长大，有谁还会记得三秧子和三秧子大沟的来历呢？

我家的西面也有一条大沟，父亲活着的时候把我们家居住的地方称为“宝岛台湾”。我们在老家的时候管这条大沟叫西大沟。西大沟的南头叫三份地，三份地以老成家的人居多，他们大多都是原来老哈河的移民。我读小学的时候，有个同学叫成文华，我俩是好朋友，无论上学还是周末，我们都喜欢在一起玩儿。记得小时候我们一起到山坡上去挖甜草，成文华家有挖甜草（甘草）的条子铣，而我家没有。成文华就给我找了一个很小的条子铣，形状有点像掏耳勺，而他拿了一个大的。那个小一点的条子铣可能是他哥哥用过的，因为使用的年头多了，铁锹头只剩下大人的巴掌那么大；铁锹把被磨得很光滑，也很上土，用起来也很省力。特别是挖到一杠深（一铁锹把的长度）的时候，用小条子铣使劲往里铲，甜草的根很容易就钐下来了。

成文华的叔叔也是一个五保户，他家和三秧子一样，在西大沟的最南头挖了一个地窨子。成文华的叔叔有一个外号，叫“二十五”。要不是我的好朋友成文华带着我到他家玩儿，我也是不敢去这种人家家里的。

我曾问过母亲:“他为什么叫‘二十五’？”母亲说:“二十五读书的时候不知道二十五是二十五。老师叫报数的时候，他没有喊二十五，老师就让他多喊几次二十五，于是二十五就成了二十五，以后人们都管他叫二十五了。”我不知道我的同学兼好朋友成文华是不是继承了二十五家族对于数字的敏感基因（没有任何贬义），因为有一次我从一个未曾谋面的老乡那里得到了一份宝贵的资料，这份资料是由他的母亲，也就是教我们小学一年级的老师宋素英遗留下来的。在这个资料的信息表中，我发现了成文华一年级的考试分数，他的语文成绩是67分，而算术竟然是100分。而我的语文成绩是82分，算术成绩只有80分。我的语文成绩班级第一，而成文华的数学成绩是班级第一。成文华的总分比我还多5分。只可惜成文华这家伙只读了小学就回家务农了，可能由于他从小就有着数学的天赋，在农村过日子也是一把好手。

话题可能有点扯远了，回过头来再说二十五。记忆中的二十五，个子不高，也不善言语。我亲眼看到二十五做过饭、炒过菜。他做菜有一个“油坨子”，就是农村杀猪烤猪油的时候把一根筷子放在猪油碗里，等猪油凉了以后，那根筷子就凝固在猪油里了。仅此一项，足可以申请一项“二十五专利”。做菜的时候，二十五先把锅烧热，然后抓住这根筷子，把猪油坨子直接往锅里一涮，然后再把这个猪油坨子放回碗里。下次做菜，如法炮制，直至猪油吃尽为止。除了二十五，目前我还没有遇到过其他人用这种办法做菜。

因为有二十五的存在，所以这个大沟就叫“二十五大沟”，但名字没有“三秧子大沟”叫得响亮，我们平时一般还是叫西大沟。我们从火车站回家，或者是从家到火车站，有一条从二十五家房顶上通过的小道。沿着这条小道，我们可以抄点近路。然而走小道的时候，千万不要让二十五发现，否则他会跑出来骂人，因为这样会影响他房子的使用寿命。

西大沟曾经有一条小道是我自己走出来的。那些年我高考屡试不中，怕村子里的一些好心人问这问那。我一般都是周六回家向父母要一些粮米钞票，周日就从西大沟直接去火车站了，就好像是自己偷了人家的东西一样忐忑不安。时间一长，西大沟就出现了一条若隐若现的近似于“马克思主义小道”的行走痕迹，因为这条小道上有着自己的寂寞、忧伤，还有眼泪。1996 年正月初四，我就是从这条小道出发，背着一个流浪的包裹，悄悄地去了火车站，然后又去了北疆的煤城，从此实现了从农民到工人的身份转变。

一个人再不可一世或者英明伟大，总有一些东西摈弃不掉，如影随形。一些人和事物消失了，还有一些正在诞生和改变……即使是微小的琐事或是卑微的人物，也能够给我以最深刻的触动，正如三秧子和二十五。

（2022 年 9 月于上海）

时值中国共产党百年华诞的庄严时刻，让我们以瞿秋白手中的那束野花，以方志敏身上的那份清贫，以杨靖宇腹中的那些草根，以刘志丹胸前的那块补丁，以焦裕禄窗前的那盏油灯，以孔繁森留下的那串脚印，编织成带有镰刀和锤头的标识，向您致敬……

这盛世如你所愿

——写封家书寄给党

“你，耕荒，我亲爱的孩子：从荒沙中来，到荒沙中去。今夜，我要与你永别了。满街狼犬，遍地荆棘，给你什么遗嘱呢？我的孩子！今后，愿你用变秋天为春天的精神，把祖国的荒沙，耕种成为美丽的园林！”“朋友，我相信，到那时，到处都是活跃的创造，到处都是日新月异的进步，欢歌将代替悲叹，笑脸将代替哭脸，富裕将代替贫穷，康健将代替疾苦，智慧将代替愚昧，友爱将代替仇杀，生之快乐将代替死之悲哀，明媚的花园将代替凄凉的荒地！”“儿女不见妈妈两鬓白，但相信你会看到我们举过的红旗飘扬在祖国的蓝天。”“即此爱汝一念，使吾勇于就死。”“砍头不要紧，只要主义真。杀了夏明翰，还有后来人。”“母亲对于你没有能尽到教育的责任，实在是遗憾的事情。母亲因为坚决地做了反满抗日的斗争，今天已经到了牺牲的前夕……”

其情切切，其意拳拳。我读着这些破损泛黄的红色家书，夏明翰、吉鸿昌、蓝蒂裕、林觉民、邓恩铭、赵一曼、张太雷、方志敏、叶挺、刘伯坚……不知有多少革命先烈的光辉形象又在我脑海里浮现。时值中国共产党成立 100 周年之际，我将以书信的方式告诉你们：今天的世界，正如你们所愿。

党啊，亲爱的妈妈：

岁月无痕，时光流水，再过几天就是你百岁的生日了。100 年波澜壮阔，100 年风华正茂。我虽不曾目睹你的建立，但上海石库门狭窄的弄堂，还有南湖红船荡漾的碧波记得；我虽不曾目睹你那峥嵘的岁月，但井冈山青青的翠竹，还有黄洋界隆隆的炮声记得；我虽不曾看见新中国成立升起的那面五星红旗，但你带领中华儿女从站起来、富起来，到强起来的伟大征程却赫然在目。

母亲啊，你可曾记否？1901 年，紫禁城成了列强军队的演兵场，清政府与八国联军签下了丧权辱国的《辛丑条约》，赔偿了 4.5 亿两白银的巨款，中国人是带着八国联军侵占首都北京的耻辱进入 20 世纪的。现如今，中国人可以不用仰视而是平视这个世界了，我们可以铿锵有力地告诉全世界：“任何国家都没有居高临下跟我们说话的资格了。”新中国成立之初，我们除了能造桌子椅子，能造茶碗茶壶，连一辆汽车、一架飞机、一辆坦克、一辆拖拉机都不能造。现如今，我国自主研发制造的运 20、歼 20、直 20、C919 等军用、民用飞机，已经骄傲地翱翔于祖国的蓝天。我国建成了世界上最长的高速铁路网，时速 600 千米的高速磁浮试验样车也已成功试跑。我们还用世界7%的耕地养活了世界22%的人口，牢牢地将中国人的饭碗端在自己手上。

母亲啊，你可曾记否？新中国成立之初百废待兴、百业待举，科技领域几乎一片空白。而就在此时，李四光、华罗庚、周培源、钱三强、钱学森、师昌绪、邓稼先、朱光亚等2000多名在国外的科学家，克服各种阻挠毅然回到了祖国的怀抱，为祖国科技事业发展鞠躬尽瘁。现如今，我国科技创新日新月异，一项项卡脖子技术不断被攻克，正在实现从“跟跑”向“领跑”的历史跨越。仅在去年一年，中国率先进入5G时代、中国天眼投入运行、天问一号火星探测升空、嫦娥五号登月回家、华龙一号并网发电、奋斗者号载人深潜万米、量子计算机九章问世、神威太湖之光超算再次领先、北斗导航全面建成，这些最新科技成果集中井喷，展现出中国人创新创造的磅礴力量。

母亲啊，你可曾记否？新中国成立之初，我国的经济生产总值只有几亿元，1952年国内生产总值也只有679亿元。今日之中国，经济总量已突破了100万亿元。中国从一穷二白起步，已经发展为世界第二大经济体、第一大工业国、第一大货物贸易国、第一大外汇储备国，成为世界经济增长的第一引擎。今日之中国，敢办也能办成世界头等大事：建设三峡工程、青藏铁路、港珠澳大桥，实施南水北调、西气东输、西电东送工程，举办奥运会、世博会、进博会，设立经济特区、雄安新区、粤港澳大湾区、自由贸易港，中华大地上正在创造一个又一个人间奇迹。今日之中国，到处荡漾着文明新风，充满着和谐和睦。人民群众多样化、多层次的精神生活需求得到了极大的满足，社会创造力和活力不断迸发，处处呈现出百姓和顺、城乡和美、社会和谐的动人场面。

“历史的道路，不全是坦平的，有时走到艰难险阻的境界，这是全靠雄健的精神才能够冲过去的。”革命先驱李大钊的警世名言犹然在耳。回顾百年党史，几多跌宕起伏、惊心动魄、绝处逢生、化危为机，凭的是什么？革命胜利、发展壮大，多少“不可能”变成了“可能”，靠的是什么？靠的是共产党人的精神谱系，凭的是执政为民的本质要求！

母亲啊，你用那特有的精神谱系告诉我：“敢走别人没走过的路，才能收获别样风景；敢拓前人没垦过的荒，才能开辟新的空间。”从你诞生的那一刻，你就以“为中国人民谋幸福、为中华民族谋复兴”为初心和使命，带领着亿万人民燃烧激情、拼搏向前，焦裕禄、孟泰、王国藩、赵梦桃、邓稼先……一个个响亮的名字，闪耀的是一代人的豪情壮志；一汽、北大荒、大庆油田、红旗渠、“两弹一星”……一个个光辉的坐标，凝结的是无数人的奋斗心血。从敢于“大包干”到敢砸“大锅饭”，从“摸着石头过河”到“杀出一条血路”，从“滚石上山、爬坡过坎”到“复兴之路”，每一步都铿锵有力，每一步都竭尽全力。如今你已是拥有9300多万名党员、400多万个基层组织，是世界上规模很大的执政党了。

母亲啊，你用那特有的成功密码告诉我：“江山就是人民，人民就是江山。”“久困于穷，冀以小康。”人民的向往就是你的奋斗目标。党的十八届五中全会，你把“扶贫攻坚”改成“脱贫攻坚”，立志翻越脱贫万里长征的最后一座高山。八年来，全国累计选派25.5万个驻村工作队、300多万名第一书记和驻村干部，同近200万名乡镇干部和数百万村干部一道奋战在扶贫一线。在脱贫攻坚斗争中，1800多名同志将生命定格在了脱贫攻坚征程上。抗击疫情是国际社会面临的最紧迫任务，这既是坚持人民至上、生命至上的基本要求，也是稳定恢复经济的基本前提。举国上下，从耄耋院士到“90后”“00后”，医无私、兵无畏、民齐心，党员干部冲锋在前，14亿中国人民在共克时艰中勇毅前行。

母亲啊，你胸怀千秋伟业，恰是百年风华。我站在两个一百年交会的历史长廊上回眸，无数与祖国命运声声相息的共产党人正伫立在我的眼前，他们正向着全世界、向着全人类宣告中华民族的伟大腾飞！时值中国共产党百年华诞的庄严时刻，让我们以瞿秋白手中的那束野花，以方志敏身上的那份清贫，以杨靖宇腹中的那些草根，以刘志丹胸前的那块补丁，以焦裕禄窗前的那盏油灯，以孔繁森留下的那串脚印，编织成带有镰刀和锤头的标识，向您致敬；让我们以采薇采茶采桑的手，编织成的绿水青山，为您献礼；让我们以喊江喊海的喉咙，以千百年来朝朝暮暮澎湃的激情和14亿人的合奏，为您唱歌……

党啊，亲爱的妈妈！今天的盛事如你所愿，超你所愿。我衷心祝愿你永远年轻靓丽，芳华依旧，生日快乐！

（2021年6月于上海）